*Coleção* MELHORES CRÔNICAS

# Josué Montello

*Direção* Edla van Steen

*Coleção* Melhores Crônicas

# Josué Montello

*Seleção e Prefácio*
Flávia Amparo

São Paulo
2009

© Yvone Pinto Sobral Montello, 2008
1ª Edição, Global Editora, São Paulo 2009

*Diretor Editorial*
JEFFERSON L. ALVES

*Gerente de Produção*
FLÁVIO SAMUEL

*Coordenadora Editorial*
DIDA BESSANA

*Assistente Editorial*
ALESSANDRA BIRAL
JOÃO REYNALDO DE PAIVA

*Revisão*
ANTONIO ALVES
TATIANA F. SOUZA

*Projeto de Capa*
VICTOR BURTON

*Editoração Eletrônica*
ANTONIO SILVIO LOPES

## ACADEMIA BRASILEIRA DE LETRAS
### DIRETORIA DE 2009

*Presidente* – Cícero Sandroni
*Secretário-geral* – Ivan Junqueira
*1º Secretário* – Alberto da Costa e Silva
*2º Secretário* – Nelson Pereira dos Santos
*Tesoureiro* – Evanildo Cavalcante Bechara
*Comissão de Publicações* – Antonio Carlos Secchin, José Mindlin e José Murilo de Carvalho

Av. Presidente Wilson, 203 – Castelo
CEP 20030-021 – Rio de Janeiro – RJ
Tel.: (21) 3974-2500 | 3974-2571
academia@academia.org.br | www.academia.org.br

**Dados Internacionais de Catalogação na Publicação (CIP)**
**(Câmara Brasileira do Livro, SP, Brasil)**

Montello, Josué, 1917-2006.
   Melhores crônicas Josué Montello / Flávia Vieira da Silva do Amparo, seleção e prefácio. – 1. ed. – São Paulo : Global, 2009. – (Coleção Melhores Crônicas / direção Edla van Steen)

   Bibliografia.
   ISBN 978-85-260-1403-9

   1. Crônicas brasileiras I. Amparo, Flávia Vieira da Silva do. II. Steen, Edla van. III. Título. IV. Série.

09-07812                                                     CDD-869.93

**Índices para catálogo sistemático:**
1. Crônicas : Literatura brasileira 869.93

*Direitos Reservados*

**GLOBAL EDITORA E**
**DISTRIBUIDORA LTDA.**

Rua Pirapitingui, 111 – Liberdade
CEP 01508-020 – São Paulo – SP
Tel.: (11) 3277-7999 – Fax: (11) 3277-8141
e-mail: global@globaleditora.com.br
www.globaleditora.com.br

Obra atualizada conforme o
**Novo Acordo Ortográfico da Língua Portuguesa**

Colabore com a produção científica e cultural.
Proibida a reprodução total ou parcial desta obra
sem a autorização dos editores.

Nº de Catálogo: **3058**

MELHORES CRÔNICAS

# Josué Montello

# O RETORNO DO CRONISTA

*E*streando a coluna "Areia do tempo", no *Jornal do Brasil*, em 30 de março de 1955, Josué Montello acrescentava à sua trajetória de escritor a experiência assídua do cronista. Embora tivesse uma longa relação com o meio jornalístico – desde o periódico da adolescência, *A Mocidade*, em que publicou seus primeiros textos, ainda no curso secundário do Liceu Maranhense, passando por jornais de grande circulação no Maranhão, em Belém e no Rio de Janeiro –, em nenhum outro veículo, entretanto, desempenhou uma contribuição tão frequente e duradoura quanto nas páginas do *JB*. Aos 37 anos, portanto, alcançava grande projeção no cenário literário, principalmente como romancista. Já no ano anterior, encontrara lugar ao lado dos imortais da literatura, tendo sido eleito como um dos mais jovens membros da Academia Brasileira de Letras.

Ao contrário do que se podia esperar de um jovem escritor, a responsabilidade da escrita era assumida como um dever que lhe exigia grandes reflexões. O cronista recebia a missão – compromisso irrefutável com o público – de oferecer leitura de qualidade, com consistência e profundidade literárias, porém leve e saborosa: pronta para distrair, mas apta a instruir até o leitor mais fortuito das páginas do jornal.

O fôlego do cronista é admirável, se pensarmos no fato de que ele chegou a produzir, por um longo período, até três crônicas por semana, num ininterrupto trabalho, e nenhum de seus textos trata de trivialidades ou de assuntos banais. Mesmo das coisas mais prosaicas o escritor consegue extrair lirismo, tão necessário ao homem para resistir aos enfrentamentos do cotidiano. Cada situação simples observada pelo autor é remetida a um episódio de algum clássico literário, ou a uma reflexão pessoal, de modo que, a esse primeiro fio de ideia, vão se acrescentando outras tantas impressões que complementam a trama.

A crônica de Montello tem o ar das coisas sérias, com a linguagem fluida de um mestre das palavras, disposto a desvendar um mundo todo seu: o universo da escrita. Nem por isso perde a leveza, a cumplicidade com o leitor, podendo provocar tanto as lágrimas quanto o riso, tamanha a sua capacidade de trabalhar com a palavra e com os sentimentos, ora tocando as fímbrias do intelecto, ora as cordas do coração.

Tratando das histórias ou das memórias, contando fatos, falando dos amigos e dos livros, voltando ao passado, ou refletindo sobre o presente e o futuro, o escritor compõe, na verdade, ensaios, estudos, críticas, reflexões e testemunhos de vida. A fala é a do sábio, não aquele que se assume como tal, mas o que, sem atentar para a sua grandeza, fala da vida a partir de um ponto de vista privilegiado, mas sem perder o foco e a atenção de seu público. Josué abre a porta de seus livros e de suas leituras, convidando o leitor para um diálogo, como os antigos mestres costumavam fazer, partindo das experiências do cotidiano para alçar outros voos.

Em 1973, o escritor publicou sua primeira e solitária coletânea de crônicas: *Os bonecos indultados*. Seu rigor crítico, porém, demonstra certo constrangimento ao reunir essa produção esparsa, quase se desculpando ao público pela iniciativa, por considerar que as crônicas tinham uma "data de validade", feitas para o consumo imediato do leitor do jornal. A explicação do título, no prefácio do livro, busca justificar a reunião desses textos num volume: definiria as crônicas escolhidas como bonecos indultados, que, por uma seleção rigorosa do autor, se livraram das cinzas do esquecimento. Com essa afirmação, referia-se às cenas do festival de bonecos espanhol, em que todo o empenho dos artistas voltava-se para a construção desses artefatos, em tamanho gigante, feitos unicamente para serem incendiados no final da festa. Entretanto, alguns desses bonecos, escolhidos por um júri, seriam indultados e se salvariam do incêndio para integrarem o acervo de um museu. Pelo indulto do autor, algumas crônicas vinham a público após severa seleção, o que reflete o zelo de sua escrita, sempre procurando dar aos leitores o melhor de si.

Numa crônica de 1985, o escritor faria um resumo de seu trabalho, depois de trinta anos de colaboração nas páginas do *Jornal do Brasil*, contribuição essa que se estenderia até 1993.

> De repente, olhando a fileira de volumes encadernados com a minha colaboração semanal para esse diário, me dei conta que está fazendo trinta anos que comecei a escrever no *Jornal do Brasil*. Ao todo, mais de 1 mil e 500 artigos, sem faltar um só dia ao meu compromisso de subir a esta coluna, para falar a um amigo invisível, que é o leitor, tão pontual na leitura quanto o articulista na escrita. Digo isso sem orgulho nem vaidade, apenas pelo gosto de corresponder às numerosas cartas e aos generosos telefonemas que recebi nestas três décadas sobre meu palmo de prosa.

Montello revitaliza ano a ano sua escrita, aprimora-se, revela sua imensa dedicação a tudo em que se empenhou, feição própria dos perfeccionistas que têm por lema a contínua busca pelo texto ideal e pela superação dos próprios limites. Contudo, seu texto não se expõe à reflexão fria do cronista por ofício, mas à imensa sensibilidade de quem tem o saber como o principal alvo na vida.

O farto material deixado por Montello, ao contrário do que nos fez pensar no prefácio de *Os bonecos indultados*, é de extrema importância para os leitores e os pesquisadores da obra do mestre. Algumas crônicas serviram de base para a criação de outros textos do autor, assim como muitas delas trazem confissões do romancista sobre sua criação, ou, especificamente, esclarecem cenas de sua obra ficcional.

A escrita das crônicas é uma linha de tempo em que o leitor pode acompanhar a evolução do escritor, os lugares por que passou, suas impressões de leitura, seu trabalho incansável na esfera pública, enfim, toda a longa carreira dentro e fora do mundo das Letras. Esse exercício contínuo de escrita ele mesmo admitiria ter sido um marco em sua carreira, apurando o estilo com que moldou sua maturidade:

> No fluir de três décadas, assisti não apenas às mutações do mundo em meu redor – eu próprio mudei, sem deixar de ser fiel a mim mesmo. [...] Trinta anos de convívio com o leitor, no mesmo jornal, na mesma página (mudei de lugar apenas nas mudanças de paginação), permitiram-me recolher as saudades de toda uma longa caminhada, ao mesmo tempo que moldei em definitivo a forma de minha maturidade. A assiduidade da escrita eu a aprendi aqui. Não sei se a aprimorei.

Acompanhando a linha temporal dos escritos montellianos, constata-se que, tendo iniciado sua colaboração no vigor dos trinta, seguiu rejuvenescendo e revigorando seus textos a cada ano em que amadurecia como escritor. Fenômeno notável para quem só terminou sua colaboração após quase quarenta anos de escrita, mantendo-se, como ele mesmo admite, fiel a si mesmo.

Definimos sete eixos que perpassam as temáticas das crônicas de 1955 a 1993, e que formam a chave do pensamento do autor: as lembranças de São Luís ou as reminiscências de sua longa trajetória de vida, os episódios que registrou como imortal da Academia Brasileira de Letras, as sábias reflexões sobre as dificuldades do ofício (como escritor e homem público), os amigos fiéis, suas impressões de leitor sobre a obra de grandes escritores, a mesma paixão pelos livros e bibliotecas, e, por fim, os estudos sobre a obra de Machado de Assis.

Seguindo esses conteúdos, respectivamente, extraímos sete eixos temáticos: "Memórias", "Histórias da Academia", "Óbices do ofício", "Amigos de sempre", "Homens e livros", "Biblioteca íntima" e "Mestre Machado de Assis". Cada uma dessas vertentes abre muitos campos de reflexão, embora todas tenham como foco primordial a leitura dos homens e dos livros: ofício contínuo de quem aprendeu a interpretar com arguta vivacidade o mundo que o cercava.

Em cada trecho, em cada vereda, encontramos uma nova face do escritor e, mesmo assim, ainda o mesmo Josué: homem de palavras e de ações. Sobretudo, a vida parece se abreviar diante da infinita sede de fazer, de escrever e de conhecer o pensamento humano, mesmo com suas contradições, de onde sempre procurava extrair um facho de luz, um toque de esperança, embora margeando os limites da dor e da inquietação. Um trabalhador incansável, sem dúvida, que nos legou uma vasta e refinada obra, que expôs tudo aquilo que pôde absorver de seus mestres, e que soube depurar de sua experiência pessoal.

Tomando o braço do leitor ou da leitora, como fazia Machado de Assis, Montello nos conduz a uma viagem pela memória, pela crítica literária e pelas histórias que saem de sua pena de cronista. A imensa paixão pelos livros, dos antigos e dos seus contemporâneos, leva-nos a um passeio por suas leituras, pelas livrarias, pelos sebos do Rio, ou, ainda, apresenta-nos os belos retratos das cidades por que passou.

Por vezes, levados por seus relatos, somos transformados em transeuntes, ora pelas ruas de Lisboa, admirando um monumento a Eça, na rua do Alecrim, ora pelas calçadas do Centro do Rio, entre a rua do Ouvidor e a São José, em busca de algum volume precioso e raro das mãos de antigos livreiros. Afinamos o senso crítico ao ouvirmos suas "notas de leitura", ou diante das "confissões do romancista". Choramos as perdas dos grandes amigos, ou, ainda, abrindo um "parêntese pessoal", a morte do gatinho de estimação, num momento de mágica delicadeza, que tão bem compôs com palavras tocantes e admiráveis.

A convivência de tantos anos com escritores, intelectuais, políticos e figuras importantes permitiu ao escritor guardar a memória de momentos únicos, que ele revela ao leitor com singular maestria. O registro desses momentos se expressa em páginas inesquecíveis tanto para o simples admirador quanto para o pesquisador de vultos históricos, trazendo de volta cenas de grandes homens como: Alberto de Oliveira, Manuel Bandeira, Carlos Drummond de Andrade, Guimarães Rosa, além de políticos que marcaram época, como Juscelino Kubitschek e Carlos Lacerda. Por outro lado, relatos episódicos também trazem ao nosso conhecimento alguns testemunhos interessantes de celebridades, como Carmem Miranda, ou de escritores do cenário internacional, como Mario Vargas Llosa.

Acompanhando os escritos dessa longa carreira, às vezes nos deparamos com o jovem Josué, na defesa de seus ideais, outras vezes com Montello, rememorando os dias de outrora ou aprendendo lições com os mais moços. Um mestre, mas também um incansável aprendiz. Sem relutância aos sabores do novo, embora defendendo sempre a leitura, a literatura e o grande legado dos livros, reflete sobre o mundo moderno, levantando questões, hoje em grande debate, com uma antevisão capaz de impressionar qualquer leitor.

Aliás, essa capacidade de antecipação torna-se uma das marcas de Josué Montello. Prova disso é que, ao ingressar na Academia Brasileira de Letras, o jovem de 37 anos parecia ler o homem da maturidade na página do futuro. Em seu discurso de posse, o escritor encerra o texto evocando um dos personagens de Anatole France, como um prenúncio de tudo o que soube preservar em sua carreira, seja como romancista, como se consagrou, ou como homem de ideias, que poderemos apreciar pela leitura das crônicas aqui reunidas. À realidade da vida, o cronista soube acrescentar um toque de imaginação, suavizando as pedras no caminho com sua leveza criativa.

> Cada um de nós, ao transpor a maturidade, é um exilado dentro de si mesmo, com a nostalgia de um paraíso perdido, como o Teófilo Belais da fantasia de Anatole France. É bom que tenhamos guardado, na memória dos dias idos e vividos, as grandes asas de outrora, para com elas regressar, num milagre repentino de saudade, ao mundo que nos encantou.

Esse regresso dos dias idos e vividos através do texto prova-nos que, se nem sempre é possível guardar as asas de outrora, ao menos a pena do escritor dá-nos acesso ao legado imortal da palavra. Sua escrita fluida e viva marca o regresso dessa voz que tanto nos encantou e, incansavelmente, continua a nos encantar.

# MEMÓRIAS

"A RECORDAÇÃO RECLAMA
ESPAÇO NO TEMPO, QUER PARA
PURIFICAR-SE, QUER PARA SE REVESTIR
DE IMPORTÂNCIA, NA RECONQUISTA
DO TEMPO PERDIDO."

# MEMÓRIAS

*9 de junho de 1956*

*H*á duas maneiras de puxar pela memória. Numa, começa-se a convocar as lembranças com estas palavras introdutórias: "Por esse tempo...". Na outra, principia-se em tom mais evocativo assim: "No meu tempo...".
Pela primeira fórmula, o memorialista certamente ainda não passou dos quarenta anos. Pela segunda, já alcançou aquela fase da vida que Montaigne, no reparo de um de seus *Ensaios*, denominou de "subúrbio da velhice".
Todos nós, no momento de recordar, respiramos suspirando, consoante a frase de Stendhal. E talvez não haja exagero de Poeta em Valle Inclan quando nos adverte que "las cosas no son como las vemos, sino como las recordamos".*
O velho Hugo, olhando o céu numa noite, deixou que o fluxo emocional da memória lhe ditasse a expansão lírica destes versos:

> O souvenirs! tresor dans l'ombre accru!
> Sombre horizon des anciennes pensées!
> Chère lueur des choses éclipsées!
> Rayonnement du passé disparu!**

---

\* "As coisas não são como as vemos, mas como nos lembramos delas".
\*\* Ó lembranças! tesouro na sombra ampliado!/ Sombrio horizonte de antigos pensamentos!/ Caro clarão das coisas eclipsadas!/ Expansão do passado desaparecido!

As melhores lembranças são as que vêm ao nosso encontro sem que as invoquemos. E chegam-nos de improviso, num relance de poesia, criando dentro de nós um alvoroço de saudade. É um perfume, um quadro, uma palavra, uma relíquia esquecida num livro que suscita repentinamente o veio borbulhante das recordações que nos emocionam.

Não encontro nada de trágico num reparo biográfico de Henriot, quando conta que Brantôme, ao fim da vida, quando escrevia as suas memórias – morreu esquecido, mas se lembrando... Brantôme, nessas horas recolhidas, fruía o encanto particular de encontrar-se com o seu passado.

Rui Barbosa, aqui mesmo no *Jornal do Brasil* em artigo publicado a 3 de julho de 1893, aludiu ao "desmemoriamento dos levianos". E ele bem sabia, com a dignidade e a verticalidade de sua conduta, que os homens de bem trazem a memória fresca, tanto das ofensas quanto dos benefícios...

Georges Duhamel, no pequeno livro admirável em que faz algumas atiladíssimas *Remarques sur les Memoires Imaginaires*, afirma, de modo peremptório, abrindo o seu ensaio: "Não escreverei minhas memórias.". Mas logo desmentiu a si mesmo quando iniciou, sob o título geral de *Lumières sur ma Vie*, a série de volumes em que repassa o seu passado, com aquela poesia e verdade que a sabedoria de Goethe descobria nas ressurreições da memória.

Mas eu dizia, no início desta crônica, que há duas maneiras de puxar pela memória. E, das duas formas, hei de valer-me, um destes dias, da segunda, porque já vai chegando o tempo em que, olhando para dentro de mim, com um suspiro de saudade, também começarei a contar:

– No meu tempo...

# CARMEM MIRANDA E EU

*12 de fevereiro de 1957*

Recebi, durante quase um ano, o merecido castigo, por não haver lido, com atenção e vagar, o livro em que o meu velho amigo Queirós Júnior recompôs, em seu ágil estilo de homem de jornal, a vida, a glória, o amor e a morte de Carmem Miranda.

Fui deixando o livro para uma hora vadia. E como a hora vadia não despontou no quadrante do meu relógio, o resultado é que até ontem fiquei sem ter notícia da ponta de curiosidade que levou Carmem Miranda, no melhor fulgor de sua glória, a molhar a pena no tinteiro, no texto coloquial de uma carta, para indagar por mim.

Mas é bom ir devagar, sem precipitar a narrativa, para dar a esta reconstituição o adequado desdobramento emocional.

Para começar deixarei bem claro que nunca vi Carmem Miranda em pessoa. Nem ela a mim. Pouco depois de minha chegada ao Rio, ela se mudou para os Estados Unidos, com o compromisso de cantar para o mundo. Por esse tempo eu não passava de um bisonho redator do *Monitor Mercantil*.

Confesso que não poucas vezes contribuí a meu modo para aquela consagração do assobio, que o velho Machado de Assis colocou no caminho da glória de um de seus personagens e de que eu, na modéstia de meus recursos, frequentemente me vali, para prolongar as músicas populares que a excelente Carmem cantava esplendidamente no meu quarto de estudante, por intermédio – seja dito de passagem – do rádio de cabeceira com que sempre distraí minhas insônias.

Sem que nossos caminhos se cruzassem, é evidente que jamais me passaria pela cabeça que a excelente Carmem, lá dos Estados Unidos, em plena fama, houvesse, por um momento, concentrado a bondade de seu interesse neste escritor distante, que nunca teve o cuidado de colocar o seu pequeno nome sob a intensa luz dos refletores, preferindo mesmo um pouco de sombra e de silêncio para viver mais a seu gosto.

E a verdade é que Carmem Miranda, numa carta a um amigo, lhe arremessa esta indagação:

– Quem é esse Josué Montello?

A pergunta vem explicada na carta. Um brasileiro, de passagem na casa da artista brasileira, ali deixara um de meus romances. Carmem o lera com interesse e logo quisera inteirar-se sobre quem era o romancista.

Se a pergunta houvesse chegado ao meu conhecimento, com tempo suficiente para uma resposta, eu lhe teria dito, não aquele *Ninguém* da astúcia de Ulisses, no poema de Homero, mas a confissão do estudante, pobre, a quem a boa Carmem proporcionou, com alegria de seu canto, aquele salto feliz dos ponteiros nas horas que se vão depressa.

O acaso, que deu a Portugal o Brasil, deu a mim, no compulsar do livro de Queirós Júnior, a alegria do encontro da pergunta de Carmem Miranda. Li o episódio e não contive uma ponta de emoção. Depois, refletindo sobre o tempo que eu demorara em folhear o livro, compreendi que, nessa demora, o castigado fora eu – que me privara, sem o saber, nesta hora das afeições escassas, de uma afeição antiga e póstuma, que me desvaneceu.

Li o livro de Queirós Júnior com a emoção de sentir que ia ouvir falar de uma excelente amiga. Não mais para me encontrar, no volver de suas páginas, mas para sentir o escritor que *fez* da vida de Carmem Miranda uma reportagem retrospectiva, com aquela vivacidade, aquela pura alegria, aquela graça maliciosa e aquela bondade da cantora que lhe inspirou este livro sentimental.

# O AMIGO QUE EU PERDI

*2 de novembro de 1957*

Mãos amigas e filiais levaram a enterrar, há dias, no Cemitério São João Batista, o corpo de meu Pai. E eu, que estava longe; eu, que não pude estar ao seu lado no momento da última despedida, quero aqui orar por ele, recordando-lhe a figura.

A 20 de agosto, quando ele completava os seus setenta e sete anos num leito de hospital, nesta mesma coluna eu lhe prestei minha homenagem, que hoje se renova com uma saudade mais pungente.

Meu pai, humilde de condição e de destino, soube ser grande para mim, no seu pequeno mundo particular.

Já confessei aqui – e Viriato Corrêa o recordou no discurso com que me recebeu na Academia – que foi no exemplo de meu Pai, incansavelmente relendo a sua Bíblia de 1º de janeiro a 31 de dezembro, que recolhi o gosto da leitura.

E foi ele ainda que, na madrugada de minha adolescência, com a austeridade da sua vida e o rigor presbiteriano de sua disciplina doméstica, me obrigou, conforme ides ver logo a seguir, a exercitar a imaginação que eu empregaria depois nos meus livros de ficção literária.

Não sei se por hábito antigo ou se por influência de um Quartel dos arredores que, às nove horas da noite, tocava a recolher, a verdade é que, nos meus treze para quinze anos, quando passei a fazer meus passeios noturnos ao largo do Carmo, era aquela também a hora de voltar para a casa, de acordo com a disciplina estabelecida por meu Pai.

O toque da corneta, chamando os soldados ao Quartel, também me chamava a mim, na minha adolescência em São Luís.

Mas os soldados obedeciam. Eu, não.

Ficava na boa conversa literária, sob as árvores do largo. E não raro, nas noites de luar límpido, ia seguir as serenatas vadias, ao pé de algum sobrado, nas estreitas ruas em ladeira de minha linda cidade.

E o certo é que, já bem tarde, quando eu batia na porta, no meu regresso, à casa, meu Pai vinha lá de dentro zangado com o filho, trazendo numa das mãos a chave e na outra o candieiro:

– Isto é hora de voltar? – dizia-me ele, zangado.

E eu, para lhe espalhar e desfazer a zanga, antes que o carão engrossasse, tratava de contar-lhe algum fato estranho que havia acabado de passar-se na cidade: um incêndio, uns tiros no largo do Carmo, o descarrilhamento de um bonde com alguns mortos e muitos feridos, enfim: algo que, por suas tintas dramáticas, pudesse interessar a curiosidade de meu Pai.

Ele punha o candieiro sobre a mesa e me pedia pormenores. Eu não os tinha, mas dava-lhos.

Uma noite, entretanto, cansei-me.

– Meu Pai – disse-lhe eu, quando o "velho", contrariado, veio receber-me – é melhor o senhor me dar a chave da porta, porque já estou cansado de inventar calamidades.

Ele riu.

No dia seguinte, deu-me a chave. E eu, com a chave no bolso, passei a chegar mais cedo.

Esse, o Pai amigo e bom, que eu perdi numa tarde de outubro. De quem não guardo a lembrança de um castigo.

Que transmitiu a mim o seu espírito de disciplina. Que me ensinou a alegria do bem.

E que Deus há de ter recebido com afeto, quando ele, dizendo a verdade, lhe contou, na hora de sua chegada, lá no Alto, as muitas calamidades que andam aqui pela terra.

# DOIS EPISÓDIOS DA IDADE MADURA

*7 de janeiro de 1965*

Ao primeiro olhar, não a reconheci. Porém algo na sua fisionomia sensibilizou minha memória, obrigando-me a olhá-la uma segunda vez. E só então a identifiquei. Meu Deus, como estava mudada!!!
Da beleza de outros tempos, que despertara em mim arroubos de poeta lírico, só restava a cor dos olhos esverdeados, debaixo do fino arco das sobrancelhas. Esses olhos bonitos, ainda úmidos e pestanudos, guardavam um fulgor de juventude, apertados pelo cerco das rugas, que se abriam no canto das órbitas. Como tivera o rosto mais cheio, um vinco forte unia-lhe a boca ao nariz, acentuando o caído das bochechas. A cinturinha de vespa, que enlacei num famoso *réveillon* do Cassino Maranhense, tinha desaparecido. E os braços nus deram-me pena.
Procurando reprimir a tristeza que me inspirava a ruína galopante de minha contemporânea, demorei o ollhar na sua figura, sem lhe falar.
Foi ela quem falou:
– Como você está velho, com esses cabelos grisalhos!
Ainda condoído dela, não deixei de ser gentil:

– E você sempre bonita: não mudou nada.
Ela sorriu, radiante:
– Eu me trato. Quem se trata não envelhece.

\* \* \*

Estava no ponto mais alto de sua carreira de homem público. Viera do nada, subira por um capricho da sorte. E o certo é que, lá embaixo, estava o carro oficial à sua espera. Na bandeja de prata do vestíbulo, amontoavam-se os convites para solenidades sociais: casamentos, recepções, almoços em Embaixadas. Mas era o aparelho telefônico, a chamar dia e noite, que lhe dava a sensação sonora de sua importância. Senadores, deputados, generais, acadêmicos. Ministros de Estado, diretores-gerais chamavam por ele, do outro lado do fio.

De tanto o chamarem, deu ordens ao mordono:
– Sempre que o telefone tocar, atenda. Pergunte quem é e repita o nome. Se eu estiver disposto a falar, faço-lhe um sinal com a cabeça, e você me passa o fone. Se eu não quiser falar, digo-lhe que não com o dedo indicador, e você informa que eu saí. Estamos entendidos?

A verdade é que, com o rolar do tempo, se fez cruel.

O mordomo, gentil por ofício, esgoelava-se:
– É o ministro Beltrano que deseja falar com o senhor doutor? Que pena, senhor ministro! O senhor doutor acaba de sair.

Com as pessoas humildes, que lhe pediam um modesto emprego ou o despacho de um processo, chegou a ser tão ríspido na recusa ao diálogo, que o velho mordomo, interpretando as repulsas do patrão, mais de uma vez bateu com o telefone no ouvido dos coitados.

De repente, a roda da fortuna virou. Perdeu o emprego. O carro oficial desapareceu de sua porta. Teve de mandar o mordomo embora. Não recebeu presentes de aniversário.

Nunca mais a bandeja de prata do vestíbulo recolheu convites oficiais.

Agora, metido no pijama caseiro, quem atende o telefone é ele mesmo.

Assim que a campainha toca – e toca de raro em raro – voa pressuroso, em busca de uma das vozes de outrora, que tanto o festejavam.

E amabilíssimo:

– Alô? – pergunta, depois de dizer o número de seu telefone, num timbre cantado que lembra as extrações de loteria.

E ouve frequentemente uma voz grossa, que lhe responde:

– Desculpe, cavalheiro. Tornei a ligar errado.

# TRINTA ANOS DEPOIS – I

*22 de dezembro de 1966*

Ontem olhando a folhinha, lembrei-me de que, no dia de hoje, há exatamente trinta anos, cheguei ao Rio de Janeiro.

A data, por ser exclusivamente minha, só a mim interessa. Entretanto, como ela guarda em si a ressonância de um testemunho, pode acontecer que alguém queira saber como era a cidade que me recebeu debaixo de uma chuva miúda, ali no Cais do Porto.

Nesse tempo, viajava-se de navio. Tomava-se um Ita no Norte, como na canção de Caimi, e vinha-se descer no Rio, ao som de uma orquestra de bordo que tocava a "Cidade Maravilhosa".

Na avenida Rio Branco, enquanto uma fila de ônibus descia na direção da praça Mauá, outra subia na direção do Palácio Monroe. Ao centro, uma fila de táxis estava sempre à nossa espera.

Ao fim da tarde, ninguém precisava correr para apanhar a condução. Viajava-se sentado, era proibido viajar de pé, ainda havia uns ônibus de dois andares, que eram chamados de chope duplo.

Os vespertinos saíam logo depois do meio-dia, em sucessivas edições. Eram cinco essas edições, se mal não me recordo, e ainda havia as extras, suscitadas por algum acontecimento importante na vida política ou policial. Como o preço do jornal era barato (duzentos réis), comprava-se cada edição, lia-se, jogava-se fora.

A rua do Ouvidor, se já não era mais o desfile das notabilidades do tempo de Luís Edmundo, ainda fervilhava de gente, com a atração de suas lojas de modas e as suas casas de chá.

Quase à esquina da avenida Rio Branco, uma defronte da outra, ficavam as duas famosas livrarias: a Briguiet (antiga Garnier) e a José Olympio. Nesta última, os novos escritores faziam o seu lugar de encontro; José Lins do Rego, Graciliano Ramos, Amando Fontes, Lúcio Cardoso, Jorge Amado, Marques Rebelo. O Santa Rosa, o querido Santa Rosa, aparecia a cada momento, com o seu cigarrinho a um canto da boca, um livro debaixo do braço.

Foi ali que, uma tarde, ouvi Marques Rebelo dizer a um jovem escritor baiano que, após publicar uma brochura sobre Stefan Zweig, se candidatara à Academia Carioca e fora derrotado:

– Não desanime. Candidate-se outra vez. Continue escrevendo. Escreva, mas não melhore. Não melhore, que você entra. A questão é não melhorar.

Da Briguiet, com uns saldos de imponência da *belle époque*, tinham desertado os velhos escritores. Em compensação, permaneciam os velhos livros, e foi ali que comprei, volume a volume, com o dinheiro que me sobrava da pensão e do bonde, os cinquenta e tantos tomos do meu Stendhal, na coleção *Le Divan* prefaciada por Martineau.

Numa charge de J. Carlos um amigo marcava encontro com outro na Galeria Cruzeiro: "Entre meio-dia e seis horas – mais ou menos.".

A Galeria, no lugar onde hoje se ergue o edifício Avenida Central, era a estação de bondes do Centro da Cidade. Todo provinciano andava por ali. Tanto para a Zona Norte quanto para a Zona Sul era aquele o local para apanhar o transporte mais barato e mais seguro, que ainda nos dava lazer para longas leituras.

Perguntaram um dia ao velho Ataulfo, já beirando os noventa anos, por que não escrevia as suas memórias. Respondeu o Ministro:

– As coisas que se passaram comigo aconteceram há tanto tempo que, ou eu não me lembro delas ou elas não se lembram mais de mim.

Sinto que vai chegando o instante de recolher as reminiscências, com aquela verdade e poesia que Goethe identificava no mundo das recordações. É melhor tirá-las do tinteiro enquanto há um pouco da luz do meio-dia clareando as imagens da manhã que passou.

Cheguei ao Rio em companhia de Nélio Reis, hoje grande advogado trabalhista, meu fraternal amigo. Numa das novelas de *Duas vezes perdida* (a que dá título ao livro), recordei nossa viagem e o dia de bruma e chuva que toldava a Cidade. Tudo quanto ali está é verdadeiro. Só não é verdadeiro o dia do mês, que transferi para o fim do ano, levado pela intenção de dar melhor fecho à narrativa. É que, no caso, entre a verdade e a poesia, preferi esta última, aceitando o penacho de luz colorida que ela me deu para enfeitar a novela, no contraste de alegria e amargura de sua página final.

# UMA SENHORA

*22 de fevereiro de 1968*

Quando meu Pai morreu, deixou à minha Mãe, como seu mais precioso legado, uma velha Bíblia, na tradução do padre Antônio Pereira de Figueiredo.

Esse exemplar, em edição comum, tinha uma particularidade que o fazia valioso: estava todo anotado, do *Gênesis* ao *Apocalipse*, com as indicações das passagens que minha mãe deveria ler na solidão da viuvez.

Durante quase dez anos, a velhinha, todas as tardes, punha os óculos de aros de metal que limpava na barra da saia, escolhia um canto da casa, onde os netos e os bisnetos fizessem menos zoada, e lia religiosamente os trechos que meu Pai selecionara, com um traço vermelho, para a sua edificação espiritual.

Há pouco mais de um ano, fatigada pelo tempo, a velhinha afrouxou a devoção. Não que lhe faltasse a fé. Pelo contrário: estava cada vez mais segura de que Deus era seu amigo e olhava por ela e por todos os seus. É que a natureza, à medida que ia acumulando rugas no seu rosto octogenário, cuidava de lhe restituir à consciência os dias longínquos de seu passado.

Assim, aos 83 anos, minha mãe revivia, de preferência, nas suas conversas com os filhos, os netos e os bisnetos, as figuras e os fatos do Maranhão do começo do século.

Guardo comigo uma fotografia dela tirada por esse tempo, obra primorosa do velho Gaudêncio Cunha, proprietário da Fotografia União, da rua do Sol, nº 30, em São Luís. Ela aí aparece com os seus olhos rasgados, cabelo partido ao meio, a blusa de renda francesa, feições finas, uma covinha no meio do queixo e uns brincos bonitos que lhe caem das orelhas por baixo do cabelo apanhado para trás.

Victor Hugo, num poema de *Les Rayons et les Ombres*, conta-nos que, na sua infância, teve três mestres: um jardim, cercado de altos muros; um velho sacerdote, que trazia na ponta da língua Tácito e Homero; e a criatura que o trouxe ao mundo. Quanto a esta última, diz o poeta, no segundo hemistíquio do alexandrino: "Ma mère etait ma mère!".

Eu poderia dizer aqui, repentido o poeta, que minha mãe era minha mãe. Prefiro reproduzir, porém, com um par de aspas, o que escrevi há tempos, numa novela de conteúdo autobiográfico, no trecho em que recordo minha saída de São Luís, num time de futebol:

"Meu pai, homem prático, enraizado na sua loja, discordou da viagem; porém minha Mãe, de quem herdei a índole romântica e a imaginação alvoroçada, se mostrou logo a favor: chamou-me a um canto, sacolejou diante de meus olhos o cofre de barro de suas economias, para que eu ouvisse o tinido das moedas, e tratou de me encher de roupas um baú de couro."

Os primeiros versos que ouvi na minha infância foram recitados por ela. Dela me veio também o gosto de contar histórias com que venho entretendo a meu modo o conto da vida.

Nos últimos tempos, à proporção que a velhice a ia levando para a recomposição de seus dias mais longínquos, minha Mãe costumava lembrar duas amigas de juventude: Dona Bem-bem e Sinhá Diniz.

Nunca as vi nem delas sei como seres reais. Mas era tal o poder com que a velhinha as evocava, repassando a sua mocidade feliz, que ambas se incorporaram, com o tempo, às minhas próprias evocações.

Semana passada, entre parentes e amigos mais chegados, minha mãe foi levada ao seu jazigo numa tarde de sol. Subimos uns degraus de escada, depois uma rampa, e ali ficou minha velhinha, toda cercada de saudades e rosas vermelhas, próxima de uma árvore esgalhada que um dia há de estender sobre seu túmulo uma nesga de sombra.

Perto, na descida da rampa, é o baluarte de pedra do Mausoléu da Academia, onde já tenho a minha casa. Consolo-me em reconhecer que um dia seremos vizinhos, misturados ao pó do mesmo chão.

# AS MEMÓRIAS DE KUBITSCHEK

*28 de outubro de 1975*

*E*m 1965, quando o presidente Juscelino Kubitschek transferiu sua residência para Paris, tive com ele, ali, um demorado encontro, numa tarde de outono. Estou a vê-lo na poltrona de meu quarto de hotel, a fisionomia tensa, as sobrancelhas travadas, com ar perplexo de quem nascera para construir cidades e se via, de repente, sem ter o que fazer. Lembro-me de que o frio o obrigava a permanecer de sobretudo, imóvel, meio encolhido, e calado.

Foi então que lhe fiz esta pergunta:

– Por que não experimenta escrever as suas memórias?

Para lembrar Machado de Assis, a propósito de José de Alencar, no discurso de inauguração da estátua do romancista cearense, direi aqui que, a arte, que é a liberdade, seria a força medicatriz de seu espírito.

Logo no dia seguinte, com efeito, o presidente Kubitschek começou a revolver o seu pequeno mundo de lembranças. E não tardou a sentir, levado pelo impulso da pena nostálgica, que a verdade e a poesia vinham ao seu encontro, à medida que ia puxando, à maneira de Goethe, o longo fio das recordações.

Dez anos depois de nosso encontro em Paris, ao receber os dois volumes que o presidente Kubitschek acaba de publicar, primorosamente editados por Adolfo Bloch, *Meu caminho para Brasília*, tenho de reconhecer, com uma ponta de desvanecimento, que dei ao amigo dileto, na hora própria, o conselho feliz.

Depois de ter sido um homem de ação, como prefeito de Belo Horizonte, governador de Minas Gerais e presidente da República, o fundador de Brasília não poderia seguir, com o poema diante dos olhos, esta recomendação de Fernando Pessoa: "Senta-te ao sol. Abdica/ E sê rei de ti próprio.".

O mergulho nas reminiscências pessoais, como entretenimento e ocupação das horas vazias, na cidade indiferente, serviu-lhe de companhia, meses a fio. Quem veio de longe, como ele se desvanece de ter vindo, tem muito que contar. Basta atiçar uma recordação, para que as outras prontamente acudam ao lume do papel, com a emoção correspondente.

Retrocedendo aos idos de sua infância e juventude, na moldura barroca da velha Diamantina, o memorialista nos proporcionou com o seu primeiro livro, *Meu caminho para Brasília*, menos a parábola de uma vida do que o testemunho de uma época – época que vai alargando os seus horizontes, à medida que se amplia a ação política do narrador. Esse testemunho acentua-se ainda mais no segundo livro, quando o Presidente Kubistchek expõe as razões por que construiu Brasília.

Do ponto de vista histórico e do interesse universal, será este último o livro mais importante, no conjunto das memórias juscelinianas. Mas é no primeiro que encontramos a explicação de sua personalidade, sobretudo a coerência da humildade, que tem sido um dos traços característicos de sua condição humana.

Há tempos, ao vê-lo um pouco abatido, em meio a um dos muitos temporais que a vida tem feito desabar sobre a sua cabeça, eu lhe disse que duas coisas lhe faziam falta: o orgulho e a consciência plena de sua importância histórica.

Pelas confissões de seu primeiro livro de memórias, vejo que o lastro essencial de sua individualidade está na capacidade de esquecer o infortúnio, sem que o homem se desprenda de sua humildade genuína. Talvez seja essa, em última análise, a explicação de seus triunfos. Ele se lembra de seus reveses; apenas não lhes põe a carga sobre os ombros, e segue o seu caminho.

À entrada de suas memórias, o presidente Kubitschek poderia ter posto estas palavras de meu conterrâneo Humberto de Campos, quando justificou ter molhado a sua pena de cronista no tinteiro das reminiscências pessoais: "Escrevo a história de minha vida não porque se trate de mim; mas porque ela constitui uma lição de coragem aos tímidos, de audácia aos pobres, de esperança aos desenganados e, dessa maneira, um roteiro útil à mocidade que a manuseie.".

No caso das memórias do Presidente Kubitschek, haveria de acrescentar, a essa lição, o papel por ele exercido na vida política brasileira. A lição de coragem aos tímidos tem relevância histórica, notadamente na hora em que o moço de Diamantina chama a si a responsabilidade e a glória de construir a Capital de seu país. Acentue-se ainda a linha de coerência democrática, que lhe marcou a ascensão e o triunfo, no plano da atuação política.

Para quem lhe aprecia a vida, louvando-se apenas nas aparências, o Presidente Kubitschek não dá toda a medida de sua grandeza. Em vez de ver o estadista, corre o risco de ver nele o homem do *Peixe Vivo*, fiel à sua serenata e ao seu pé de valsa. Na verdade, este Juscelino boêmio, capaz de atravessar a noite ouvindo o violão de seu amigo Dilermando Reis, corresponde à persistência do menino-e-moço de Diamantina, no homem maduro – sem prejuízo do realizador incomparável que, no dia marcado, levou o Executivo, o Legislativo e o Judiciário para o Planalto Central, e ali para sempre os instalou.

Até o derradeiro dia de seu destino, o presidente Kubitschek há de ser assim. Lendo-lhe as memórias, ficamos sabendo que, na sucessão de seus triunfos, dois elementos sempre o acompanharam: a tenacidade e a confiança em si mesmo. Dir-se-á que todas essas vitórias dependeram de sua boa estrela, nos embates que ele travou com a realidade. Vá que seja. Mas cumpre não esquecer que o homem é filho de suas obras.

Quando publiquei *Os degraus do paraíso*, enviei um dos exemplares do romance ao presidente Kubitschek, que se achava em Paris. Ele terminou a leitura do livro viajando de Paris para Nova York. No avião, escreveu-me uma longa carta de análise do livro, que sempre me pareceu a melhor crítica do meu trabalho. Sinal de que, no homem político, coexiste o homem de letras, que só ocasionalmente se manifesta na fluência de uma carta ou no improviso de um discurso.

Esse homem de letras realizou-se agora, em plenitude, nos seus livros de Memórias. Certo, a história recolherá, nesses volumes, muitas cenas felizes. Eu prefiro identificar nas suas muitas narrativas a fina sensibilidade do escritor, capaz de escrever esta breve página sobre as suas lutas na construção de Brasília: "Durante os últimos três anos, minhas reservas físicas haviam sido postas à prova até o limite de sua resistência. Sentia-me tenso desde que chegara ao Planalto. Tudo me comovia: a cidade, a recordação das lutas travadas, a vibração do povo; enfim, a contemplação da obra que ali estava, em todo o esplendor de sua beleza plástica. Vivendo aquele tumulto de emoções, não conseguia desfazer um aperto que sentia na garganta. Quando os ponteiros marcaram 20 minutos do dia 21 de abril de 1960, e vi o espetáculo de som e cores que se armara no céu e, olhando em torno, vi a multidão contrita e com lágrimas nos olhos, não consegui me conter. Cobri o rosto com as mãos e, quando dei por mim, as lágrimas corriam dos meus olhos.".

Eu estava perto, e assisti à cena. Vejo agora que o presidente Kubitschek não se limitou a vivê-la. Transformou-a em obra de arte, na evocação de suas Memórias.

# CANÇÃO PARA O CAFÉ AMARELINHO

*13 de abril de 1976*

A notícia de que, em breve, aqui no Rio de Janeiro, ali na Cinelândia, vai desaparecer o Café Amarelinho, para dar lugar a outro prédio, condizente com as transformações da cidade, teve o dom de revolver dentro de mim velhas recordações esmaecidas. E muita imagem de outrora, que estava por apagar, tornou a ter vida, como se a notícia lhe passasse de repente uma camada nova de verniz.

Neste momento, por isso mesmo, debruçado sobre a minha folha de papel, sou um homem em plena crise nostálgica. Em vão os olhos leem nos jornais do dia sobre crises políticas, experiências nucleares, guerra no Oriente, novos atentados terroristas na Argentina. O que na verdade estou vendo, a olhar para dentro de mim, são os meus vinte anos fagueiros, numa das mesas do Café Amarelinho.

Contou-me certa vez o professor Aloísio de Castro que, indo em companhia de Machado de Assis por uma das ruas do Centro do Rio de Janeiro, observou ao mestre como eram feias as casas de outrora, no trecho por onde iam passando.

– São feias, sim – concordou Machado. – Mas são velhas.

A velhice dava-lhes assim, para o romancista de *Dom Casmurro*, uma dimensão peculiar, que lhe atenuava a feiura.

Estavam enraizadas no tempo, vinham de outras idades, guardando nas suas paredes e nas suas janelas a poesia do passado.

O Café Amarelinho, que vão agora pôr abaixo, faz parte do meu patrimônio de lembranças. Andando por ali, sou de novo o que fui, com a minha roupa de casimira azul, ainda cortada por um alfaiate de província que só acertava nas medidas do freguês quando já estava bêbado. Minha roupa única, pau para toda obra, capaz de enfrentar o frio e o calor, deve ter sido cortada por ele em dia de carraspana comemorativa. Pelo menos é essa a minha suposição, ao sentir que ela se ajusta ao meu corpo, além de me permitir fazer boa figura com duas ou três esfregadelas da escova providencial que minha mãe me pôs na mala.

Associo sempre o Café Amarelinho à geração que se constituiu na redação de *Dom Casmurro* em redor de Álvaro Moreira. Creio ter sido a última que ele aglutinou com a sua capacidade de aliciar companheiros entre os escritores que vinham chegando.

Por esse tempo ainda era imprescindível sair da província para fazer um nome e firmar uma reputação no Rio de Janeiro. Daqui o nome e a reputação se irradiavam para o resto do país.

Os novos poetas e prosadores que iam chegando, ou por terra, ou por mar (o caminho aéreo reduzia-se nesse tempo ao bondinho do Pão de Açúcar), tinham o seu ponto de encontro no Café Amarelinho, assim como os compositores e os cantores se reuniam ou no Café Nice, ou no Café Belas Artes, na avenida Rio Branco.

Inscrevi-me, assim que cheguei, juntamente com o meu companheiro Nélio Reis, no Café Amarelinho. A inscrição era simples: bastava abancar-se a uma das mesas, pedir um cafezinho ou uma média, e ali ficar horas seguidas. Se fazia calor lá dentro, vinha-se para a calçada, de preferência na volta da rua. Dali se via o Marechal Floriano, na imponência de seu monumento. Mais adiante, Carlos Gomes, em bronze, regia, com uma batuta hipotética (a real os ladrões tinham levado), a sua orquestra de pombos, defronte do Teatro Municipal.

Foi ali que fiz amizade com Joaquim Ribeiro, a quem devo o método de estudo que sigo até hoje e que consiste em reduzir a pequenos mapas as leituras que faço. Graças a esse processo, que João Ribeiro ensinara ao filho, tenho a cosmovisão gráfica de meus estudos, e nunca me perco durante uma exposição, quer numa aula, quer numa conferência.

Tempos bons aqueles, mas também difíceis, com dinheiro escasso, muitas vezes resultante da solidariedade dos companheiros. Havia entre nós um judeu gordo, sempre de livro contra o peito e que nos socorria nas emergências mais duras, apenas de boca, sem papel passado. Joaquim Ribeiro, por ter emprego fixo, era o responsável pelos empréstimos. Certa vez deixou de pagar o Leon, deixando também de aparecer por largo tempo no Café Amarelinho. Um belo dia, voltou. Mas ainda sem dinheiro. Ao reaparecer, reapareceu também o Leon, como se estivesse à sua espreita, por trás da porta do bar. Caminhou para o Ribeiro, de braços abertos, já cobrando a conta com o brilho dos olhos. E Ribeiro, assim que o viu, teve esta saída realmente genial:

– Afasta, afasta, que a polícia está me perseguindo.

E eu ainda estou vendo o Leon apertar o passo na rua Álvaro Alvim, para sumir na volta da rua Senador Dantas.

Franklin de Oliveira, Joel Silveira, Danilo Bastos, Wilson Lousada, Omer Montealegre, se bem me recordo, eram os frequentadores mais assíduos da roda de amigos de Joaquim Ribeiro. Dali ia-se para a redação do *Dom Casmurro*, onde o Brício de Abreu, seu diretor-gerente, quando pagava os companheiros – pagava apenas o café.

No prédio do Café, também o consultório de Jorge de Lima. Além de cuidar de nossas enfermidades, como médico, o poeta retribuía a própria consulta com seus livros e seus quadros. Mais adiante, noutro prédio, era o consultório de

Peregrino Júnior, que se limitava a nos dar as receitas com a amostra dos remédios. De vez em quando, quando ia para o consultório, ou dele voltava, parava uns momentos no Café Amarelinho.

Como eu morava perto, no prédio que ficava entre dois cinemas, o Metro e o Plaza, as idas ao Café Amarelinho faziam parte de minhas distrações e de meus descansos. Reconheço agora que, sem dar por isso, eu andava a acumular recordações, e boas, e amigas, e divertidas, e que hoje me dão a impressão feliz, quando as revolvo, de que sacudi o aquário para ver melhor os peixes nadando nas incidências da luz.

Podem pôr abaixo o prédio, tirando da sua esquina o Café Amarelinho. Para nós, que ali fomos moços, ele ficará como o quarto do poeta Manuel Bandeira, na *Última Canção do Beco*:

> Vai ficar na eternidade,
> ...........................
> Intacto, suspenso no ar!

# PARÊNTESE PESSOAL

*6 de fevereiro de 1979*

Quando ele chegou ao meu apartamento tinha apenas dois meses, mas já era esperto e vivo, a ponto de me lembrar aquele gato Sultão que, ao fim do delírio de Brás Cubas, no romance de Machado de Assis, brincava à porta da alcova, com uma bola de papel.

De raça siamesa, parecia exibir no raio de sol o castanho aveludado do pelo macio, com umas sombras mais escuras no dorso, no rosto, nas ancas, nas patas dianteiras. A cauda negra, ora baixa, ora levantada, exprimia-lhe as emoções com um leve tremor na ponta juntamente com as orelhas fitas, que acompanhavam o fulgor dos olhos.

Aos poucos, dia após dia, tomou conta do apartamento, no meio dos livros, com seu ar reflexivo de esfinge em miniatura. Na sala, tinha o seu canto na almofada fofa, perto das velhas edições de Baudelaire. Dir-se-ia estar ali para ilustrar o verso do poeta – como "orgueil de la maison". O mesmo jeito de quem esconde as unhas. A mesma expressão concentrada e distante de quem guarda um segredo.

Gostava de música. Mas da boa música. É verdade. Várias vezes fiz a experiência de seu bom gosto, com os clássicos do meu agrado. Bastava pôr na vitrola a "Sonata ao Luar" para que ele aparecesse. Tonto de sono, galgava a cadeira mais próxima, e ali ficava, com uma restiazinha azul nas pálpebras entrefechadas – ouvindo.

Graças a ele, pude compreender por que Paul Léautaud dedicou um de seus livros, *Propos d'un Jour*, ao gato Miton. Igual ao meu, merecia essa atenção literária. Quando queria um carinho, fazia-se brincalhão. Assim, ao me ver nesta máquina, concentrado na folha de papel, rodava em torno da mesa, ronronando, e acabava por estirar-se aos meus pés, de cabeça, como a divertir-se com a minha austeridade de escritor. Ao menor afago, subia-me às pernas e erguia o focinho – sem perder a expressão grave – para que eu, deixando de lado o meu trabalho, o coçasse por baixo do queixo.

Vem a propósito lembrar esta observação de Jean Cocteau em *Chat Beauté*, sobre outro gato siamês: "Parece que os gatos se identificam com as pequenas coisas de nossa vida, as quais lhes servem de pretexto a um jogo, ao jogo estranho que consiste em aproximar-se de um objeto que se move, dominá-lo e dar-lhe de novo a vida, se ele não se mexe.".

Se minha mulher e eu saíamos, ei-lo no vestíbulo, perto da porta, à nossa espera. Retirado dali, voltava, somente deixando o banco da arca depois que nos via chegar. Recebia o seu quinhão de carinho e nos acompanhava. A meio caminho, parava, e punha-se a sorver o seu leite – como a dizer-nos que não se alimentaria enquanto não regressássemos.

Álvaro Moreira, num de seus reparos de observador desconfiado, era de parecer que um gato, quando se roça em nós, não nos está afagando – está a se coçar. Se é essa a regra geral, posso dizer que meu gato siamês era diferente. Gostava que o afagassem, mas também afagava, por vezes saltando por cima da mesa, a me olhar de frente, bochechudo, os olhos redondos, a reclamar que eu lhe desse um pouco mais de atenção.

Nas memórias de Pierre Gaxotte, *Les Autres et Moi* [Os outros e eu], encontrei um sósia do meu gato, no capítulo em que o mestre de *La France de Louis XIV* [A França de Luís XIV], descreve os hábitos e as afeições de sua velha go-

vernante: "Era um magnífico siamês, forte, suave, silencioso, terno e maligno. Para Margueritte era o príncipe dos gatos, e como tal o tratava. Quando ela saía de seu quarto, por volta das oito e meia, ele a esperava por trás da porta para lhe fazer festa. Mas, algumas vezes, fingia ignorá-la. Nessas ocasiões eu via durante toda a manhã uma Margueritte taciturna, resmungona, insatisfeita. Apressava-me em perguntar-lhe se estava doente, se tinha algum aborrecimento, se havia recebido alguma notícia má. Ela terminava por me responder:
– O gato não me deu bom-dia.".

O meu siamês só destoava do siamês de Pierre Gaxotte na cordialidade permanente. Nada tinha de maligno. Mesmo com estranhos sabia ser afetuoso. Mais de uma vez subiu ao regaço de um candidato à Academia, para aninhar-se ali, como no aconchego de uma almofada. Antes de subir, porém, submetia o estranho a uma inspeção geral, cheirando-lhe os sapatos, a barra das calças, a dobra dos joelhos.

O olfato era o instrumento de seu saber. Pelo cheiro distinguia as pessoas, as coisas, o mundo à sua volta. Depois, recolhendo-se ao recanto costumeiro, com as patas dianteiras sob o peito estufado, ficava a repassar o que havia cheirado, como um sábio a refletir profundamente sobre os mistérios da vida.

Pelo verão eu o levava para Petrópolis. Ali, como via livros pelas paredes do apartamento, e a minha mesa, e a máquina de escrever, sentia-se no seu ambiente. Não protestava contra a mudança, como o gato Riquet, da página antológica de Anatole France, quando M. Bergeret se mudou da *Rue* de Seine para a *Rue* de Vaugirard, em Paris. Era antes como o pacífico Bonifácio, levado num cesto de Lisboa para Olivais, e de Olivais para Lisboa, no romance de Eça de Queirós.

Posso ainda acrescentar outra reminiscência, a propósito das viagens de meu gato: a fina maleta de couro em que ele se deslocava, Petrópolis acima, Petrópolis abaixo, viera-me de Guimarães Rosa, que também amava a solenidade feliz dos gatos siameses.

Ano passado, em novembro, quando o meu bichano completou catorze anos, estive para arranjar-lhe um camundongo. Na verdade, envelhecera como gato de apartamento – sem ter visto um rato. Fiquei a considerar – refletindo que catorze anos felinos corresponderiam a noventa no homem – se não iria cometer uma crueldade, como quem desse uma peteca a um ancião. E esqueci o camundongo. Fiz silêncio à sua volta, coloquei Beethoven na vitrola, e tive a recompensa de vê-lo repimpado na poltrona da sala, com ar de pombo e mandarim – deliciando-se com a sonata.

* * *

Há dias, esse meu amigo de tantos anos, companheiro mudo de muitas de minhas vigílias nesta mesa, começou a mostrar-se inquieto, andando pelas peças do apartamento. Chamei o veterinário, que o sossegou. Tive o pressentimento de que, a despeito de seus sete fôlegos, a vida de meu gato chegara ao seu termo. Alisei-lhe o pelo, cocei-lhe a cabeça quieta, e pude dar razão aos Goncourt, neste reparo de seu *Journal*: nada é mais humano do que o olhar de um animal que sofre.

Mais tarde, na clínica em que o internei, tornei a vê-lo. Afaguei-o mais uma vez, sem que as suas orelhinhas se empinassem e a sua cauda se movesse. E saí dali com os olhos molhados.

# REENCONTRO DO PRIMEIRO ROMANCE

*4 de agosto de 1981*

*F*oi numa casa de vila, na Tijuca, onde eu então morava, que escrevi *Janelas fechadas*, meu primeiro romance. Lembrei-me disto há dias, na editora Nova Fronteira, ao organizar os três volumes em papel-bíblia, de minha *Ficção completa*, para a Nova Aguilar.

Eu havia suprimido do plano geral da obra esse primeiro romance, por me parecer que o livro teria de ser reescrito, a exemplo do que fiz, sucessivas vezes, com *O labirinto de espelhos* e *A luz da estrela morta*.

E tanto Sebastião Lacerda quanto Pedro Paulo Sena Madureira, que ajustavam comigo o plano dos romances e das novelas, defenderam a inclusão do livrinho de estreia. Terminei concordando, mas já sei que me debruçarei sobre ele, dias e dias, cortando, alterando, acrescentando, até sentir que o despojei de seus equívocos e de suas demasias.

Eu tinha vinte anos quando o escrevi. Ora, Joaquim Nabuco, inspirando-se num reparo do Renan, era de parecer que se pode ser bom poeta aos vinte anos; mas só se chega a bom prosador depois dos quarenta.

Conquanto seja essa a regra geral, valem também as exceções, como no caso de Raymond Radiguet, que tinha vinte anos quando publicou seu primeiro romance, *Le Diable au corps*, uma obra-prima.

No entanto, era na regra geral que eu me incluía, não obstante este louvor de Álvaro Lins, ao tempo o nosso crítico literário mais severo: "As qualidades literárias que pude sentir em *Janelas fechadas* são menos particularmente de romancista do que de um escritor de ordem geral. E essas qualidades são daquelas que não se esquecem, sobretudo as do seu estilo, que me deixou as melhores impressões.".

Por esse tempo, eu só conhecia Álvaro Lins de vista. Encontrara-o uma única vez, no mesmo elevador do Edifício Rex, no centro da cidade. Mas sei perfeitamente que ele havia sido generoso para comigo, talvez por uma ponta de apreço ao ar bisonho e esquivo que eu de todo não perdera.

A vereda do romance, que se converteria em minha estrada real, eu a abrira por um ato de vontade, na hora em que a vocação procura o seu caminho, inspirada nos exemplos que vai encontrando. Eu lera com entusiasmo os velhos naturalistas, sobretudo Aluísio Azevedo e Eça de Queirós, e refleti esse entusiasmo em *Janelas fechadas*. No impulso da mesma fascinação, escrevi mais dois romances na unidade de uma trilogia: *Sobrado* e *Cidade iluminada*. E como o processo mais fácil, na época, para encontrar editor, era recorrer aos Irmãos Pongetti, na avenida Mem de Sá, foi para lá que me mandei, disposto a arcar com as despesas de minha estreia.

Sempre me pareceu que há uma idade para casar, como há uma idade para publicar o primeiro livro. Passado esse período etário, corre-se o risco de ficar celibatário e inédito. Casado, eu já estava; restava-me estrear como romancista.

A vila em que eu morava parecia um pedaço de província. Ficava na rua Desembargador Isidro, a dois passos da praça Saenz Pena. Formava uma pracinha, com o lampião ao centro. Eu já havia começado a dispor minha biblioteca na pequena sala que transformara em escritório. De minha mesa, podia olhar a casa fronteira. Esta, por isso mesmo, permanecia de janelas fechadas, e daí o título do livro.

Dia após dia, entretive-me com os meus personagens, recompondo pequenos cenários de São Luís. Era o meu modo de voltar ao Maranhão, sem sair do Rio de Janeiro. Estava lá e aqui, por força da criação literária. E a verdade é que tenho saudade desse primeiro corpo a corpo com a ficção romanesca, ainda no tempo em que, para escrever, a pena tinha de ir continuamente do tinteiro para o papel, ajudada pelo mata-borrão.

Jamais esquecerei a sensação plena de triunfo pessoal na noite em que terminei de escrever o primeiro romance. Razão assistia a Machado de Assis quando escrevia, nas *Memórias póstumas de Brás Cubas*, que o nosso espadim é sempre maior do que a espada de Napoleão. Por isso, ganha a primeira batalha, passei à segunda, depois à terceira, e assim concluí os três romances, certo de que Balzac, com a *Comédia humana*, e Zola, com a série dos Rougon-Macquart, iam ter-me pela frente, empanando-lhes a glória. Era questão apenas de tempo e de trabalho...

Dos três irmãos Pongetti – Henrique, Rodolfo e Rogério – eram os dois últimos que estavam à frente da editora. E foi Rogério que nos acolheu – a mim e ao meu primeiro romance. Ainda o vejo, alto, vermelho, a dizer de um confrade, magro, de queixo torto:

– É um caju atropelado.

Rogério folheou o original datilografado, pilheriou com a falta de ar das janelas fechadas, e perguntou-me pela capa. Santa Rosa, que ia chegando, e que eu já conhecia, leu a primeira página do texto:

– A capa deste livro quem faz sou eu, e não custa nada – disse ele ao Rogério.

Na semana seguinte, recebi as primeiras provas do romance. E dois meses depois via eu o primeiro exemplar do livro. Como que ainda sinto o cheiro da tinta fresca da impressão, e vejo o tom amarelado da capa, e o apalpo, e o tateio, vivendo aquilo que um mestre português, Afonso Lopes Vieira, chamava de sensualidade gráfica do escritor – do escritor que pega o livro com o prazer efusivo de quem gosta de apertar contra o peito um menino bonito e rechonchudo.

Eloy Pontes, que escrevia diariamente a crítica literária de *O Globo*, e ainda maldizia do Modernismo, deu-me a impressão de ter enfeitado a rua para que meu livro por ali passasse: "Este romance é uma afirmação. Nele encontramos um escritor que se move com independência dentro do assunto, conhecendo efeitos de perspectivas e métodos seguros para pôr de pé as personagens, dando-lhe nervos e sentido humano.". E ia além, espraiando-se pelo rodapé compacto, todo ele consagrado à análise e à louvação do meu livro de estreia.

No entanto, eu não estava satisfeito. Depois do romance impresso, algo me dizia que não era bem aquilo que eu queria fazer. Parecia-me que havia detonado uma bateria antiaérea para matar um passarinho. O rigor crítico, que se aguçava em minha sensibilidade, como o outro lado de minha condição de escritor, reclamava de mim outra vida, outro movimento, outra forma de realização romanesca, a despeito dos aplausos que ouvia à minha volta. E quanto mais eu relia o livro, mais me convencia de que nada mais tinha feito do que uma obra fria, muito aquém do romance que eu pretendia construir.

Seriam melhores os dois outros romances da trilogia? Tratei de lê-los, como se não fossem meus. O romancista cedia lugar ao crítico, e foi este que entrou pela madrugada, repassando página a página a pilha de folhas manuscritas. Uma sensação opressiva de desalento me ia esmagando no correr da leitura. Tudo me parecia monótono, sem vida, sem movimento. E o que eu queria do romance era a teatralidade da própria vida. Fizera bonecos e não seres humanos. Urgia recomeçar tudo, buscando outras veredas, tentando novas soluções.

E tive então a coragem que só se tem aos vinte anos: rasguei, emocionado, quase chorando, os dois livros, para tentar achar, mais adiante, a surpresa e o desafogo de um novo caminho.

Isto se passou em 1941. Quarenta anos depois, torno a ler o primeiro romance por dever de ofício. É outro o mundo em meu redor. Eu próprio não sou o mesmo. Mas começo a sentir por *Janelas fechadas* a ternura e o carinho de quem realizou o milagre de rodar para trás a máquina do tempo, voltando a encontrar-se com as suas primeiras ilusões.

# CENAS DA PROVÍNCIA

*24 de agosto de 1982*

O honroso convite com que me distinguiu o magnífico reitor da Universidade Federal de Pernambuco, professor Geraldo Lafayette Bezerra, para encerrar um ciclo de palestras, promovido pela mesma Universidade, sobre o Espírito de Província, levou-me a tirar da estante, há poucos dias, um velho livro de Charles Huart, *Province*, para rever alguns dos primorosos desenhos desse mestre do traço fino e caricatural, com algo das figuras de Daumier. Confrontei as cenas ali fixadas com as cenas de minha Província, e logo cheguei à conclusão de que cada um de nós, nascido numa província, traz consigo essa província, que não se confunde com qualquer outra, nacional ou estrangeira.

Todos aqueles tipos, todas aquelas cenas, formando um conjunto harmonioso de cem pranchas em preto e branco, seriam privativas de Charles Huart. Não se confundiriam com os tipos e as cenas que viram Balzac, Zola, Flaubert ou Maupassant, embora houvesse entre eles a concordância de tempo e sensibilidade, que levou Huart a ilustrar primorosamente os livros desses mestres.

A verdade é que cada um de nós tem a sua província. Província que é uma realidade privativa, amalgamada às nossas vivências e recordações. A ponto de não se harmonizar com a província de meus conterrâneos e contemporâneos.

Longe do Maranhão, tenho comigo minha província, assim como Jorge Amado traz a sua, quando vai por longes terras. Frequentemente, ao recompor nos meus livros o ambiente romanesco de São Luís, não me oriento por um propósito intencional: é que a província está em mim, à espera de emoção propícia, que há de restaurá-la nos seus flagrantes vivos e sentimentais. Não é a pena do escritor que a vai buscar – é a própria província que faz a pena correr no papel, obedecendo ao fluxo da imaginação criadora ou das reminiscências pessoais.

Machado de Assis, embora vivesse na terra natal, teve sensibilidade bastante para imaginar a província alheia quando, no *Quincas Borba*, faz Rubião querer pôr na sala, na sua casa em Botafogo, o bom pajem bisonho que trouxera de Minas Gerais (acentua o romancista) – como um pedaço de província.

Uma das características curiosas da província de Charles Huart é que, nos seus desenhos, não há lugar para crianças ou jovens. Só há, ali, gente idosa – homens e senhoras. A graça dos flagrantes não está apenas nos traços risonhos do desenhista – está igualmente nas legendas que os acompanham e que completam o movimento das figuras, como no ar de azedume do velho que diz à mulher, na noite fria:

– Tua tia é uma velha estúpida que nos serviu lagosta e salada porque sabe que isso me faz mal ao estômago.

Noutro desenho, o violinista de vastos bigodes, com o violino debaixo do queixo e o arco na ponta dos dedos, sussurra esta confidência:

– O que eu prefiro em música são as imitações. Ouçam lá a crise de nervos de minha sogra; depois, imitarei o rouxinol.

Noutra cena, um senhor gordo, todo de preto, flor na botoeira, diz a um amigo de ar espantado, com as mãos para as costas:

— O senhor já soube? É só no que se fala: Madame Lepinçon foi três vezes, no mesmo dia, à casa do novo dentista.

\* \* \*

Certos fatos miúdos, que se perdem no torvelinho natural da grande cidade, têm relevo e vida na cidadezinha provinciana onde todos se conhecem. Tudo ali se magnifica, com relevo próprio.

Perguntei, certa vez, em São Luís, a Viriato Corrêa, que por ali andava em visita à sua terra e à sua gente, de que era que ele mais se orgulhava, no Maranhão.

E Viriato, com rapidez:

— Meu maior orgulho? Ter trazido de Pirapenas para São Luís o mastro da bandeira do Liceu Maranhense. Nunca houve um mastro mais comprido.

A província não é apenas a região limitada em que primeiro recolhemos nossas recordações permanentes. É a casa, a escola, o bairro, o clube, a praia, o ambiente que nos cerca e acompanha, os companheiros, os amigos, a igreja, a praça, as tradições locais, os tipos, os primeiros amores, os primeiros triunfos, tudo isso associado ao sentimento de comunhão regional. Aonde quer que vá o homem de província, esta o acompanha, associada ao seu mais puro processo de reação instintiva.

Basta, por vezes, uma palavra regional, ou um prato típico, ou o ritmo de um folguedo, ou a fotografia de uma ponta de rua, ou o assobio de uma cantiga, ou um recorte de jornal velho, para que a província reponte em nós, lírica, inconfundível.

Certa vez, uma de minhas netas, recém-chegada de São Luís, pôs-se a lutar para calçar a bota. Perguntei-lhe, vendo-lhe o esforço obstinado:

— Que é que está havendo?

— É a bota acochada.

Acochada... Palavra que ouvi menino, na minha província, e mais tarde reencontrei no *Dicionário de Morais*, ali estava agora, no vocabulário de minha neta, com a entoação de minha própria infância.

É assim a província – fiel a si mesma, por vezes indiferente ao passar do tempo e à mudança das gerações, de tal modo que, relendo *O mulato*, de meu conterrâneo Aluísio Azevedo, me situo na Praia Grande de outrora, como se fosse a minha Praia Grande, sem levar em conta os cento e tantos anos que as separam, na velha São Luís.

No pequeno livro que consagrou à poesia e à filosofia da província, juntando notas e máximas de sabor literário, François Mauriac deixou-nos este reparo: "Província, terra de inspiração, fonte de todo conflito! A Província contrapõe ainda à paixão os obstáculos que criam o drama.".

Essa alma conflitante, que Flaubert captou no drama de Madame Bovary, parece ter requintes de crueldade, na forma por que se compraz em vigiar a vida alheia. Charles Huart, a esse propósito, põe em cena uma velha senhora que confidencia a duas outras: "Vou dizer a vocês uma coisa arrepiante: o Vigário negou a absolvição à Madame Vernouillet!".

\* \* \*

No entanto, a despeito do pendor ao conflito, a província é também generosa, e acolhedora, e afetiva, sabendo recompensar na hora adequada, como a querer contrariar o prolóquio segundo o qual ninguém seria profeta na própria terra.

E como cada um de nós, homens e mulheres da província, guarda sobretudo consigo, para a hora das recordações mais puras, as impressões de sua cidade ou de sua vila, deixem-me dizer aqui que São Luís tem esta singularidade: todos os monumentos que lhe enfeitam as praças e os jardins públicos são bustos ou estátuas de homens de letras.

A exceção é a estátua de Benedito Leite, mas este, como se sabe, tem na sua folha de serviços, como Senador da República, o mérito de haver ajudado o governo, com seu parecer, a dar sede à Academia Brasileira – além de ser, ele próprio, sensível às boas letras.

Infeliz é o homem que não dispõe de uma província no seu mundo de lembranças. A província vale como refúgio, mesmo quando estamos longe dela. Fica-se com os olhos no ar, esquecido do mundo em redor, enquanto o pensamento volta ao torrão natal. Quando escrevo, sei que minha província vai ler meu romance, minha crônica, minha novela, meu artigo de jornal. Seu aplauso faz parte do oxigênio que respiro. Ali, não preciso declinar meu nome. Nem me chamam pelo sobrenome. Basta o prenome. Como se eu ainda fosse o menino-moço, com a minha farda do Liceu.

E acontece que, por vezes, sou eu próprio que recomponho esse jovem de outrora. Estou na fase em que os velhos livros, lidos na juventude, devem ser relidos nas edições antigas, que primeiro nos vieram ter às mãos. Abro uma delas ao acaso, e dou com os meus dezesseis anos, como se estivessem guardados ali, à minha espera.

Fiz isso, recentemente, com *A conquista*, de Coelho Neto, na edição em percalina vermelha, da Casa Lelo, de Portugal, e fiquei a repetir com o romancista, maranhense como eu: "Ah! minha terra! cantilenas de amor junto à fogueira, balsas vogando rio abaixo, ao sabor da corrente... Ó tempos nunca esquecidos! Ah! minha terra!".

Antes de Coelho Neto e de mim, já nosso conterrâneo Gonçalves Dias suspirava, em 1851, dirigindo-se a Alexandre Teófilo de Carvalho Leal, na dedicatória dos *Últimos cantos*: "Minha alma não está comigo, não anda entre os nevoeiros dos Órgãos, envolta em neblina, balouçada em castelos de nuvens, nem rouquejando na voz do trovão. Lá está ela! – lá está a espreguiçar-se nas vagas de S. Marcos, a rumorejar nas folhas dos mangues, a sussurrar nos leques das palmeiras; lá está ela nos sítios que os meus olhos sempre viram, nas paisagens que eu amo, onde se avista a palmeira esbelta, e o pau-d'arco coberto de folhas amarelas.".

Entretanto, quando retorno à minha província, sinto que ali está, não a província de meu tempo, mas a que sucedeu a esta. Não estão meus mestres nem meus companheiros. Como reconhecer a companheira de mocidade, na velha senhora que ali vai? E é preciso um certo esforço de saudade para dar vida à sacada de ferro de uma janela – a mesma janela de caixilho de pedra, com outra menina a olhar a rua por onde vou passando, com as minhas recordações de juventude.

# O JORNAL DA JUVENTUDE

*7 de agosto de 1984*

De repente, ao pôr em ordem o espaço da biblioteca destinado a publicações periódicas, verifiquei, com espanto, que o meu jornal – o jornal de que fui redator-chefe aos dezessete anos – está completando meio século. Meio século exato, no próximo dia 15 de setembro.
    Realmente, foi nessa data que apareceu em São Luís o meu jornal. Chamava-se *A Mocidade*. Com redator-chefe, secretário, diretor-gerente e diretor-tesoureiro. Só não tinha sede nem dinheiro. Mas existia, e com circulação periódica regular.
    Tenho defronte de mim, neste momento, a coleção completa de *A Mocidade*, e até hoje não consigo saber como levei adiante o meu jornal. Sei que, pouco antes, eu assumira a presidência (não deixei por menos) do Centro Estudantil Maranhense. Lembro-me de que convidei colegas de outros estados para irem a São Luís, entre eles o Yaco Fernandes, que presidia instituição análoga em Fortaleza, e que aquiesceu ao meu convite, ponto de partida de uma amizade que só a morte iria desfazer, já no Rio de Janeiro.
    É na adolescência que traçamos o roteiro do caminho que vamos seguir. Se o itinerário se altera, a culpa é menos nossa do que do destino, que não teria tido sensibilidade suficiente para nos levar a sério.

Tive um conterrâneo, Antônio Sobrinho, a quem perguntei, logo que chegou ao Rio, o que pretendia ser. E ele, sério, com rapidez:

– Ministro da Justiça.

Morreu pouco depois – por causa de 20 centavos – ao reclamar o aumento das barcas para Niterói, na Estação da praça 15. Protestou contra o aumento, e correu para apanhar a barca, que já ia sair: no momento em que saltou para apanhá-la, desequilibrou-se, caindo no mar. Morreu ali mesmo, pelo menos com o consolo de não ter deixado sem a sua reclamação o aumento extorsivo. Não fora isso, e estou certo de que o ministro Abi-Ackel o teria, hoje, entre os seus predecessores.

Eu, se não cheguei a redator-chefe de um grande jornal na maturidade, realizando assim a vocação de adolescência, devo-o à circunstância de ter feito um pequeno desvio de rota, que terminou por me abrir espaço nesta coluna, sonho também de juventude.

Já Nabuco havia previsto que seria assim, neste trecho de *Minha formação*: "O traço todo da vida é para muitos um desenho de criança esquecido pelo homem, e ao qual este terá que se cingir sem o saber.". Ou sabendo, como no meu caso.

Planejei meu jornal aos quinze anos. Mal saído dos dezesseis, consegui realizá-lo. E é com justificada emoção que o revejo agora. A plataforma do jornal, em duas colunas, assinada por mim, no centro da página, tem um ar compenetrado e suficiente, de que hoje acho graça. De onde concluo, à luz dessa prosa matinal, que eu me levava a sério, já nessas horas matinais.

Eram meus companheiros de aventura: Otaciano Rego Júnior, J. B. Lemos (não o daqui, à frente de editoria do *JB*, mas o de lá, ainda na estacada, como então se dizia) e Souza Reis. Ou seja: o secretário, o gerente e o tesoureiro.

Eu tinha, por esse tempo, o estilo de minha eloquência

juvenil. E usava palavras rebuscadas que, hoje, minha simplicidade repele, como *plêiade e ínclito*. Valha-me Deus.

Vejam aqui o começo do meu primeiro artigo: "São comuns à Mocidade estas arrancadas violentas para a luta.".

Nas quatro páginas da folha, acolhíamos a prosa e o verso dos nossos colegas do Liceu Maranhense e do Centro Caixeiral. O Centro Caixeiral, não obstante o seu nome, era um núcleo de bons estudos, dispondo de excelente biblioteca literária. Foi ali que li, por esse tempo, as *Novelas do Minho*, de Camilo Castelo Branco, nos pequenos exemplares de sua primeira edição em três volumes de meu mestre Nascimento Morais, sobre a obra poética de Gonçalves Dias.

O jornal tinha uma eminência parda, se mal não me recordo, na pessoa de um companheiro do Liceu. José dos Santos Carvalho. Perdi-o de vista, nesta caminhada de meio século. Que é feito dele?

Ao contrário do que ocorre com os jornais de sua espécie, *A Mocidade* durou mais de ano. Chegou mesmo a comemorar o seu primeiro aniversário com fartos louvores a si mesmo, como é de praxe. Nesse número, figuro como poeta, com um soneto bem metrificado – e horrendo, e ameaçador – de que dou aqui, como pano de amostra, estes dois versos sintomáticos: "E se um dia te fores do Caminho,/ órfão de meu olhar, de meu carinho...".

Dada a veemência do poema, suponho que a Eleita (era assim que se dizia), ou se rendeu, ou me deu o fora. É natural que, a esta altura, eu suspire. Suspire, e me pergunte: – Que fim levou, convertida hoje em matrona (já avó, ou bisavó), essa menina-moça de olhos verdes, que entraria mais tarde em dois de meus romances?

Repasso a coleção de *A Mocidade*, e os nomes de companheiros que vou encontrando se despojam da farda do Liceu, transformando-se em médicos, advogados, desembargadores, comerciantes, industriais, sem faltar sequer uma bela troca de murros e pescoções entre alunos do Liceu e do Centro Caixeiral, precisamente no dia em que tínhamos feito, no Teatro Artur Azevedo, nossa festa de congraçamento.

Também ficou a mancha de sangue, quando dois velhos amigos, e nossos companheiros, se desavieram na Fonte das Pedras, no Centro da Cidade, e um deles abateu o outro com uma punhalada. Veio no jornal.

De repente dou comigo a abrir fogo contra um Marechal. É verdade: aos dezessete anos! Lá está, no número de novembro de 1934, a minha *Carta a um defunto histórico*. O defunto era o Marechal Deodoro da Fonseca. E o propósito da República. Chumbo grosso. Cacetadas rijas. Por isso mesmo, aqui no Rio, quando passo pela estátua dele, tenho a impressão particular de que é para mim, com ar de troça, que o Marechal tirou o chapéu.

# TRINTA ANOS DEPOIS – II

*4 de junho de 1985*

De repente, olhando a fileira de volumes encadernados com a minha colaboração semanal para este diário, me dei conta de que está fazendo trinta anos que comecei a escrever no *Jornal do Brasil*.

Ao todo, mais de 1 mil 500 artigos, sem faltar um só dia ao meu compromisso de subir a esta coluna, para falar a um amigo invisível, que é o leitor, tão pontual na leitura quanto o articulista na escrita. Digo isto sem orgulho nem vaidade, apenas pelo gosto de corresponder às numerosas cartas e aos generosos telefonemas que recebi nestas três décadas sobre meu palmo de prosa.

O último desses telefonemas tem a sua singularidade. Veio-me de uma cidadezinha do Norte, já noite velha. E uma voz de homem, do outro lado do fio:

– Acabo de ver um programa seu na televisão. Meus parabéns. Sou seu leitor do *JB*, todas as terças-feiras. E quero-lhe dar uma prova de meu apreço e de minha admiração.

Um silêncio. E eu, curioso:

– Pode falar.

E a voz efusiva do meu admirador:

– Acabei de escrever um livro e escolhi o senhor, pela confiança que me inspira, para fazer-lhe a revisão.

A singularidade da homenagem não deixou de me tocar:

– Meu bom amigo, estou emocionado com a sua lembrança. Realmente nunca tive outra homenagem assim. Infelizmente, com a responsabilidade de rever cerca de quatro mil páginas, para os três volumes de meus romances, na edição Aguilar, estou impossibilitado de corresponder à homenagem que me quer prestar.

E o meu novo amigo, um tanto desapontado:
– Quem é que o senhor me sugere?
E eu:
– Gilberto Freyre. É o mestre de todos nós.

Não sei se o meu admirador ligou para Recife. E possível que sim. A admiração afetuosa é caprichosa, original e tenaz. No conto de Anatole France, o devoto de Nossa Senhora, em vez de rezar, com as mãos no peito, pôs os pés para cima e as mãos no chão, exibindo-se diante do altar. Era uma prova de devoção, a mais alta e a mais pura, com a ingenuidade das criaturas simples.

Quando cheguei a este jornal, trazido pela condessa Pereira Carneiro e pelo Ministro Aníbal Freire, a missão era difícil: suceder o Roquette-Pinto que morrera pouco antes, debruçado sobre o teclado da máquina, a escrever seu artigo para o *JB*.

Roquette, cujo centenário de nascimento há pouco celebramos, tinha sabido ser, ao mesmo tempo, um grande homem de ciência e um grande homem de letras. Escrevia primorosamente. Seus breves artigos constituíam sínteses encantadoras de seu modo de ver a vida e o mundo.

Fazia pouco tempo que eu tinha sido eleito para a Academia Brasileira. A Academia, aguçando no escritor a consciência de sua responsabilidade, quase que lhe elide a naturalidade desejada. Foi o que se deu comigo. Hoje, se consigo escrever em meia hora este meu artigo semanal, me sinto bem distante da fase em que o texto me afluía ao rolo da máquina com alguma dificuldade. A dificuldade daquele personagem de Machado de Assis que, na praia do Flamengo, brincando com uns garotos, a fazer de gangorra a própria perna, perdeu a graça do brinquedo, ao sentir-se observado. Felizmente, com o passar do tempo, esqueci o receio da escrita, para deixar fluir no papel a reflexão correntia e cordial.

No fluir de três décadas, assisti não apenas às mutações do mundo em meu redor – eu próprio também mudei, sem deixar de ser fiel a mim mesmo. Eu trazia na ponta dos dedos, ao tocá-los no teclado da máquina, uma certa eloquência palavrosa, que fui deixando pelo caminho. Despojei-me de meus excessos. Controlei certo pendor à mofina impressa, que eu também sabia fazer, com a experiência e os venenos da província.

Houve um tempo em que, repleto de leituras, tratava de drená-las para os meus artigos. Não o fazia de propósito. A memória pronta, fiel ao que lia, ansiava por passar adiante a emoção de seus encontros felizes. Mais de uma vez, Alceu Amoroso Lima me perguntou, em tom baixo, confidencialmente, se eu tinha um fichário de leitura.

– Não, não tenho. O que há é que eu, quando guardo o que leio, sempre o guardo bem guardado.

Houve outro momento em que estavam comigo, na mesma página, Manuel Bandeira e Barbosa Lima Sobrinho. Barbosa, veterano antes de mim, é, ainda hoje, o modelo e o companheiro.

Noutra fase, éramos três os maranhenses, neste mesmo espaço: Ferreira Gullar, Lago Burnet e eu. Gullar foi para longes terras, no auge do período repressivo; Burnet, por seu lado, se passou para outras tribunas. Eu fiquei.

Quando Juscelino Kubitschek teve os seus direitos políticos suspensos, foi aqui que fiz o meu protesto, num estirado artigo sobre ele: "Juscelino, daqui a um milênio". Muitos dos que então se calaram, na fase mais dura, julgaram por bem maldizer-me, quando já era fácil ser destemido. Um deles, de que não guardei o nome, andou a chamar-me de conservador, em data recente, e a exibir a dentadura nova.

Sim, sim, perfeitamente. Conservador de mim mesmo e conservador deste horror à maldade, à preguiça e à estupidez. A verdade é que, na hora própria, cedendo apenas ao compromisso comigo mesmo, sempre disse aqui, em voz alta, as minhas verdades e convicções – as verdades e convicções que pus em prática, como reitor da Universidade Federal do Maranhão, sem que ali se praticasse qualquer ato repressivo, e isto no auge das repressões. Pelo contrário, chamei os alunos, enchi o auditório de mil lugares, e fiz que Mestre Afonso Arinos falasse livremente aos meus jovens conterrâneos, sem esquecer de dar a palavra aos moços, para que também pensassem em voz alta, sob minha inteira responsabilidade.

\* \* \*

Trinta anos de convívio com o leitor, no mesmo jornal, na mesma página (mudei de lugar apenas nas mudanças de paginação), permitiram-me recolher as saudades de toda uma longa caminhada, ao mesmo tempo que moldei em definitivo a forma de minha maturidade. A assiduidade da escrita eu a aprendi aqui. Não sei se a aprimorei.

Lembro-me bem de que, numa de minhas idas para a Europa, entrei na redação para entregar a Odylo Costa, filho, com antecedência, minha colaboração regular. E adiantei-lhe:

– Vou de navio, preciso de tempo para me instalar. Para não faltar com o artigo, deixo aqui alguns, para você os ir publicando. De Madri, mando-lhe artigos mais recentes, para entremear com estes.

Odylo segurou as folhas datilografadas, sopesou-as, inclinou um pouco a cabeça, olhou-me pelo canto dos olhos:

– Quantos?

– Trinta e seis.

Ele riu, eu também ri. Nesse tempo, tudo servia de pretexto para o nosso riso afetuoso. Acabei por misturar esse riso às melhores saudades.

# CONFISSÕES DE UM ROMANCISTA

*27 de agosto de 1985*

Ano passado, quando organizei para a editora Aguilar os três volumes em papel-bíblia, nos quais se reunirão os romances e novelas que publiquei até agora, senti-me inclinado a incluir na coletânea, complementando o espelho de toda uma vida de escritor, o primeiro romance que me veio à imaginação, na fase em que apontava em mim a vocação literária.

O tema havia servido de inspiração a um conto, que escrevi na adolescência, ainda em São Luís. Mais tarde, dei-lhe a forma de novela, incluído no livro *Duas vezes perdida*, publicado pela Martins, de São Paulo, em 1966, e rapidamente esgotado.

Por que não lhe daria o tratamento romanesco, nesta fase da revisão geral de minha obra, ajustando-o à intenção do menino-moço que eu também fui, com a minha farda juvenil do Liceu Maranhense? Seria juntar as pontas do tempo, na unidade de uma vida consagrada às letras.

Foi essa a razão por que escrevi, em 1984, *Perto da meia-noite*, indo buscar-lhe o *fiat* genésico na saudade de mim mesmo e de meus companheiros de província, quando todos nós amanhecíamos.

Livro lírico, evocando colegas e namoradas adolescentes, consegui escrevê-lo com as emoções adequadas – sem nada omitir quanto à vida realmente vivida. O primeiro encontro com a morte. O suicídio de um colega de ginásio. O testemunho dos primeiros protestos estudantis. O confronto com as gerações anteriores, na crise que Ortega y Gasset definia como um litígio entre epiléticos e paralíticos. E o drama de um mestre que suplantara esse litígio, tirando da sala de aula a aluna mais bonita, para casar-se com ela. Verdade? Fantasia? Uma coisa e outra.

Era nesse período que, no meu tempo de moço, todo jovem fazia a sua iniciação sexual, considerada básica para que o adolescente se firmasse como um tipo viril. A primeira aventura, nesse campo, e o primeiro pileque, como seu complemento, tinham um valor iniciático, de que dependia o homem futuro.

Deveria entrar também por esse terreno? E por que não? Escrevi *Perto da meia-noite*, misturando a verdade e a fantasia, sem recorrer ao expediente de Humberto de Campos, que preferiu retirar de suas *Memórias* os capítulos para Freud, guardando-os no cofre da Academia Brasileira.

Diz-me a experiência da palavra escrita que tudo pode ser dito, desde que saibamos manter, em nossos textos, a transparência polida que até a Bíblia exemplifica no Cap. 19 do Livro de Juízes.

Com esse exemplo na memória, pus a cena no papel. De início, pareceu-me crua demais. Dei-lhe outra forma. Mais outra. Até que a senti ajustada ao tom conveniente – sem carências nem demasias.

Escrito ora na primeira pessoa, ora na terceira, o romance me permitia, com a sua fluência narrativa, acentuar certos lances de veracidade possível, elidindo-lhe a crueza despropositada.

Meu herói sai de casa, para encontrar-se com os colegas do Liceu, no largo do Carmo, buscando proteger-se nas nesgas de sombra, ao sol forte da tarde, na rua longa e deserta, como que adormecida na preguiça da sesta: "Fui andando devagar. E era tão grande o silêncio à minha volta que se ouvia com nitidez o ruído de meus passos na cantaria do chão. Para aliviar-me do calor, tinha aberto o colarinho da farda, e ia com o casquete na mão. Pela altura da rua do Pespontão, vi um rosto moreno de olhos mortos, na rótula entreaberta. E logo ouvi esta pergunta, em tom suplicante: – Pode me fazer um favor? – E abrindo-me a porta: – Entre. – Fechou depressa a porta, com a dupla volta da chave, e eu me vi numa saleta quase escura, enquanto uma mulher morena, cheia de corpo, me segurava as mãos frias: – Sabes que trabalhei na tua casa e que te vi menino? Depois me casei, não deu certo, e aqui estou. Não te lembras de mim? Eu te carreguei nos meus braços. – E adoçando a fala cantada: – Posso te dar um abraço bem apertado? – Senti-lhe os seios soltos, por baixo do vestido caseiro, enquanto seu corpo se unia ao meu, demoradamente, sensualmente. Com rapidez, ela abriu o colarinho, desabotoou-me o dólmã, ao mesmo tempo que me ia levando para o aposento contíguo, mais escuro que a saleta.".

Neste ponto, reconheço que tenho de interromper a transcrição, visto que há um decoro no jornal nem sempre coincidente com o desembaraço do livro, que faz o seu público, naturalmente mais restrito.

Salto alguns parágrafos, para dar aqui o remate da cena: "Saí dali com a tarde querendo esmorecer. O mundo agora era outro, na luz esplêndida que vinha ao meu encontro e me banhava de ouro e calor. Fui andando para o largo do Carmo, acompanhado pelo grito dos bem-te-vis. Lá adiante, dobrei a rua do Ribeirão. Contornei a velha fonte que Netuno vigiava. Que me importavam as carrancas de pedra, a água a escorrer para os regos laterais, a viração da tarde? Eu pisava firme, sentindo que o chão era meu.".

E concluindo: "Já no largo do Carmo, olhando na direção da rua Formosa, avistei os colegas do Liceu, com Daniel à frente.". Eu devia correr para eles e juntar-me à passeata. Não. Não foi o que fiz. O bonde do Anil vinha completando a curva para descer a rua Grande. Saltei-lhe para o balaústre, instalei-me num banco vazio, deixei que o bonde me levasse. E só as cigarras do João Paulo e da Jordoa, nas árvores que marginavam o Caminho Grande, descobriram o meu segredo. Porque nunca eu as ouvi cantarem tanto quanto naquele fim de tarde, nas duas vezes em que passei por ali.".

Confesso aqui que, ao ler a cena no livro publicado, fiquei a excogitar se não me teria excedido, perturbando a linha lírica do livro com um episódio de expressão sensual. Nessas horas, o demônio interior nos acusa, rindo à nossa custa. Não teria sido melhor a supressão da cena? Acabei reagindo, ao refletir que, para conhecimento do processo de ajustamento dos moços de minha geração ao contexto social, era ela indispensável. Não havia razão para tanto escrúpulo.

Entretanto, posto o romance nas livrarias, tratei de enviá-lo a alguns amigos austeros, para ver se um deles reagiria com severidade ao pequeno episódio. Silêncio absoluto quanto à cena. Senti-me aliviado.

Volvidos alguns dias, na Academia Brasileira, na gaveta de minha correspondência pessoal, o carão estava à minha espera, dentro de um envelope espaçoso, em letra firme e alta: "Li seu romance. Sou seu velho leitor. E é como seu velho leitor que venho protestar contra a cena do Cap. II, no início do livro. Retire-a do romance, na próxima edição. Foi com você aquele caso? Pior ainda. Destoa da harmonia do volume. Suprimi as duas folhas, no meu exemplar.".

Como dizer-lhe que o *eu*, no texto literário, correspondia ao romancista, e não à pessoa do romancista, se a carta trazia, como indicação de remetente, apenas estas iniciais: M. M. M.? E como endereço o trecho da rua General Polidoro relativo ao Cemitério São João Batista?

Atirei a carta ao cesto de papéis, e logo me veio às mãos outra, com o recorte colorido de um de nossos grandes semanários, no qual uma jovem cronista faz a resenha do romance, destacando esta advertência: que eu, com *Perto da meia-noite*, escrevi um livro sentimental, próprio para a Biblioteca das Moças.

Ainda bem que tive a cautela de seguir o meu próprio impulso, ouvindo o conselho da pena que vai levando minha mão sobre o papel da escrita, e com a qual sempre me dei bem.

# ENTRE A VERDADE E A IMAGINAÇÃO

*8 de abril de 1986*

*E*sta nova edição de *Os degraus do paraíso*, que vem ao meu encontro em Paris, mandada pela Nova Fronteira, tem o dom de avivar em mim as lembranças do tempo em que escrevi esse romance, aparecido pela primeira vez em 1965, numa edição da Livraria Martins, de São Paulo.

Há romances que a vida nos dá, com a intensidade de sua trama; outros, somos nós que vamos buscá-los, vivendo-os pela imaginação e pela experiência alheia. *Os degraus do paraíso* estão, para mim, no primeiro caso. Guardam no seu texto a intensidade polêmica de minha experiência religiosa, na fase em que prolonguei em mim o protestantismo de meu Pai, diácono da Igreja Presbiteriana Independente, em São Luís.

Pascal, que reconhecia ser o *eu* odiável, nada mais fez do que tratar de si próprio, como objeto de suas reflexões mais profundas. Por outro lado, quer queiramos, quer não, somos levados a nós mesmos, sempre que tentamos descobrir o mundo que está em nosso caminho e que, mesmo distante, se reflete em nossas pupilas.

Não se estranhe, portanto, que eu vá ao encontro do tempo, nesta oportunidade nostálgica, para dar por mim a me debater com as minhas angústias, em busca de uma certeza que me fugia. Não é fácil, com uma formação religiosa minoritária, escapar a esse debate, que vem de minha infância e juventude, e que levaria o homem adulto a defrontar-se com seus próprios mistérios, à procura de Deus.

Dostoiévski confessava que, escrevendo romances, eliminava os seus fantasmas. De mim para mim, posso acrescentar que não é preciso ser um romancista de gênio para chegar à mesma conclusão.

Ora, no conjunto de minha obra romanesca, identifico pelo menos dois momentos em que o fantasma como que sobe do fundo do poço, na ansiedade mais patética, tentando encontrar a luz que estaria lá em cima. Perto da borda do poço, ei-lo que volve a descer, atraído novamente pelo abismo, e sobe e desce, sobe e desce, até alcançar, lá no alto, a claridade esquiva, para reconhecer, como Joaquim Nabuco, que a fé é o pássaro pousado no alto da ramagem e que só canta quando Deus escuta.

Os dois momentos em que consegui definir, no conjunto de minha obra, a fé que me fugia, são estes: um, em *Os degraus do paraíso*; outro, em *Aleluia*. Neste, mais que naquele. Embora *Os degraus do paraíso* sejam mais romance, no sentido de constituir um fluxo narrativo amplo e aliciante, enquanto o *Aleluia*, por suas dimensões menores, fica mais próximo da novela, a despeito das narrativas que se cruzam no veio da narrativa central.

Por vezes me pergunto se há algo de autobiográfico em *Os degraus do paraíso*. Reconheço que sim; mas me apresso em adiantar que o testemunho autobiográfico se dilui no contexto romanesco. São as vivências que se amalgamaram à minha consciência. Aqui, uma figura. Ali, uma cena. Por exemplo: os versículos bíblicos, devidamente emoldurados, com as advertências sobre o pecado, o castigo e a salvação, postos nas paredes da casa de Mariana, em São Luís, são os versículos das paredes de minha própria casa, com alguns acréscimos e leves alterações.

Quando tento saber como um romancista escolhe os seus assuntos, acabo por concluir que são os assuntos que escolhem o seu romancista. Na linha dessa reflexão, concluo também que, no caso de *Os degraus do paraíso*, eu acabaria por escrever esse romance, que teria muito de mim próprio nas suas tribulações e nos seus problemas, ainda que buscasse esquivar-me de sua atração, como tema narrativo.

Sem querer escrever um romance de tese, acabei por construir o que pretendia. Ou seja: um romance de denúncia. No caso, a denúncia do fanatismo religioso, na fase em que, como seita minoritária, o protestantismo se caracterizava (pelo menos no âmbito de minha experiência) por um rigor extremo, no plano da vida social e na severidade do comportamento individual, ajustado às determinações do Velho Testamento.

À medida que fui vivendo, abrandei em mim certa reação instintiva ao que, então, me parecia constituir o excesso do rigor protestante. Rigor a que por vezes se misturava certa doçura lírica, própria da fé que abala montanhas, e de que é exemplo, na minha memória, o sermão de certo pastor americano que, na minha igreja, procurava demonstrar que até os animais têm ideia de Deus, dando como exemplo o boi – que, antes de dormir, se ajoelha...

Por esse tempo, como é natural, o episódio miúdo, que hoje apenas me faz sorrir, suscitava em mim indignações veementes, de que hoje acho graça. Mas foram episódios análogos que profundamente me abalaram na adolescência, atirando-me a um tom polêmico que levou meu Pai a ter para comigo a atitude superior reconhecida por mim na dedicatória de *Os degraus do paraíso*: "À memória de meu Pai, Antônio Bernando Montello, diácono da Igreja Presbiteriana Independente de São Luís do Maranhão, a quem devo esta lição de liberdade: que eu próprio escolhesse o meu caminho até Deus.".

Protestante era uma coisa; católico, outra, bem diferente. Parecia-me, mesmo, que o Paraíso seria exclusivamente nosso. Deus, lá no Alto, estaria a tomar nota de tudo, com o mais extremo rigor. E isso me atordoava. Eu preferia um Deus inclinado à bondade e ao perdão, e que mais tarde encontraria também no coração e na mente de meus amigos protestantes. E como, por essa época, entre os dez e os treze anos, já eu devorava com os olhos todo o papel impresso que me caía nas mãos, ficava por vezes alarmado com o tom vivaz das polêmicas públicas, nas colunas dos jornais de São Luís, entre reverendos protestantes e reverendos católicos. Na controvérsia veemente, sem qualquer possibilidade de harmonia, destacava-se, por seu português castiço e por sua inclinação à ironia, o padre Arias Cruz, de que hoje tenho saudade.

Assim que o Concílio Ecumênico abrandou esse litígio, a ponto de superá-lo, guardei comigo o que jamais supus que pudesse ver: um pastor protestante (o reverendo Borges, de São Paulo) a conversar com um bispo católico (dom Cândido Padim), no Conselho Federal de Educação, numa tarde de 1962, no Rio de Janeiro. Ambos efusivos e cordiais.

Na minha juventude, não era assim. A biblioteca de meu Pai, constituída exclusivamente de livros protestantes e de tratados homeopáticos, não predispunha a uma cena análoga. *Os degraus do paraíso* foram escritos na atmosfera do litígio mais extremado. Mas sem proselitismo. No tom da compreensão superior, que me veio de meu Pai.

Somente a atmosfera do litígio explica a cena em que Mariana, convertida ao protestantismo, mantém fechadas as cartas que a filha freira lhe manda de Salvador, todas as semanas. Mariana espera cada carta com ansiedade. Mas não as abre, para não ceder à tentação de lê-las.

Quando publiquei o romance, vivi um episódio curioso, num dos restaurantes do Rio de Janeiro, onde eu então jantava em companhia de minha mulher. A certa altura, aproximou-se de minha mesa uma senhora, que me indagou se podia fazer-me uma pergunta.

– Claro que sim, minha senhora.

E ela, aceitando como verdade absoluta a ficção do romance:

– Como é que faço para ler as cartas que a Cristina mandou para D. Mariana e D. Mariana se recusou a abrir?

E eu, para ficar fiel à verdade de minha própria ficção:

– Ainda estão fechadas, minha senhora. Nenhum de nós tem autorização para saber o que a Cristina lhe escreveu.

# AO SOM DOS TAMBORES

*2 de outubro de 1990*

Andou pelo Rio, vindo de Aix-en-Provence, via São Paulo, o meu querido amigo Sábato Magaldi. E foi por ele que vim a saber ter sido escolhido para o concurso de Agregação em língua portuguesa, em toda a França, por ato do Ministério da Educação, em Paris, um de meus romances, *Os tambores de São Luís*.

Quer isso dizer que, em várias universidades francesas, ao longo de catorze aulas sucessivas, de duas horas cada uma, o meu Damião, a minha Benigna, o meu Barão, o meu Padre Tracajá, seres vivos de minha família literária, serão estudados, debatidos, analisados, discutidos, juntamente com as quatro centenas de personagens a que procurei insuflar o alento da vida, como seres reais, naquele romance.

Constituindo para mim uma surpresa, sem qualquer notícia prévia ou preparatória, o ato do Ministério da Educação, em Paris, não poderia deixar de comover-me, sobretudo considerando que a boa-nova chega ao pobre de mim belamente acompanhada pela edição portuguesa do mesmo romance, com o Damião na capa, texto cuidado, esplendidamente impresso, obra do desvelo e da competência de meu dileto amigo Antônio Luís de Souza Pinto, que é, hoje, para mim, em Portugal, o que são, aqui, o Sérgio e o Sebastião Lacerda, na Nova Fronteira.

Ao mesmo tempo a Nova Fronteira me comunica que a nona edição de *Os tambores de São Luís* está sendo impressa, trazendo na capa o quadro com que o admirado, o querido, o inexcedível Cícero Dias interpretou minha obra de romancista, com o tamboreiro batendo o seu tambor, o mar, as palmeiras do Maranhão, os sobrados, na mais bela alegoria colorida de que eu, como romancista, me poderia desvanecer.

Em face disso, que ia eu fazer senão tratar de ver se, em cima de minha mesa, continua no seu lugar a figa necessária?

Um dia destes, assim o espero, estará na rua, com o selo da Academia, a tese de concurso com que, na Alemanha, o prof. Winfried Kreutzer analisou, para a conquista de seu mais alto título universitário, o romance do Damião, num ensaio crítico que profundamente me impressionou.

Da Índia, em dialeto telegu, devo receber, em breve, o mesmo romance. Sinal de que, ao som de seus tambores, não tardará a fazer zoada por lá, se Deus não mandar o contrário.

É natural que me comova. A dívida que procurei saldar para com a raça negra, na formação e na autenticidade do Brasil, louvando-a em muitos anos de pesquisa paciente e obstinada, estará de minha parte, no que a mim concerne, pelo menos amortizada.

Antes de mim, outro romancista, Coelho Neto, teve igual propósito, com *O rei negro*; para mim, o seu melhor romance. Entretanto, o mestre focalizou apenas um episódio do cativeiro.

Parecia-me que o tema comportava horizonte mais vasto, que abarcasse a escravidão no seu conjunto, com a luta, o instinto da raça, a singularidade, a coesão nacional em torno do problema, a superação dos argumentos de ordem econômica, a prevalência dos ideais e princípios fundamentais da dignidade humana, fazendo sobressair, à luz da verdade histórica, a eficácia dos moços na campanha, a participação decisiva e superior dos militares, para tudo terminar, como de fato terminou, com a grande festa do povo unido e vitorioso. Festa, diga-se de passagem, que deveria ter sido repetida por ocasião do centenário de 1988, e que acabou reduzida a manifestações episódicas, por força, presumo eu, da diretriz ocasional que se lhe quis dar, e que, em resumo, abafou a grande data da liberdade.

De início, ao compor a linha mestra de *Os tambores de São Luís*, eu havia pensado num conjunto de oito romances, a que me consagraria pelo resto da vida, todos eles com um personagem negro central, com o mesmo nome, Damião, de modo a compor uma dinastia, sintetizando a mesma luta, a mesma comunhão fraterna, a mesma operosidade construtiva, a mesma dignidade exemplar, sem esquecer o espírito mágico que abre ao negro um caminho peculiar, como símbolo e síntese, na sequência das narrativas conjugadas.

Ocorre, porém, que ninguém sabe o limite da própria vida, e eu pretendia ressarcir uma dívida, no limite natural de minhas possibilidades. Daí ter preferido concentrar-me num único romance, denso, compacto, o quanto possível fiel à verdade dos fatos, dada a compreensão de que todo romance é histórico, sempre que se ajusta à moldura do tempo em que decorre a sua ação fundamental.

É natural que eu diga, mesmo levando em conta a boa fortuna que corresponde ao périplo do romance, que muita coisa ficou por contar, mas sem prejuízo da compreensão global que o tema reclamava. A essência – presumo eu, sempre à espera de obra melhor, na pena de outro romancista – está ainda em *Os tambores de São Luís*.

Como romancista, suponho ter incorporado um elemento importante de confluência social, geralmente posto à margem por historiadores e cientistas políticos. Refiro-me ao contraste decorrente das posições antagônicas da sinhá-moça e da sinhá-dona, no processo da mestiçagem brasileira, quando a primeira se contrapôs à segunda, gerando conflitos como o do poeta Gonçalves Dias, a quem D. Lourença, mãe de Ana Amélia Ferreira Vale, recusou a mão da filha, não obstante a glória e a posição do poeta.

Ana Amélia, por seu lado, reagiu à recusa, contrapondo-se assim à atitude submissa de Gonçalves Dias, e foi buscar, ali mesmo em São Luís, para marido, um mestiço em condições análogas, e com ele se opôs publicamente ao veto de D. Lourença – cuja fisionomia suave, como que resignada, pode ser vista num dos retratos do templo positivista, no Rio de Janeiro.

A família Vale, em represália, foi adiante: deserdou a jovem, enquanto o comércio local se retraía diante do jovem marido de Ana Amélia, levando-o à falência, e mandando-lhe a corda com que deveria enforcar-se, e o expulsou de lá.

Enquanto, para a sinhá-dona, o mestiço seria a prova e a denúncia da prevaricação do branco na senzala, e sobre ele convergiu psicologicamente a sua ira e a sua repulsa, a sinhá-moça se sentiria atraída por esse mesmo mestiço, a quem o branco, por impulso natural do sentimento de paternidade, favorecia a mobilidade vertical, nivelando-o aos filhos legítimos no banco das faculdades, no Parlamento, na vida cultural, a ponto de ser corrente, após a proclamação da República, este prolóquio, registrado por Oliveira Lima, nas *Memórias*: "O primeiro Imperador foi deposto por não ser nato; o segundo, por não ser mulato.".

É natural que se conclua que tudo isso, sendo história social, é também romance. E daí *O mulato*, de Aluísio Azevedo, escrito em 1879, em São Luís, ainda com situações análogas diante dos olhos.

Orientei-me, em *Os tambores de São Luís*, no sentido de fixar sobretudo o problema do negro. Do negro e de suas lutas. Do negro e de suas tragédias. Do negro e de sua ascensão merecida.

Do ponto de vista técnico, no plano meramente narrativo, cruzei duas linhas básicas. Uma, representada pelo romance objetivo, que se resume no espaço de uma única noite, tendo como episódio central a caminhada de um negro de oitenta anos, Damião, atravessando a cidade a pé (por não ter encontrado um carro que o levasse ao outro lado de São Luís), para conhecer o trineto que acabara de nascer.

Essa caminhada é feita com o acompanhamento simbólico do bater dos tambores rituais, na Casa das Minas.

O mestre que nos deu todo um livro sobre essa Casa das Minas, no Maranhão, chamou-se Nunes Pereira, o sábio, o escritor, o antropólogo, que ali nasceu e se criou. E é ele quem afirma, na página 210 de seu grande livro, editado em 1987 pela Vozes: "Uma das mais precisas e legítimas descrições da Casa Grande das Minas é, sem dúvida, a que devemos a Josué Montello, em seu romance *Os tambores de São Luís*.".

Esse depoimento diz bem do meu cuidado. Na verdade, tudo quanto está no livro, como ambiente, como história, como vida, é o resultado de um porfiado estudo. Posso mesmo dizer: de toda uma vida.

Mas o romance não é apenas a caminhada do Damião, no curso de algumas horas entre o começo e o fim da narrativa. No bojo dessa caminhada, tentei contar toda a saga do negro brasileiro, no curso de três séculos, associando-a à ação central, na composição da outra linha narrativa.

Daí a reação generosa que prontamente suscitou, quer aqui, quer fora daqui. Digo isto não por vaidade, mas para registro de uma recompensa, já que *Os tambores de São Luís*, no tom épico que lhe pretendi dar, é, ainda hoje, o mais trabalhado de meus livros.

Por esse tempo residia eu em São Luís, como reitor da Universidade do Maranhão. E, como tinha de vir ao Rio, todos os meses por força de meu mandato de membro do Conselho Federal de Cultura, vinha sempre por Brasília, a fim de solucionar ali, com o ministro Jarbas Passarinho, os problemas de meu reitorado.

Na viagem, trazia o romance comigo. Instalava-me na cadeira do avião, abria o caderno, e escrevia.

O meu caro Jarbas não imaginava o mal que me fazia, sempre que, ao saber que eu estava na antessala de seu gabinete, prontamente me recebia.

O ideal mesmo, nessas ocasiões, era o meu canto, na sala de espera: instalava-me na cadeira, e continuava o livro, ouvindo, só para mim, o bater compassado dos meus tambores.

Um dia, estava em Lisboa, hóspede do embaixador Alberto da Costa e Silva, quando o telefone me chamou, em nossa embaixada. Era uma senhora que desejava falar-me. Queria oferecer-me um jantar. Que eu escolhesse o dia. Reuniria os meus amigos, numa homenagem.

Lá fui eu, com a minha mulher, levando conosco o casal Luís Forjaz Trigueiros. A bela casa acolhedora, com seus velhos móveis portugueses, os quadros de Malhoa e Columbano, a prataria, as luzes acesas, já estava à nossa espera.

Era natural que, ao ver tanta fidalguia, tantos amigos, tanta cordialidade, eu indagasse à senhora a razão de ser daquele jantar.

E ela, feliz:

– Acabo de voltar de São Luís do Maranhão. Sabe o que fui fazer? Fui conferir todas as minúcias de *Os tambores de São Luís*. Fiz este jantar para agradecer ao romancista as emoções que me deu.

Dessa vez, reconheço, o emocionado fui eu.

# HISTÓRIAS DA ACADEMIA

"TENDO CHEGADO À INSTITUIÇÃO AINDA NA CASA DOS TRINTA, SOBRA-ME HOJE A EXPERIÊNCIA, NÃO DIREI DE SEUS MISTÉRIOS, MAS DE SUAS PECULIARIDADES."

# CANDIDATO À ACADEMIA

*26 de novembro de 1957*

*F*oi por inspiração de Viriato Corrêa que em 1954 apresentei minha candidatura à Academia Brasileira.

Viriato, na suposição de que quisesse ser acadêmico ali pelos meus oitenta anos, me fez a sugestão, depois de terminar, com as lentes de aumento de sua bondade, a leitura de um de meus livros:

– Montello, é você que vai me substituir na Academia.

De mim para mim, não obstante a sedução da vida e da obra de Viriato Corrêa, como tema de um discurso de posse na Casa de Machado de Assis, achei que o prazo da proposta era muito longo.

– Viriato – disse-lhe eu, tempos depois – eu não quero substituir você na Academia, porque isso vai custar muito: prefiro que você me receba, quando eu chegar por lá.

E assentamos esse compromisso.

Uma tarde, em Lima, no Peru, onde então morava, estava eu na minha máquina, acabando de escrever o último capítulo de um livro sobre Ricardo Palma, quando minha mulher colocou junto de mim, na mesa de trabalho, a correspondência que acabara de chegar.

E interrompendo-me:

– Veio carta de Viriato – disse ela – dando a notícia da

morte de Cláudio de Souza. E ele acha que deves apresentar tua candidatura à vaga da Academia.

Atirei os olhos à carta, com tristeza e alvoroço. Cláudio sempre me havia distinguido com a sua cordialidade e a sua correção. De Lima, sempre mantivemos em dia a nossa correspondência, com a curiosa circunstância de que, enquanto eu mandava minhas cartas por via aérea, mestre Cláudio, poupando no selo, mandava as dele por via marítima, de tal forma que suas notícias, em resposta às que eu lhe enviava, embora obedecessem ao critério de rigorosa pontualidade, só me chegavam ao Peru dois meses depois.

A derradeira carta de Cláudio de Souza que eu tinha recebido, havia sido respondida por mim na manhã do dia em que me entrou em casa a carta de Viriato Corrêa, com a notícia da morte do teatrólogo das *Flores de sombra*. E eu, cedo, pusera no correio, defronte de minha casa, a resposta afetuosa que não o encontraria mais no seu apartamento da praia do Flamengo e sim no templo grego de seu túmulo, no Cemitério de São João Batista.

E aqui – à maneira de Machado de Assis num de seus contos exemplares – quero pedir que redobreis de atenção.

A última carta de Cláudio trazia-me esta pergunta, que se relacionava ao fato de figurar meu nome entre os sócios do Pen Club: "Por que é que você, no frontispício de seus livros, não põe, por baixo de seu nome, a indicação das instituições literárias a que pertence?". Ao que eu havia astuciosamente respondido, na carta que ele não receberia:

"É para que o dr. Cláudio me ajude a preencher esse espaço em branco com o nome da Academia.".

A pergunta e a resposta refluíram-me à memória, no correr da leitura da carta de Viriato. No meu profundo respeito pelos mistérios deste mundo e dos outros, tomei o episódio por uma advertência. E disse à minha mulher, apanhando um bloco de papel para redigir meus telegramas de candidato:

– É esta a minha oportunidade de entrar na Academia.

E quatro meses depois estava eleito.

# O "JETON" DA LIBERDADE

*15 de agosto de 1959*

Na história pitoresca da Academia Brasileira, há a singularidade de um "jeton" que tirou da cadeia, numa hora amarga de perseguições políticas, dois ilustres membros da Casa de Machado de Assis: Olegário Mariano e Medeiros e Albuquerque.

Foi Olegário quem narrou o caso, numa velha página de reminiscências, lida a 13 de junho de 1935, na sessão acadêmica em que se comemorou o primeiro aniversário da morte de Medeiros.

Dias antes de estourar no país a revolução política que deu fim à Primeira República, Olegário Mariano e Medeiros e Albuquerque, numa tarde de quinta-feira, decidiram fazer uma visita a Afrânio de Melo Franco, que se achava asilado na Embaixada do Peru.

Ao deixarem a Embaixada, após a visita ao amigo, foram abordados por um investigador da polícia que ia e vinha ao longo da calçada, fazendo a ronda do quarteirão.

– Que veio fazer aqui? – indagou o policial, dirigindo-se a Olegário.

– Vim visitar o dr. Afrânio de Melo Franco – replicou o cantor das cigarras, sem se deixar intimidar.

E o investigador, detendo os passos ao Poeta:

– Pois então está preso.

E voltando-se para Medeiros:

– E o senhor também está.

Daí a pouco, levados por um táxi, estavam os dois Acadêmicos no posto policial da rua Voluntários da Pátria, detidos como conspiradores políticos. A ordem era enérgica. Naquela hora de suspeitas gerais, não havia consideração para ninguém, mesmo para um bardo romântico do tipo de Olegário. A prisão, por isso mesmo, não podia ser relaxada.

De repente, Medeiros e Albuquerque, na sala do comissário, sussurrou ao ouvido do companheiro:

– Hoje é quinta-feira. Se ficarmos aqui, vamos perder o "jeton" da sessão de hoje da Academia.

Olegário deu um salto da cadeira. Tinha de falar urgentemente com o chefe da polícia. Dois Acadêmicos não podiam ficar presos numa delegacia sofrendo o prejuízo de seus "jetons". E Olegário, com a impulsividade de seu feitio, apossou-se do primeiro telefone que encontrou.

O certo é que, daí a poucos momentos, o delegado recebia ordem expressa para soltar os dois Acadêmicos, que voaram em outro táxi, desta vez na direção da Academia. E ainda chegaram a tempo de receber o "jeton" providencial.

# AS MULATAS DO SENADOR

*31 de março de 1960*

Sempre que saio do elevador, no segundo andar do edifício da Academia Brasileira, e vejo na parede da saleta que antecede a Biblioteca o retrato do velho J. J. Seabra, pintado por Portinari, vêm-me à memória as várias vezes em que me encontrei com o modelo vivo daquele retrato, nos meus tempos de estudante, entre 1936 e 1937.

– Você conheceu o velho Seabra? – indagou-me uma tarde, Pedro Calmon, reparando o olhar que eu punha na pintura.

Respondi com ênfase:

– Foi meu companheiro de pensão na rua Carvalho Monteiro.

E era verdade.

Nesse tempo, não havia desdoiro algum no fato de um político ilustre e glorioso, como o velho Seabra, morar numa pensão modesta do Catete. E o político famoso, que se medira com Rui Barbosa nas urnas da Bahia, e fora deputado, e governador, e senador vivia à vontade, e dignamente, ao lado de bisonhos estudantes, como eu.

Era mesmo a regra, se estou bem certo, morarem os políticos em pequenos hotéis ou pequenas pensões, e ali tinham casa e comida e ainda recebiam visitas e convidados, sem quebra de grandeza. Hoje, não haverá um só deputado, ou senador, ou mesmo vereador que more em pensão no Rio de Janeiro.

Quero fazer este reparo na hora em que senadores e deputados se mudam para Brasília. E o fato serve para acentuar que, nos últimos tempos, se elevou de modo sensível a vida do político brasileiro. Em alto nível deixarão eles o Rio de Janeiro. O que será um motivo a mais de boa lembrança desta velha e leal Cidade.

Certo, há nisso um traço de evolução brasileira. Mas talvez a própria vida dos políticos tenha perdido, nos grandes hotéis ou nos apartamentos de luxo, o sabor da província que lhes davam as pequenas pensões onde havia cadeiras na calçada, nas noites de lua, e onde sempre se servia à mesa a feijoada opulenta e a couve à mineira.

Vale a oportunidade para recordar um episódio rigorosamente verdadeiro que Medeiros e Albuquerque contou, uma tarde, na tribuna da Academia, e que se liga ao período em que os senadores residiam em pensão.

O barão do Rio Branco tinha o gosto das grandes festas no Itamarati. Antigo homem do mundo, o barão não esquecia os seus tempos de Juca Paranhos e amava florir o salão do Palácio com as mulheres mais bonitas da cidade. Escolhia-as com esmero, para dar realce à sua festa, e o certo é que a beleza e a graça não faltavam nunca ao Itamarati.

Uma noite, entretanto, irrompem no salão, munidos de seus respectivos convites, duas vastas mulatas, dessas que dão na vista com seus grandes olhos e suas formas avantajadas.

Quem as tinha convidado? De onde tinham vindo? E o barão, aflito, ao mesmo tempo que despachava cinco secretários para compor um biombo à volta das imprevistas convidadas, tratou de saber quem eram as duas mulatas e como tinham chegado até ali.

Daí a pouco o mistério se esclarecia.

Eram as donas da pensão onde morava o senador Anísio de Abreu, relator do orçamento do Ministério das Relações Exteriores. E fora o próprio barão que enviara os dois convites ao senador.

# O SEGREDO DOS BELOS VERSOS

*1º de junho de 1961*

Uma tarde, na academia, antes de começar a sessão habitual das quintas-feiras, um grupo de acadêmicos, reunidos em torno do velho Alberto de Oliveira, conversava sobre o problema das influências literárias na poesia brasileira, que Humberto de Campos havia trazido a debate público numa série de vinte e tantos estudos sob o título de *Os donos dos nossos versos*.

Para cada verso brasileiro, na obra dos mestres antigos e modernos, o cronista maranhense, com a sua erudição minuciosa, havia rastreado a ressonância de versos estrangeiros, denunciando-lhe a filiação comprometedora.

E Alberto de Oliveira, voz pausada, a mão direita afilando a ponta do bigode que o chá umedecera:

– Humberto não deixa de ter razão nas suas conclusões. Nada há de novo debaixo do sol. Ninguém escapa aos encontros literários. Que é a cultura, senão um esquecimento benfeito? Humberto se encarregou de avivar-nos a memória.

Fez uma pausa. E prosseguindo:

– Ele poderia fazer, entretanto, um trabalho ainda mais interessante, buscando a origem dos nossos belos versos, não nos belos versos de Portugal, da França, da Espanha ou da Itália, mas sim nas sugestões vulgares que entram pelos nossos olhos e pelas nossas orelhas e que são, em última análise, as fontes espúrias onde nos abastecemos, sem disto termos consciência.

Houve um silêncio maior em torno do poeta.

E Alberto de Oliveira, alteando a cabeça majestosa:

– Bilac, quando criou aquele belo alexandrino – "Fernão Dias Pais Leme entrou pelo sertão" – não teria preso aos ouvidos aquele outro que brilhava como uma legenda à porta de um açougue em Santo Cristo: – "Venham comprar aqui boa carne de porco"? E Raimundo Correia, no admirável e perfeito – "Vai-se a primeira pomba despertada" – não obedecia à música perturbadora de um anúncio da quarta página do *Jornal do Comércio* e que dizia assim: "Vende-se uma fazenda em Cantagalo"? Sem dúvida... Sem dúvida...

E erguendo-se, para atender à campainha do presidente, que chamava os companheiros para o início da sessão:

– Eu próprio recebi uma dessas sugestões. Recordam-se vocês deste meu verso: – "Ser palmeira! Existir num píncaro azulado"? Pois hoje estou convencido de que, na origem desse verso, há um aviso dos nossos bondes...

E recitou, numa voz mais cheia:

– "É proibido fumar nos três primeiros bancos"...

# UMA HISTÓRIA DE CARNAVAL

*23 de fevereiro de 1963*

*U*ma tarde, na Academia, enquanto temperava o seu chá, Luís Edmundo espertou a memória, ouvindo um companheiro aludir aos carnavais de outrora, e me contou, sorrindo, um episódio de sua vida boêmia.

Carnavalesco desde menino, o poeta atravessou a adolescência e a juventude fiel às serpentinas, aos guizos e às máscaras sem resistir aos apelos de rua de um pandeiro ou de uma cuíca.

Poeta lírico, sabendo apaixonar-se ao primeiro olhar feiticeiro, ele terminou levando a sério, um belo dia, os impulsos do coração, e o certo é que, em vez de limitar o arroubo sentimental aos versos ardentes, se viu ao lado da noiva na Pretoria.

Casado de pouco, ainda nos êxtases da lua de mel, ouviu Luís Edmundo o ronco da cuíca, no carnaval que começava. E sentiu que o seu sangue de folião não tinha sossego. Mas que fazer, se o carnaval é festa a que não se deve ir levando a mulher? E tanto pensou que, na véspera do Sábado Gordo, já havia esboçado o seu plano de ação.

E no sábado, com efeito, estava ele em casa, à sua mesa de trabalho, quando o telefone chamou.

— Se for comigo – avisou o poeta à esposa, muito sério – eu não estou para ninguém.

Ela tornou ao gabinete, daí a momentos:

— O telefonema é de Niterói. Mandam avisar-te que um amigo teu, o Hélios, sofreu um desastre e está entre a vida e a morte.

Luís Edmundo saltou da cadeira:

— O Hélios?! Santo Deus! Vou para lá!

E vestiu-se em dois tempos, nervoso, inquieto, desorientado, sem saber onde estava o sapato ou a gravata:

— Coitado do Hélios! Logo hoje!

A mulher, compreensiva, recomendou-lhe calma:

— Não te afobes. Vai devagar.

Ele a beijou aflito e ganhou a rua em largas pernadas. Duas horas depois, chamou a mulher pelo telefone:

— Minha filha, o Hélios está em estado de coma. Talvez não se salve. E eu tenho de ficar por aqui. Tem paciência. Por mim, eu estaria aí a teu lado. Mas o Hélios é meu amigo de infância.

E ao deixar o telefone pôs um bigodinho e umas suíças, alvoroçado pelos cordões que passavam na rua.

No domingo, voltou a telefonar para casa. O Hélios continuava em estado grave. Ainda não tinha voltado a si. E assim continuou na segunda-feira. Na terça, à noite, antes de sair para o baile, já fantasiado, Luís Edmundo tornou a falar pelo telefone:

— Minha filha, continuo em Niterói. O Hélios, graças a Deus, melhorou um pouco. Já abriu os olhos. O médico nos deu alguma esperança. Se resistir até amanhã, estará salvo.

E na Quarta-feira de Cinzas, ali pelas oito horas, o poeta voltou ao lar. O Hélios estava fora de perigo. Mas ele, Luís, ficara exausto. Queria dormir. Não se aguentava mais em pé.

E a boa senhora, modelo de compreensão e tolerância:

— Deita logo, meu filho. Mas primeiro deixa que eu tire do teu rosto o bigodinho da fantasia...

# UMA VISITA DE CANDIDATO

*3 de outubro de 1964*

Um candidato à Academia, velho amigo do ministro Ataúlfo de Paiva, de quem havia recebido numerosas provas de atenção, pediu-lhe que marcasse dia e hora para a visita da praxe.
– Amanhã, às duas horas – respondeu o acadêmico.
No dia seguinte, à hora marcada, o candidato se fazia anunciar à entrada do gabinete do ministro, na Fundação Ataúlfo de Paiva.
E o contínuo, amabilíssimo:
– O ministro está à sua espera espera.
Empertigado na cadeira de espaldar tauxiado, diante da larga mesa de trabalho, mestre Ataúlfo ergueu-se, sorridente, logo que viu o visitante:
– Assim é que eu gosto.
E consultando o relógio:
– São exatamente duas horas. A pontualidade absoluta!
E fazendo o candidato sentar:
– Sente aqui ao meu lado. Quem se candidata à Academia tem de andar muito. O meu amigo naturalmente deve estar cansado. Sente aqui ao meu lado. Tenho meia hora à sua disposição.

E durante os trinta minutos da visita, só ele falou. Loquaz, gentilíssimo, condescendeu em contar ao candidato lances desconhecidos de sua longa vida:
— Quem me colocou na cabeça o sonho doirado de pertencer à Academia foi Machado de Assis.
E avivando a voz:
— Sim senhor! Machado de Assis! O grande Machado de Assis, o nosso escritor sem jaça, a estrela de primeira grandeza de nosso firmamento literário! E foi assim. Nós nos encontramos, uma tarde, na rua do Ouvidor. Ele me fez parar, mediu-me com o seu olhar amigo e me disse (parece que estou a vê-lo, pequeno, amável, um pouco gago) e me disse: "O senhor tem o talhe acadêmico, Dr. Ataúlfo!". Guardei a frase. Uma frase do mestre, como eu não havia de guardar? E daí surgiu meu desejo de ser acadêmico...
Riu alto, por entre lembranças felizes. E prosseguindo:
— Por sinal que fui eleito por unanimidade e mais um voto. Sim, senhor! Sabe por quê? Porque o conselheiro Rui Barbosa que não votava, nesse dia votou. E eu tive, assim, todos os sufrágios da Casa e mais um, que não era dado a ninguém.
Logo a seguir, reapareceu o contínuo, com o cartão de outra visita. E Ataúlfo, volvendo a olhar o relógio.
— Oh! Como o tempo passou depressa em sua companhia! Lá se foi a nossa meia hora! Oh! Os minutos voaram!
E erguendo-se do sofá:
— Não se despeça agora. Eu faço questão de acompanhá-lo até o elevador. E assim prolongarei por mais um pouco a sua visita.
O candidato, um tanto contrafeito:
— Ministro, não se incomode...
E Ataúlfo:
— Pelo amor de Deus, não me prive deste prazer.
Depois, junto ao elevador, ao apertar a mão do visitante, demorou a despedida, para dizer-lhe ao pé da orelha, num tom de voz que podia ser ouvido em todo o vestíbulo:

– Não é a qualquer pessoa que eu faço questão de trazer até aqui. São raros os amigos que me tiram da minha sala. E eu deixo ao amigo, quando é candidato à Academia, tirar a conclusão deste meu gesto, em relação à sua candidatura.

E largando a mão do candidato.

– Já falei demais. Até outra vez!

O candidato, homem experiente, saiu dali com a certeza de que não teria o voto do ministro. Com efeito, mestre Ataúlfo havia sido demasiadamente amável. E dera atenções em lugar de votos...

# A CORAGEM DE
# EUCLIDES DA CUNHA

*17 de fevereiro de 1966*

*F*ranklin de Oliveira, numa página de atilada compreensão crítica, observou recentemente que um dos traços da personalidade de Euclides da Cunha, como homem e como escritor, era a coragem.

Dizia Vicente de Carvalho, num depoimento que confirma o reparo de Franklin de Oliveira, que o mestre de *Os sertões* realizava esta hipérbole de um estadista da Monarquia, na obstinação com que levava adiante o cumprimento do seu dever: "Só há uma desculpa plausível de não comparecer em certas ocasiões: é a certidão de óbito.".

Certa vez, colhidos por um temporal na Ilha dos Búzios, então deserta, Euclides e Vicente de Carvalho passaram ali a noite, vendo de longe o pequeno rebocador *Almiro*, de fogos acesos, que os chamava de momento a momento.

Achavam-se os dois no topo de um morro, a oitenta metros do nível do mar, e não podiam descer, debaixo de chuva, na escuridão que os relâmpagos espaçadamente clareavam, a escarpa que os separava do abrigo onde a embarcação fundeara, batida em cheio pela ventania e as ondas encapeladas.

Somente aos primeiros sinais do dia, e ainda sob a chuva esfuziante, conseguiram alcançar o rebocador.

Euclides da Cunha tinha uma incumbência oficial: visitar naquela manhã a Ilha da Vitória, situada mais ao largo da costa que a Ilha dos Búzios.

Assim que entrou na embarcação, deu ele ordem ao comandante para que aproasse na direção da ilha.

– Com este temporal?

– Com este temporal – confirmou Euclides.

Logo ao sair da enseada, a embarcação entrou a ser perseguida pelas vagas de mar alto, obrigando os dois passageiros a se segurarem nos varões de ferro para não serem atirados no mar: "A cada passo" – conta Vicente de Carvalho na crônica em que recordou o episódio – "o rebocador subia vagarosamente – como por uma montanha acima – por uma onda enorme que lhe viera ao encontro; e chegado ao cume, na rapidez da própria marcha e do movimento da vaga em contrário, precipitava-se, como uma flecha, com a proa quase em vertical ao fundo do mar".

Obstinado em chegar ao seu destino, Euclides tinha os olhos crescidos, muito pálido, sempre com a vista voltada para a mancha cinzenta da ilha longínqua que a cerração deixava divisar na claridade do dia.

Aos trambolhões, agarrando-se como podia, o mestre da embarcação acercou-se do escritor e o alertou do perigo. Não podia saber o que vinha por trás do temporal. Fora da barra, a tormenta podia ser maior.

E Euclides, segurando-se aos varões de ferro:

– A ordem é ir a Vitória!

E lá foi o rebocador, sempre a lutar com as ondas e o vento, a subir e a descer, lavado de popa à proa pelas vagas que se alteavam à sua frente. E à medida que saía da barra, as ondas se faziam maiores.

Novamente o mestre veio a Euclides, preocupado. Era uma temeridade prosseguir na viagem. Só havia um recurso para não naufragarem: era aproar o *Almiro* para São Sebastião, e com a maior urgência.

Só então Euclides da Cunha, olhando Vicente de Carvalho, que o acompanhara na viagem a seu convite, concordou em não ir à Ilha da Vitória, afrontando a tempestade:
– Se eu morresse – disse ele ao poeta, com ar desolado – tinha uma bela morte: a morte no cumprimento do dever. A tua é que seria estúpida: morrer num passeio...

# OS VELHOS DA ACADEMIA

*12 de março de 1970*

Certa vez, na Academia Brasileira, Humberto de Campos encontrou o velho poeta Alberto de Oliveira, diante de um espelho, a esquadrinhar no próprio rosto os estragos do tempo, e pôs-se a observá-lo de longe, discretamente, com a irreverência de seu feitio.

E o poeta, saindo de seu silêncio, numa voz fatigada:

– Triste coisa é envelhecer, meu querido Humberto!

Depois, num suspiro profundo, passou a mão por baixo do queixo, ainda com os olhos no espelho:

– O pior é este papo quando cai.

Lembrei-me desse episódio, que já relatei num de meus livros sobre a Academia Brasileira, ao ler o discurso que M. Pierre Tardy proferiu em Paris há algumas semanas, ao empossar-se como presidente da Academia das Ciências, e no qual tratou, com um pouco de gafe e muita coragem, da velhice de seus confrades.

A imortalidade das Academias não premune ninguém, por mais ilustre que seja, das injúrias da idade.

Dias depois de sua eleição para sucessor de José Lins do Rego, Afonso Arinos de Melo Franco notou, com agrado, na mesa de chá da Academia, em comentário sussurrado ao pé do ouvido de Barbosa Lima Sobrinho, que muitos dos anciãos da casa, ali reunidos, não deixavam transparecer, na agilidade da conversa e na jovialidade do espírito, a idade que tinham.

– Quando você quiser saber a idade de um acadêmico – replicou Barbosa Lima Sobrinho – não se fie na mesa do chá, vá para a porta da rua e veja o acadêmico chegar: é na hora de subir os degraus da escada, arrastando os pés, que se pode calcular o ano em que ele nasceu.

Alberto de Oliveira, ao ver grisalhar a sua bela cabeleira leonina, não hesitou em pintá-la. Mas a seguir vieram as rugas, as pernas trôpegas e o pigarro teimoso, e o poeta acabou tardando o passo e concertando frequentemente a garganta, a despeito de sua merecida imortalidade.

Na Europa, segundo as estatísticas, o homem envelhece mais devagar. Por isso, na Academia Francesa, a antologia de velhos é mais volumosa que a da Academia Brasileira. Também a Academia das Ciências, em Paris, constitui um belo florilégio de cabeças brancas, muitas delas escoradas, a meio corpo, pelo expediente da bengala, mas ainda lúcidas e produtivas.

Apesar de a sabedoria popular advertir que não se deve falar em corda na casa do enforcado, M. Pierre Tardy achou por bem falar em velhice numa casa de ancião. E fez essa proposta aos seus confrades: que acima dos 78 anos todo membro da Academia deveria ser considerado como honorário. Embora o acadêmico honorário viesse a conservar seus títulos e prerrogativas, passaria a ter um suplente, com direito a voto, e que seria o seu sucessor natural quando o velhinho desse baixa.

Olhando em seu redor, depois de convenientemente baseado nas informações do *Anuário da Academia*, M. Pierre Tardy contou, sem dificuldade, dezoito companheiros já em condições etárias de passar à dignidade do quadro dos honorários.

A sugestão do presidente Tardy teria, de imediato, esta vantagem: a escolha de dezoito suplentes na Academia das

Ciências. O suplente, como se sabe, é o único homem que aspira à morte de outro, sem que isto constitua crime ou pecado. Um suplente, na Academia, teria naturalmente um olho de corvo para a rês doente, todas as vezes que se defrontasse com o seu acadêmico honorário. Seria essa, a meu ver, uma das desvantagens da medida – embora se reconheça, por outro lado, que costuma morrer descalço quem espera pelo sapato do defunto.

# A HORA DOS JOVENS

*10 de junho de 1980*

$H$á pouco mais de um mês, na Academia Brasileira, meu confrade Austregésilo de Athayde quis apresentar-me um patrício nosso, de cinco anos de idade e que sabia *tudo* sobre o átomo.

Enquanto adoçava o meu chá, ouvi o garoto discorrer sobre o assunto de sua especialidade, com extraordinária fluência – e fiquei triste. Triste com seu ar compenetrado e sábio, repetindo palavras técnicas, repimpado no meio do sofá, com os pezinhos longe do chão.

Ao fim da aula, dei-lhe este conselho:

– Meu filho, eu acho que você, em vez de estar aí falando sobre o átomo, devia estar correndo atrás de uma bola, pulando, dando caneladas como qualquer menino. A infância passa depressa, e você, se não aproveitá-la agora, vai lhe sentir a falta pelo resto da vida. Deixe o átomo para mais tarde. Grite, nade, jogue peteca, assobie. É na sua idade que se faz isso.

Ele me olhou de modo grave, com seu ar de sabiozinho agastado, disse-me algumas palavras atravessadas, e eu concluí que se tinha instaurado, mais uma vez, na minha vida, um desencontro de gerações.

Que será esse físico infantil, daqui a vinte ou trinta anos? Um sábio mesmo, com direito ao Prêmio Nobel? Ou um ressentido amuado? Fico a torcer pela primeira hipótese, lembrando o exemplo de Pascal que, aos doze anos, segundo o depoimento de sua irmã, dominava toda a geometria e que, aos dezesseis, escrevia o *Tratado das seções cônicas*. Mas também me lembrei, preocupado, dos muitos exemplos de menino prodígio que depois se extraviaram de seu saber, com um ar triste, ignorando que na origem dessa tristeza estava a infância que deixaram de viver.

Alongo um pouco mais a reflexão para me deter, por alguns momentos, no problema dos jovens, hoje tão cantados e badalados, como se a juventude, deixando de ser uma breve transição entre a infância e a maturidade, houvesse passado a ser o próprio objetivo da vida, como aspiração existencial.

É certo que Picasso nos ensinou que se leva muito tempo para ser jovem, e ele próprio ilustrou a lição com o seu exemplo. Mas a juventude a que se referia o pintor teria de ser como a dele – com a mesma aplicação obstinada, a mesma carga de experiências lúcidas, e o mesmo gênio.

A verdade é que a juventude passa depressa. Os que pretendem prolongá-la, à revelia do fluir do tempo, deveriam atentar para o fato de que uma nova geração de jovens vem chegando, com outras aspirações e outras ideias para ocupar o espaço que já lhes pertence. É preciso ceder o lugar.

Há quase um século, numa de suas reflexões maliciosas, Oscar Wilde advertia que os jovens estão sempre prontos a favorecer os mais velhos com o cabedal de suas inexperiências.

Não seria bem assim. Há também jovens iluminados, que têm a intuição da vida, e sabem suprir, com essa intuição, as experiências que não puderam acumular. Mas são poucos. Os demais, obedecendo à regra geral, hão de esperar pelo rolar da vida para que lhes advenha o tirocínio necessário à decifração de seus enigmas.

No meu longo convívio com os jovens, sobretudo em salas de aula como professor, tenho encontrado numerosos espíritos perplexos após os primeiros embates neste mundo. Entre o desafio, que esse mundo lhes impõe, e o recuo da luta, que o temor aconselha, pendem eles para o recuo, já com os primeiros sinais da revolta nas sobrancelhas contraídas. Despreparados para as dificuldades da conquista de um lugar ao sol, no duro processo da acomodação social, sentem-se repentinamente desajustados, como se fossem vítimas dos mais velhos, que não os advertiram em tempo sobre os tropeços que iriam encontrar.

E como a acomodação social se vai tornando sempre mais difícil, daí decorre a desorientação de grande número de moços, que não sabem o que fazer de si próprios, mesmo quando trazem na mão um diploma universitário. Até ali tudo parecia fácil. E agora? Louvados, cantados, celebrados por serem jovens, com uma música jovem, uma gíria jovem, um estilo jovem, uma moda jovem, ei-los agora a olharem o mundo com espanto, não sabendo ao certo que direção tomar.

O último romance de Michel de Saint Pierre, *Laurent* (Grasset, Paris, 1980), permite-nos reconhecer que o drama do moço, na sua inadaptação ao mundo que o cerca, é universal. O grupo de estudantes franceses, que Michel Saint Pierre nos apresenta em seu livro, tenta fugir dessa inadaptação pela droga, a música ensurdecedora, a permissividade sexual, a revolta política e o suicídio, para ao fim reconhecerem, pela boca do personagem central, que tem 23 anos:
– Eu sou um exilado.

Talvez já seja hora de advertir aos moços que a juventude é uma bela idade, que se deve curtir e fruir, mas que a vida se concentra, não nesse lapso de tempo, e sim no outro, que lhe vem logo a seguir: a maturidade. O que estamos vendo é que eles não foram preparados para essa nova etapa. Por vezes alguns deles nos surpreendem com o ar grave com que, invertendo as posições, nos querem reformar e ensinar. A sério.

Conta-nos Gilberto Amado, num de seus volumes de reminiscências, *Mocidade no Rio*, que, já nomeado professor da Faculdade de Direito do Recife, ouviu do barão do Rio Branco, ao lhe ser apresentado, na capital da República:

– O senhor devia deixar crescer o bigode, para não se confundir, como professor, com seus alunos.

Hoje, em muita sala de aula, professor e alunos se confundem – com barbas idênticas. Porque esta geração, ao mesmo tempo que não quer deixar de ser jovem, quer também ser velha, no seu saber, na sua gravidade e no seu semblante carregado.

No tempo do Império, os jovens não queriam ser jovens. Quanto mais depressa envelhecessem, melhor seria. Alencar aos quarenta e poucos anos, tal como nos aparece na sua estátua, parece ter mais de sessenta. Graça Aranha, ao tempo da pregação modernista, dizia, com ênfase, que os moços, no Brasil, nascem velhos.

Presentemente os jovens são jovens, a despeito das barbas, das roupas, do saber, da austeridade. Conviria talvez que não tomassem a juventude como o objetivo da vida, prorrogando-a à revelia do passar do tempo, mas tendo-a em conta de uma preparação para a maturidade que não tarda a chegar.

\* \* \*

Contou-me Marques Rebelo que um de seus amigos, rebelde ao passar do tempo, de tal modo se vestia e pintava, que nunca passava dos trinta anos. Uma tarde, entretanto, de namoro novo, fez este convite à namorada, à porta de uma perfumaria:

– Vamos entrar? Quero comprar para você um vidro de extrato.

E a jovem, intrigada:
– Extrato? Que é extrato?
E o velhote, meio aflito:
– Extrato é perfume.
E a jovem, tratando de largá-lo na calçada:
– Não, obrigada. Fica para outra vez.

O velhote pintara os cabelos, espartilhara-se, queimara o rosto na praia – mas se esquecera de pintar também as palavras.

Que cada um assuma a idade que lhe é própria, sem falsificações inúteis, restando aos mais velhos o consolo que Montaigne dava a si mesmo – quando aceitava que o tempo o arrastasse, levando-o de costas, a fim de permitir-lhe que continuasse a contemplar a juventude que ficara para trás.

# LIMA BARRETO NA ACADEMIA

*12 de maio de 1981*

Lima Barreto, em carta a Monteiro Lobato, datada de 21 de agosto de 1917, reconheceu que não podia ser acadêmico. E ia mais adiante, na singeleza e humildade de sua confissão, referindo-se à Academia: "A reputação de minha vida urbana não se coaduna com a sua respeitabilidade.".

Ora, na tarde de hoje, assistiremos ao ingresso do grande escritor na Casa de Machado de Assis, com uma conferência sobre a sua vida e obra, proferida por Francisco de Assis Barbosa, seu biógrafo ilustre, na sessão pública presidida por Austregésilo de Athayde, que foi amigo do romancista.

Veremos então que o destino, ao compor a fina urdidura de suas astúcias, juntou as pontas de uma parábola, de tal modo que é precisamente o ocupante da cadeira que Lima Barreto primeiro pretendeu na Academia quem lhe vai fazer o louvor, na solenidade da tarde acadêmica.

Francisco de Assis Barbosa, em *A vida de Lima Barreto*, agora publicada em sexta edição – indicativa do interesse do público pela biografia do escritor – diz-nos que este, candidato à glória da Academia, quer como aspirante a uma de suas poltronas, quer como aspirante a um de seus prêmios, viu sempre desfeito o seu sonho. E escreve, resumindo esse desencontro: "Estava escrito que a Academia não lhe reconheceria o valor.".

O reconhecimento desse valor caberá, hoje, a Francisco de Assis Barbosa. É ele quem vai dizer, em nome de todos nós, seus confrades e companheiros, o quanto representa, para a instituição, a obra de Lima Barreto.

* * *

Três vezes o romancista de *Triste fim de Policarpo Quaresma* bateu à porta da Academia. A primeira, em 1917, na vaga de Sousa Bandeira; a segunda, em 1919, na vaga de Emílio de Menezes, e a terceira, em 1922, na vaga de Paulo Barreto.

Explicando a sua candidatura à vaga de Emílio de Menezes, escrevia Lima Barreto, na já citada carta a Monteiro Lobato, cedida a Francisco de Assis Barbosa por Edgar Cavalheiro, biógrafo e amigo do contista de *Urupês*: "Nunca fui sinceramente candidato. A primeira vez que fui, não sinceramente – é bem de ver – foi quando Hélio (Lobo) se apresentou. Só para lhe fazer mal, porque eu o atrapalhava e me vingava das desfeitas que me fizera, tendo-me tratado antes a modos de pessoa poderosa. A carta que enviei, embora registrada, desapareceu e Hélio, apesar do Gustavo Barroso, foi eleito maciamente.".

A carta de Lima Barreto, candidatando-se à vaga de Sousa Bandeira, foi dirigida a Rui Barbosa, que então presidia a Academia. Este – diz-nos Francisco de Assis Barbosa – não a levou ao conhecimento de seus confrades.

De fato, não há vestígio da candidatura do romancista, nessa vaga, nos papéis da Academia. Fernando Nery, no seu livro *A Academia Brasileira de Letras, notas e documentos para a sua história*, apenas guardou, para a indicação dos candidatos à vaga, os nomes de Hélio Lobo, que foi eleito em segundo escrutínio, com dezenove votos, e mais os de Gustavo Barroso, que chegou a ter dez votos no primeiro escrutínio, e o de Saturnino Barbosa, que não foi votado em qualquer dos escrutínios.

E por que Rui não teria dado conhecimento da candidatura de Lima Barreto? Por julgá-la inaceitável, como no caso da carta póstuma com que Medeiros e Albuquerque deu seu voto a Viriato Corrêa e que o barão de Ramiz Galvão, então presidindo a Academia, preferiu ignorar, como se se tratasse de uma pilhéria a mais de seu confrade?

De qualquer forma, a carta de Lima Barreto não seguiu a sua tramitação natural, com o registro da inscrição do candidato e a apreciação do nome do escritor pelo plenário da Academia, na tarde da eleição.

\* \* \*

Ao candidatar-se à sucessão de Emílio de Menezes, em 1919, Lima Barreto teria tido como estímulo o exemplo do próprio poeta, que, a despeito da vida boêmia, chegara aos cimos da Academia. Se a respeitabilidade da instituição acabara por coadunar-se à reputação de Emílio de Menezes, por que, no seu caso, não se daria igual conciliação?

E o certo é que, competindo com Humberto de Campos, Eduardo Ramos e Lima Campos, Lima Barreto obteve dois votos no primeiro escrutínio, dois no segundo, um no terceiro e um no quarto, sem que ninguém saísse eleito. Reaberta a vaga, não voltou a candidatar-se. Candidato único, Humberto de Campos saiu vitorioso, com 27 votos e dois em branco.

No ano seguinte ao da candidatura à sucessão de Emílio de Menezes, Lima Barreto inscreveu-se ao Prêmio da Academia, com *Vida e morte de M. J. Gonzaga de Sá*. O prêmio seria conferido a Ronald de Carvalho, com a *Pequena história da literatura brasileira*, prefaciada por um acadêmico de prestígio, Medeiros e Albuquerque. Este, abrindo o volume, afirmava, categórico: "Se há um livro que não precise de apresentação é este. Ele se apresenta por si mesmo. A *Pequena história da literatura brasileira* só é pequena no nome. De fato é um grande livro.".

Concorriam também à láurea acadêmica o poeta Guilherme de Almeida, com *Messidor*; Cláudio de Souza, com *Flores de sombra*, e Tasso da Silveira, com *Romain Rolland*. O relator do prêmio, o folclorista Alberto Faria, indicou o livro de Ronald, propondo menção honrosa aos demais, inclusive o de Lima Barreto. Assinale-se que Medeiros e Albuquerque fazia parte da comissão julgadora, juntamente com Rodrigo Otávio, Alberto de Oliveira e o relator.

\* \* \*

A 23 de junho morre subitamente no Rio de Janeiro, no interior de um táxi, o cronista Paulo Barreto (João do Rio), sucessor de Guimarães Passos na Academia. A 13 do mês seguinte, na revista *Careta*, Lima Barreto tornava público o seu desejo de suceder ao contista de *Dentro da noite*: "Sou candidato à Academia de Letras, na vaga do senhor Paulo Barreto. Não há nada mais justo e justificável. Além de produções avulsas em jornais e revistas, sou autor de cinco volumes, muito bem recebidos pelos maiores homens de inteligência de meu país. Nunca lhes solicitei semelhantes favores; nunca mendiguei elogios. Portanto, creio que a minha candidatura é perfeitamente legítima, não tem nada de indecente.".

Lima Barreto havia caricaturado Paulo Barreto nas *Recordações do escrivão Isaías Caminha*. O contista é, ali, Raul Gusmão, e é assim que o apresenta: "Falava e não nos olhava quase; errava os olhos – os olhos pequeninos dentro de umas órbitas quase circulares a lembrar vagamente uma raça qualquer de suíno – errava os olhos, dizia, pelo pátio do teatro, e quando nos fixava trazia uma expressão de escárnio que ele mantinha com um razoável dispêndio de energia muscular.".

A caricatura é cruel, indicativa de invencível repulsa. Como admitir que, depois de retratá-lo com tanta antipatia, Lima Barreto quisesse ser o seu sucessor na Academia? E aqui entra suspeita de que pode ter havido, no caso, influência benéfica da *Carta aberta* que Austregésilo de Athayde dirigiu ao romancista e que foi publicada em *A Tribuna*, do Rio de Janeiro, a 18 de janeiro de 1921. Nessa Carta, Athayde faz esta observação de ordem crítica: "Desacostumado a ver obra de mérito nos trabalhos literários que se têm publicado nesta década, faço exceção aos seus e aos de João do Rio, ambos muito diversos na maneira, mas os únicos que chamam a atenção dos estudiosos das letras, nesta nossa terra de Santa Cruz.".

\* \* \*

Na carta com que respondeu a Austregésilo de Athayde, Lima Barreto expendeu várias considerações literárias, mas silenciou quanto à aproximação com Paulo Barreto. Sinal de que já não o olharia com os mesmos olhos implacáveis das *Recordações do escrivão Isaías Caminha*.

Por isso, meses depois, pleiteou-lhe a sucessão na Academia. E por que retirou a sua candidatura? Por ser o décimo terceiro candidato? Ou por ter novamente reconhecido que a reputação de sua vida urbana não se coadunava com a respeitabilidade da instituição?

No ano seguinte, a 1º de novembro, falecia Lima Barreto. E Coelho Neto, que o romancista também retratara com azedume nas *Recordações do escrivão Isaías Caminha*, na figura de Veiga Filho, nele reconheceu, de público, na sua coluna de jornal, um dos maiores romancistas que o Brasil tem tido. Ainda em vida do escritor, Coelho Neto tinha-o louvado, com o mais vivo entusiasmo, no plenário da Academia. Teria sido seu um dos votos que sufragaram o nome de Lima Barreto na urna acadêmica, em 1919? É de supor que sim, dado o calor com que lhe festejou a obra, nela identificando "o espírito de uma era e a glória de um povo".

Francisco de Assis Barbosa, hoje, na tribuna da Academia, retoma o alto louvor de Coelho Neto, na oportunidade da comemoração do centenário de Lima Barreto. Ninguém o faria melhor. E já se pode dizer, com o testemunho desses louvores, que a Academia afinal reconheceu o valor do romancista, associando-se aos aplausos de sua glória definitiva.

# A PROPÓSITO DA ACADEMIA

*16 de junho de 1987*

*E*stá fazendo noventa anos a Academia Brasileira. Para uma instituição que nasceu para durar enquanto houver tempo e humanidade, não é a velhice; mas também não é mais a juventude.

Hesitante nas suas origens, como as demais Academias que a precederam, a nossa contou com o amparo de Machado de Assis, que dela cuidou como planta tenra, ao longo do seu primeiro decênio, e a viu crescer, esgalhar-se, aprofundar as raízes, pronta a desafiar o tempo e os vendavais, como aqueles dois cedros que Eça de Queirós colocou no começo de *Os Maias*.

De longe, ainda menino, tive notícia dela, tanto por sua revista quanto pelas indicações biográficas de alguns de seus membros, cujos excertos figuravam na minha antologia escolar.

Ali, se não estou entre os mais velhos, na ordem da cronologia pessoal, estou entre os mais antigos, na ordem da cronologia acadêmica, visto que são apenas cinco os companheiros que chegaram à Academia antes de mim: Barbosa Lima Sobrinho, Menotti del Picchia, Viana Moog, Austregésilo de Athayde, Luís Viana Filho. Todos eles mais velhos do que eu. Ou menos moços. Vamos durando, o que é um bom sinal. Cumpre não esquecer que, aqui fora, também se morre, com igual pontualidade.

Num de meus romances, *Os tambores de São Luís*, o Damião reconhece, do alto de seus oitenta anos, que a vida é uma coleção de mortos. Para os outros, bem entendido; não para os sobreviventes.

Para os sobreviventes, a memória sempre dá vida às sombras do nosso caminho, como aquela gota de sangue que reanimava as sombras, no poema de Homero.

Estão vivos, para mim, todos aqueles que me precederam na Academia, graças às saudades que tenho deles. Outros vieram depois, e também se foram. Com eles convivo reanimando-os, sempre que os trago para a claridade do momento presente, no devaneio das recordações. Falam, opinam, concordam, discordam, sorriem, atuam, movem-se, sobem à tribuna, com a vida de outrora.

Feri a alguns de meus predecessores, na fase em que a malignidade da pena corresponde ao impulso irreprimível. Foi isso no período em que o verso satírico me saltava ao papel como se me saísse da ponta dos dedos. Um deles, João Luso, com sua imensa bondade, soube perdoar-me esta brincadeira de juventude:

> O chefe do presídio,
> Querendo melhorar a mente ao condenado
> Por crime de homicídio,
> Dá-lhe uns livros a ler. Em breve, em tom zangado,
> Depois de examinar a pilha que folheia,
> Diz o pobre recluso:
> – Perdão: fui condenado a anos de cadeia,
> Mas não a ler João Luso.

Eu tinha trazido de São Luís, com os meus dezoito anos, essa inclinação para o verso satírico. Ainda bem que prontamente reconheci que ela não me levaria à Academia. Pelo contrário: por-me-ia ao largo, bem longe de suas poltronas. Por outro lado, cedo também reconheci, pelo tirocínio da cordialidade, que é bom ser bom, no sentido da amenidade do convívio e da solidariedade natural. Dou graças a Deus por me ter permitido escolher o melhor caminho.

Um dia, em visita ao meu velho amigo Viriato Corrêa, encontrei-o singularmente exaltado, por entre a tosse de sua gripe vitalícia. Antes que eu lhe perguntasse o que tinha, desabafou:

– Sabe você quem esteve aqui ontem? O nosso conterrâneo Lima Campos. Está visitando todos os acadêmicos com quem se dá. Veio falar-me sobre a candidatura do Dr. Pedro Rache à Academia. Surpreendido, perguntei-lhe: – E há alguma vaga? – E ele: – Não. Mas vaga sempre aparece. – Assim mesmo. Numa fala mansa, afetuosa, com os olhos em mim. Só não estourei porque estava na minha casa.

E após outro acesso de tosse:

– Em resumo: o que ele quer é a minha vaga. Ontem mesmo, dei minhas providências. Consultei alguns colegas. Já foram visitados. Falei imediatamente com o Magalhães Júnior, e o Magalhães me prometeu escrever sobre a visita, na sua coluna do *Diário de Notícias*.

Por esse tempo, o Dr. Pedro Rache tinha conquistado merecida notoriedade com dois livros editados por José Olympio. Gaúcho, vivera em Minas Gerais, e de lá trouxera as reminiscências e as impressões de grandes figuras locais de expressão nacional, com as quais compôs, numa prosa límpida de escritor nato, o seu primeiro livro, *Homens de Minas*. Os aplausos recebidos animaram-no a prosseguir, e logo publicou *Outros homens de Minas*.

Os dois livros davam-lhe o título adequado para pretender a Academia, já que talento ele também tinha para merecê-la. Daí a iniciativa do boníssimo Aluísio de Lima Campos, que trabalhara com o Dr. Rache e lhe conhecia, além do mais, a esplêndida figura humana. Desconhecendo os melindres acadêmicos, seguira a vereda errada.

E eu, para Viriato, assim que ele acabou de tossir:

– Vá me buscar uma folha de papel.

E ali mesmo, a uma ponta de mesa, escrevi esta zombaria literária, como se eu fosse o próprio Dr. Pedro Rache:

> Eu, que o pampa troquei pela montanha
> E os mineiros louvei com fidalguia,
> Sonhei há tempos que, com arte e manha,
> Um fardão ao meu corpo assentaria.
> Aos amigos falei. E uma campanha
> Contra meu rico nome, noite e dia,
> Viriato Corrêa logo assanha
> Porque eu desejo entrar na Academia.
> Vamos parar com isso. Meu panache
> De banqueiro e escritor de mais valia
> Não há de permitir que eu me esborrache.
> Sem vaga embora, eu quero a Academia.
> Confiando que Deus, que me fez Rache,
> Rache alguém dessa ilustre companhia.

Mera distração da pena, em hora de bom humor, esse soneto não tardou a ser divulgado à larga, dentro e fora da Academia, por iniciativa de Viriato, sem que se soubesse quem era o seu autor.

Imagine-se agora o meu espanto, um ou dois anos depois, quando o próprio Viriato, que tinha o maior apego à vida, me disse pelo telefone:

– Estou pensando em deixar este planeta. O mundo ficou muito confuso. E eu quero que seja você o meu sucessor na Academia.

E eu, levando a sugestão para a pilhéria:

– De fato, você me daria um bom discurso. Mas não é a isso que aspiro. Não. De modo algum. O que eu quero é que você me dê seu voto e que me receba, se eu for eleito – como espero.

Foi assim que, aos 36 anos, me candidatei à Academia, com onze competidores, e fui eleito no primeiro escrutínio. O voto de Viriato puxou os outros, de que eu necessitava. E foi ele quem ali me recebeu.

Ao entrar para a Academia, dei adeus ao poetinha satírico que havia em mim. Não era mais hora para fazer inimigos. E sim para dar à vida o seu sentido de missão. Uma noite, rasguei a versalhada irreverente, que, no entanto, ainda perdura em minha memória. Por isso, ao abraçar, em Brasília, tempos depois, meu querido amigo senador Clodomir Millet, excelente médico, excelente político, logo me lembrei de que, entrando na redação do *Diário de São Luís*, ali encontrei um telegrama do Rio, com a notícia de que o deputado Alarico Pacheco, de quem Millet era suplente, tinha sido internado numa clínica, na capital da República. Por baixo do telegrama, deixei este comentário:

> Exclama o Millet suplente,
> Ao ver Pacheco acamado:
> – Se ele fosse meu cliente,
> Eu já era deputado.

Depois, um ano emendou outro, a ciranda da vida fez seu ofício, e a Academia de Machado de Assis aí está, nonagenária.

# OS NOVENTA ANOS DE AUSTREGÉSILO DE ATHAYDE

*20 de setembro de 1988*

$D$aqui a mais alguns dias, nesta nossa cidade do Rio de Janeiro, estará completando noventa anos o meu querido amigo Austregésilo de Athayde.

Não é mais a juventude, como ele próprio desejaria, e nós também. Mas, no seu caso, louvado seja Deus (em Quem ele não acredita), não é a velhice. A triste velhice que o visconde de Chateaubriand comparava a um despertador que só desse as horas – fora de hora.

A circunstância de ter recusado, nos últimos anos, os bons préstimos de uma bengala – daquelas boas bengalas de castão de prata, com biqueira também de prata, que os velhos de antigamente usavam desde moços – faz que ele redobre de cautela – caminhando. Mas a verdade é que, na hora certa, lá está ele no coquetel, no casamento, na conferência, no enterro alheio. Lépido. Sorridente. Fácil de palavra. Autenticamente Austregésilo de Athayde.

Enquanto andou pela casa dos oitenta anos, fez questão de demonstrar, ao vivo, que não levava a sério essa exorbitância de setembros na sua existência. De público, se tinha de ler algum texto, lia-o sem óculos. Ou, dispensando os

próprios olhos – recitava-o de cor, desvanecido com a própria memória.
É assim que ele entra no casarão dos noventa. Chegará aos cem.
Aos cem anos, ainda presidirá a Academia. E, como esta, nascida dois anos antes, já terá alcançado o mesmo cimo, é bem possível, que juntando os centenários, as celebrações se misturem e confundam, no mesmo regozijo comemorativo.
Se Athayde exibe, no *Anuário da Academia Brasileira*, uma bibliografia literária pequena, com um livro de contos, *Histórias amargas*, e um romance, *Quando as hortênsias florescem*, ambos de 1921, cumpre adiantar que, em compensação, ao longo de setenta anos de trabalho jornalístico, escrevendo todos os dias um artigo assinado, e mais um artigo de fundo e não sei quantos editoriais, não há bagagem no mundo que se compare à sua. Desafia a obra completa de Voltaire, incluindo a correspondência epistolar, e mais a de Alexandre Dumas, com todos os romances, dramas e livros de viagens. Suponho, mesmo, que as duas, juntas, ocuparão menos espaço do que os textos jornalísticos de Athayde, se fossem aproveitados em livro. Lope de Vega, que escreveu duas mil e tantas peças, e ganhou com isto o direito de ser chamado de monstro da natureza, também ficaria humilhado diante da bagagem de nosso patrício.
André Maurois, que também escrevia pelos cotovelos, (se é que se pode aproveitar assim a frase feita), reconhecia, com a própria experiência, que a glória, como as companhias de aviação, também reclama pelo excesso de peso, quando nos apresentamos ao rigor de seu controle com tantos volumes.
Não só a glória – também os confrades reclamam. Sorriem, reprovando. Olham por cima do ombro. Assumem uma postura zombeteira. E não escondem preferir a lição de Flaubert, de quem se dizia que punha abaixo uma floresta para fazer uma caixinha.

A esses sorrisos, a essas zombarias, Austregésilo de Athayde responde com a sua serenidade olímpica – continuando a escrever, todos os dias, ao sol ou à chuva o seu artigo, o seu editorial e o seu artigo de fundo – a que acrescenta, como cortesia, um discurso, um brinde, uma conferência.

Suponho ter sido eu, com esta minha curiosidade por papéis e relíquias, a única pessoa que realmente viu o romance de Austregésilo de Athayde, *Quando as hortênsias florescem*. Tive em mãos os seus originais manuscritos. Com prefácio de Coelho Neto. Deixando-o inédito, o romancista nada mais fez do que obedecer ao excesso de rigor com que, por vezes, somos o crítico implacável de nossas próprias obras.

Amigo de Lima Barreto, com quem compartiu o julgamento severo de nossas letras, na fase em que se fez crítico literário, Athayde não pôde sentir, como romancista, que o primeiro romance abre espaço ao segundo, ao terceiro, de modo que um conduz ao outro, até chegar o momento do romance definitivo. Foi essa a lição de Machado de Assis. O romancista de *Ressurreição*, seguindo por esse caminho, chegaria às *Memórias póstumas de Brás Cubas* – por evolução natural.

É certo que outros escritores, mais felizes, menos obstinados, atingem o altiplano da obra-prima, como José de Alencar, com *O Guarani*, ainda na fase matinal. São poucos: Raul Pompeia, entre esses.

Athayde, passando de romancista a crítico literário, deu adeus ao romance, aderiu abertamente à crítica, optando pela lição de Bernard Shaw, segundo a qual quem sabe, faz; quem não sabe, ensina. Saber ele sabia; não queria era ser chamado à ordem, quando o seu romance aparecesse.

No entanto, sobre as ruínas do romancista e do contista de 1921, surgiria o articulista de jornal, claro, objetivo, polêmico. A polêmica política levá-lo-ia ao exílio, depois de ser preso. E como a prisão marca o prisioneiro para sempre, Athayde acabou por fazer de sua sala, na Academia Brasileira, uma cela de prisioneiro, com a janela fechada, a porta fechada, e apenas uma nesga de claridade na comunicação entre a sua sala e a sala da secretaria. Lá dentro, ambiente de penumbra, como nas masmorras, e Athayde, na poltrona, olhando na direção da claridade.

Quando ele sai dali, para umas horas na sua casa do Cosme Velho, ou para uma conferência, fora, suponho que Athayde se presume novamente no exílio, já que a sua pátria, hoje, é a Academia. Longe dali, considera-se desterrado.

Outra fidelidade de Athayde: a Igreja. Aluno brilhante te do Seminário da Prainha, em Fortaleza, só lhe faltaram três meses para que, ordenado sacerdote, saísse à rua, com a claraboia da coroa na cabeça, debaixo de seu chapéu de padre. Teria feito carreira, e hoje seria, certamente, o cardeal Belarmino Austregésilo de Athayde, se houvesse escondido dos fiéis, como o frei Manuel Bueno, do conto de Unamuno, a sua descrença repentina, e tenaz. Preferiu dar adeus à Igreja.

A Igreja, entretanto, marca os seus escolhidos para sempre. Contado é o sacerdote que, largando a batina, sabe dar, com segurança, o seu laço de gravata. Algo perdura, na sua pessoa, a nos dizer que vai ali alguém que ficaria melhor no altar, dizendo a missa.

Olhem bem para o meu querido Athayde: sente-se nele o saudosista da batina. Houve um tempo em que andava de alpercatas, como os frades. Foi preciso que Viriato Corrêa o chamasse à ordem – com seu largo riso de companheiro Athayde voltou ao sapato – um tanto contrafeito.

Já foram ver o Solar da Baronesa, em Campos? É o desvelo, o carinho, a dedicação de Austregésilo de Athayde. Recebeu de presente as ruínas de uma soberba mansão imperial. Outro, sem a sua vocação religiosa, teria aberto mão dos escombros. Athayde, não: agarrou-os com as duas mãos. Viu neles o pretexto para a sua catedral. Por isso, quando vai a um amigo rico, ou a um político poderoso, para pedir uma ajuda para o solar, não se espantem, não se preocupem: Athayde, de mão nobremente estendida, está a serviço da obra da matriz.

Chegando agora aos noventa anos, fiel a si mesmo, de coração generoso, ideias claras, afetuoso e obstinado, Austregésilo de Athayde vai dar um testemunho a mais de sua condição sacerdotal – perdoando todos os pecados acadêmicos deste seu velho amigo e companheiro. Porque ele e eu, ao longo de nossa caminhada na Academia, temos tido também os nossos desencontros. Reajo, faço os meus protestos, dou os meus estrilos. E ele perdoa tudo – passando a mão por minha cabeça e me chamando de menino.

# ÓBICES DO OFÍCIO

"SEMPRE QUE A INSPIRAÇÃO
ME AJUDOU, DESMANCHEI
TORMENTAS COM UMA PALAVRA
DE COMPREENSIVA CORDIALIDADE."

# A QUESTÃO ORTOGRÁFICA

*1º de novembro de 1955*

Sempre que, meditando sobre a origem das línguas, me concentro na velha doutrina de que Deus deu ao homem o dom da palavra, logo me ponho a refletir que, para perturbar a obra divina, foi certamente o demônio que inventou a ortografia.

E só assim explico, de mim para mim, a imanência de discórdia que há nas questões ortográficas, em qualquer parte do mundo.

Por uma consoante muda, que apenas vale por um trambolho gráfico, os eruditos arremangam a camisa, num primeiro gesto veemente de desforço pessoal. Por um acento dispensável, que se encarapita no cocoruto de uma vogal, podem tremer, numa convulsão de abalo sísmico, as sólidas colunas da mais austera e douta Academia.

Voltaire, em que já se identificou a mais perfeita encarnação literária de satanás, passou a vida alfinetando a Igreja e batalhando por uma ortografia que fosse, em verdade, a pintura da voz, ou seja: quanto mais parecida, melhor havia de ser.

Numa famosa carta a Schouvaloff, com a data de 11 de junho de 1761, o diabo velho de Ferney, diante do exagero de letras mortas, na grafia francesa, reclamava de seus patrícios que tivessem mais espírito e menos consoantes...

No primeiro verbete do *Dicionário filosófico*, ei-lo em pleno combate contra a escrita que, sem correspondência exata entre o som e a notação gráfica, obrigava os olhos a enganarem as orelhas.

Não obstante toda a pregação voltairiana, na tentativa de neutralizar o divórcio entre a ortografia e a pronúncia, ainda agora um espírito da categoria de Georges Duhamel, num dos estudos de *Refuges de la lecture*, se apega, para defender notações gráficas desarrazoadas, ao argumento de que as palavras, além de uma sonoridade, têm uma fisionomia, isto é, uma existência visual. E é castigado logo depois, porquanto, tendo advogado, à página cento e oitenta de seu livro, a imutabilidade gráfica do vocábulo, lhe sai do texto, cinco folhas adiante, em vez de *exigence*, esta deformação imprevista, que somente o rabo do tinhoso explica: *egigence*.

Montaigne, para conjurar pecadilhos ortográficos, cunhou uma fórmula, que vale por uma tábua de salvação, sempre que um dedão gramatical nos para diante dos textos, com a excomunhão da repreenda: "Ma conscience ne falsifie pas un iota; mon inscience, je ne sais...".*

No volver das páginas do *Diário* de Maurice Donnay, encontrei o registro de um pequeno episódio de história literária, que deve merecer, aqui, a oportunidade de uma alusão.

Gaston Boissier descobriu na loja de um vendedor de autógrafos, duas cartas suas, dirigidas a um amigo. E quis reavê-las. Uma das cartas, bastante longa, custava cinco francos; a outra, muito curta, quase um bilhete, valia o dobro.

– E por que essa diferença de preço? – perguntou o escritor ao antiquário.

E ouviu esta resposta:

– É porque há, nessa carta menor, três erros de ortografia.

---

* Minha consciência não adultera uma letra; já minha insciência, não sei...

Não ponhamos o mundo para o ar aos repelões de nossa impaciência e de nossa ira, no fragor erudito dos combates ortográficos. Na consoante desnecessária, que se apega ao vocábulo como um resíduo da tradição, há uma cauda do demônio para servir de tropeço à nossa cólera. E é preciso ter cautela para contornar as astúcias diabólicas.

Remy de Gourmont, numa hora de indignação filológica, definiu a ortografia como a ciência dos ignorantes.

Há dias, como eu, escorregando numa armadilha do capeta, me pusesse a defender, iracundo, a ortografia de 1943, tentando esboroar o acordo ortográfico de 1945 que o presidente da República tentara escorar com o espeque transitório de um veto radical, houve um santo qualquer que se condoeu de minha fraqueza e me pôs diante dos olhos, nas *Memórias do abade de Choisy*, uma resposta famosa do embaixador Sancy a Henrique IV. Foi o caso que o rei, querendo livrar-se da rainha Margarida para casar-se com a duquesa de Beaufort, mandou chamar o diplomata em Roma, para pedir-lhe que, alegando a má conduta da soberana, obtivesse de Sua Santidade a anulação de seu casamento, bem como a licença especial para novas núpcias.

– Majestade – disse então o embaixador, num rasgo de grande coragem – cortesã por cortesã, vá ficando com a que tem, porque essa, pelo menos é de boa linhagem.

O *Vocabulário Ortográfico* de 1943, que a Academia Brasileira organizou, não está isento de pecados, exatamente como a rainha Margarida. Mas ninguém põe em dúvida que seja de boa linhagem...

# NO PAÍS DA MEMÓRIA ALHEIA

*25 de setembro de 1956*

*N*ão sei se o meu querido Adelmar Tavares já pensou em passar ao papel as suas recordações da vida literária, naquela letra espalhada e trêmula que lhe registra as vibrações da sensibilidade e obedece aos compassos do coração...

Se isto acontecer, como eu almejo e espero, há de sair do livro evocativo, não apenas o traçado sentimental de seu caminho de poeta lírico, mas o retrato das grandes figuras que ele veio encontrando pela vida afora.

Entre essas figuras, ganhará, certamente, relevo especial a de Alberto de Oliveira, que lhe proporcionou a graça de seu convívio e soube ser, além de mestre, que ensina e orienta, o companheiro, que divide o pão da alegria em fatias de agradável intimidade.

E digo isto porque descobri, numa página de quase trinta anos, encolhida num jornal de província, o registro risonho de um encontro de Adelmar Tavares com o grande poeta parnasiano das *Meridionais*. O que ali está, pedindo a duração do livro, vale por um capítulo do volume de memórias que eu quero, hoje, nesta coluna, ter o gosto de sugerir ao poeta de *Caminho enluarado* e meu companheiro de Academia.

Do registro literário do que lhe disse o mestre parnasiano, surge um Alberto de Oliveira diferente daquele que em geral imaginamos quando lhe compomos a figura com a solenidade e o rigor de seus versos mais expressivos. Em vez do homem grave, dá-nos Adelmar Tavares, no retalho de seu artigo de jornal, a personalidade risonha e bem-humorada que nos é grato conhecer.

E basta um episódio para desenhar esse imprevisto Alberto de Oliveira. A anedota, mais do que um traço risonho, tem o sentido de uma retificação, ao mostrar a jovialidade na figura austera que parecia feita de solenidade hierática.

Ao fim do século passado, vivia nestas terras um senhor de nome Armênio Palma, amigo de Alberto de Oliveira e devoto de relíquias históricas. Seu principal divertimento consistia em pretender empulhar o poeta com as preciosidades com que, vez por outra, o presenteava.

De uma feita, meteu nas mãos de Alberto de Oliveira um jornal em grego, amarelecido pelo tempo.

– Leve. É uma relíquia: a *Gazeta de Atenas*, que Pedro II lia, em Petrópolis, na véspera da proclamação da República. É uma raridade. Faço-lhe presente dela.

Em vão, o Poeta ensaiava a recusa. Armênio Palma fazia-se mais obsequioso, na ânsia de regalá-lo.

Aos poucos, foi-lhe passando, com a insistência da bondade efusiva, as relíquias mais abstrusas: uma chinela de corda que pertencera ao segundo imperador, o cajado com que sua Majestade passeava na Quinta da Boa Vista, um punhado de fios das calças de D. João VI...

Alberto de Oliveira, cerimonioso de condição, ia aceitando, a contragosto, as intrujices históricas. Até que, um belo dia, passeando na sua chácara, teve uma ideia jovial, ao dar com os olhos numa espiga de milho: cortou-lhe os fios arroxeados, meteu-os num envelope, com um bilhete, e remeteu-os ao amigo Armênio Palma.

O bilhete do poeta dizia apenas isto: "Precioso molho de barbas de Frederico Barba-Roxa".

Adelmar Tavares, que ouviu o relato do próprio Alberto de Oliveira e o recolheu em artigo do *Jornal Pequeno*, do Recife, conta-no ainda que, ao fim da narrativa, procurou saber do Poeta o resultado da pilhéria.

– Armênio Palma passou recibo – rematou Alberto de Oliveira – e nunca mais me deu relíquias históricas.

\* \* \*

Digam-me aqui, agora, se o querido Adelmar Tavares, que ouviu tanta coisa pitoresca, no correr de sua bela vida literária, deve, ou não, contar-nos, na sua letra de emotivo, as muitas coisas que tem guardadas na arca do coração?

# EM LOUVOR DE UM SABIÁ

*26 de janeiro de 1957*

Na última segunda-feira, transferi a Ciro dos Anjos, meu confrade e meu amigo, a subchefia da Casa Civil da Presidência da República que o presidente Juscelino Kubitschek me confiou no início de seu governo.

Durante um ano de trabalho, que não conheceu o descanso de um só dia, dividi meu tempo entre minhas obrigações daquele cargo de confiança e meus deveres de escritor. E Deus me assistiu tão bem, nestes doze meses transcorridos, que, na modéstia do meu destino, o homem público não desviou de seu caminho o homem de letras.

Mais de cem vezes, no curso desse período, subi a esta coluna para pregar, na simplicidade de minha língua, estes sermões literários.

E todos os dias úteis, bem cedo, à minha mesa do Palácio do Catete, lá estive eu, antes de meus funcionários, lendo processos e escrevendo despachos, para de lá sair muito depois de a noite começar.

Pelas três janelas de minha sala, abertas para o jardim do Palácio, grandes árvores antigas impediam que a luz crua dos dias de estio me tornasse aborrecido o trabalho. No bom sentido das palavras, não me faltaram, assim, a sombra e a água fresca: a sombra das árvores amigas e a água fresca que há em toda parte do Rio, pelo menos para beber.

Ao cair da tarde, um sabiá feliz, que sempre me deu a impressão de ocupar no jardim do Catete um galho isolado de provimento efetivo, assinava cantando o seu ponto de servidor alado. E um coro festivo e zombeteiro de bem-te--vis e canários, que se punham a tagarelar quando ele chegava, terminava por emudecer, à medida que ia subindo e espraiando-se a beleza de seu canto.

Devo muito a esse sabiá no ritmo e na ordem de meu trabalho. Enquanto ele cantava, eu despachava papéis. Por isso julgo não ter cometido um só erro nem criado um só problema. Graças ao estímulo de seu canto, não deixei um único processo atrasado. E pude passar a mesa limpa e florida ao meu substituto.

Sob a minha responsabilidade estiveram, por força de minhas atribuições administrativas, os seguintes setores de trabalho: o Ministério da Fazenda, o Ministério da Educação, o Ministério da Saúde, o Banco do Brasil, o Banco de Desenvolvimento Econômico, o Banco do Nordeste, as Caixas Econômicas, o Dasp, o Serviço de Correspondência. A Assessoria Parlamentar, que encontrei sem um único arquivo, organizei-a em novos moldes e aparelhei-a para o desempenho de suas funções, instituindo, inclusive, um fichário especial, de tipo Kardex, que planejei e fiz executar – para então confiar seu funcionamento efetivo a um dileto e admirado companheiro.

Outro ponto, que me parece importante: na limitação de minhas horas, minha sala esteve aberta a quem me procurasse. E nunca recebi de cara amarrada os meus visitantes. Sempre que a inspiração me ajudou, desmanchei tormentas com uma palavra de compreensiva cordialidade.

E conto um caso, para ilustrar a afirmação.

Quase ao fim do expediente, fui procurado por uma senhora exaltada, que vinha advogar a própria causa, com veemência excessiva. Durante anos seguidos, fora espoliada nos seus direitos. E vinha outra vez reclamá-los, num tom alto e vivaz, como se eu, que a ouvia com toda a atenção, fosse o responsável das injustiças que a perseguiam.

A certa altura, ouvi-lhe esta frase:
– Estou com a cabeça branca de lutar por este processo!

Levantei o olhar para o rosto irritado. E vi que, emoldurando o semblante iracundo, uma linda cabeleira prateada lhe dava uns tons de majestosa beleza. E não contive a oportunidade de meu reparo:
– Mas a senhora ficou tão bem com essa cabeleira...

Num relance a voz irada se desmanchou. Enquanto um sorriso de vaidade feliz diluía o rosto fechado, uma senhora serena e suave substituiu na mesma pessoa a senhora zangada de poucos minutos. E eu pude encontrar afinal para seu caso, entre as providências burocráticas ao meu alcance, o contorno de uma solução.

Agora não me recordo bem, mas estou inclinado a crer que, nesse instante, lá fora, com o seu conselho de poesia, cantava o "meu sabiá"...

# OS COCHILOS DE HOMERO

*13 de abril de 1957*

Conta Flamarion, no curiosíssimo livro de suas memórias de astrônomo, que, tendo encontrado um erro de astronomia num verso de Lamartine, sugeriu ao grande Poeta a indispensável correção, com a simples e fácil mudança de um verbo na beleza daquele verso.

– Mas isso não tem a menor importância – replicou Lamartine, dando de ombros à cortesia de emenda e mantendo soberanamente o erro de sua poesia.

Mestre Agripino Griecco, admirável descobridor de "pérolas" na obra alheia, andou na iminência de recorrer ao expediente do Poeta romântico para dispensar assim o possível quinau dos confrades ao seu último livro.

Foi o caso que, não obstante o extremado cuidado na correção das provas do volume em que reexaminou a seu modo a obra de Machado de Assis, sempre escaparam ao admirável estilista de S. Francisco de Assis e a Poesia Cristã, quatro ou cinco equívocos, de que somente se deu conta quando o livro já estava pronto. E com isto Agripino Griecco se viu obrigado a hastear aquela bandeirinha branca de paz que se chama errata e com a qual os autores se recomendam à indulgência de seus críticos.

Confesso aqui que, durante algum tempo, me dei ao cuidado de recolher erros alheios na gaveta de um fichário, até que me convenci, com a revisão de velhos trabalhos meus, que eu próprio deveria figurar na minha gaveta.

Por acaso a circunstância de ter eu encontrado um erro de palmatória em Cocteau, no seu discurso de posse na Academia, significaria o arrefecimento de uma constante admiração? De modo algum. O cochilo era este: "Une danse ou un regard qui tuent. Dans les deux alternatives il s'agit bien de têtes coupées...".* É evidente que não há aí duas alternativas, mas sim os dois termos de uma única alternativa...

Em Humberto de Campos, escritor zeloso de seu período, invariavelmente vigilante no rigor de suas citações e por isso mesmo sempre rigoroso para com os períodos alheios, encontramos Mr. Jourdain, de Molière, confundido com Mr. Prud'homme, à página 113, do terceiro volume da *Crítica*. Mas este cochilo nada significa: é um cochilo, como os teve Homero.

Todo um longo artigo de distrações dessa espécie poderia ser escrito com as fichas do meu fichário. Machado, Alencar, Camilo, Flaubert, Anatole France, Boileau, gente nova e gente velha, estrangeiros e brasileiros, aí figurariam, com as pequeninas multas de seus equívocos. Mas o meu senso de probidade haveria de levar-me a arrolar entre essas multas literárias o contingente de minhas próprias infrações.

Quero crer que mestre Agripino Griecco, depois de ter verificado em si mesmo a viabilidade dos enganos, volverá à leitura desta verdade, que o gênio de Goethe colocou no prólogo do *Fausto*: "Todo homem que anda está em condições de extraviar-se.".

---

\* Uma dança ou um olhar que matam. Nas duas alternativas, trata-se mesmo de cabeças cortadas...

# O LUGAR-COMUM

*23 de abril de 1957*

Há dias, ao principiar um artigo de jornal, vi que me havia escorregado da pena, logo à primeira linha da crônica, um sovadíssimo lugar-comum, desses que ninguém deseja dar agasalho na frase.

Estive a olhá-lo, durante algum tempo, como a espantar-me de que, num dia lúcido, de espírito arejado, me ouvesse caído ao papel semelhante estafermo. E pouco a pouco fui experimentando uma ponta de piedade por ele.

De Raimundo Correia se conta que, tendo comprado, certo dia, um chapéu novo, ia sair à rua para estrear na manhã de sol o sombreiro, quando, ao passar pelo corredor, deu com os olhos no chapéu velho pendurado no cabide.

Imediatamente o poeta parou, com os olhos banhados de ternura, ante aquele feltro antigo. E teve a impressão de que o chapéu velho, talvez pelo contato com a cabeça que fez tantos versos eternos, se punha a refletir desta maneira: "Então hoje, com este dia de sol, é que este poeta ingrato me abandona?". E Raimundo Correia não hesitou: imediatamente tirou fora o chapéu novo e foi para a rua com o chapéu velho, seu amigo de tantos anos.

Pois, amigos, o lugar-comum que me caiu da pena me inspirou uma comiseração parecida. Eu podia, com um simples risco no papel, atirá-lo fora de meu artigo. Mas as duas palavras, tão simples, tão corriqueiras, tão modestas, uma agarrada à outra, como a se protegerem mutuamente, dir-se-iam voltadas para mim, com um ar aflitivo. E não hesitei: já que ali estavam, ali ficariam. E deixei-as passar.

Um lugar-comum é uma originalidade que se gastou no uso corrente. Ou melhor: um nobre arruinado. Começou por ser uma expressão feliz, com vigor próprio. E logo entrou a exaurir-se, pela frequência de seu emprego. Em pouco, estava gasto e desacreditado. Mas sem que lhe coubesse propriamente a culpa de sua ruína e de seu descrédito.

A moda, corroendo a expressão feliz, atira-a inevitavelmente à condição de lugar-comum. Quando se fala em "oportunidade rara", em "ocasião propícia", em "acontecimento memorável", o que aí ocorre, nessa combinação de palavras, é a expressão estafada, que o uso frequente amarfanhou como cédulas velhas. Mas houve um instante em que esses substantivos e esses adjetivos, unindo-se pela primeira vez, tiveram a glória de sua cantiga de esponsais. O erro em que incorrem é continuarem unidos, num vínculo indissolúvel – quando o que se aconselha é o divórcio das palavras, ou melhor: o encontro efêmero dos amores que vêm e vão...

Por isso há sempre um momento, na nossa vida de oleiros da palavra, em que devemos dar acolhida ao lugar-comum. Que ele penetre na nossa frase. E que tenha a acolhida de nossa mesa de trabalho. Porque ele simboliza, no mundo da palavra, a união indissolúvel, o casamento perpétuo, o vínculo eterno. Pouco importa que não sejam mais felizes aos nossos olhos exigentes e cruéis esses pobres casais de vocábulos. Eles são respeitáveis, por sua idade e por sua solicitude. E muitas vezes (para dar emprego a um deles, que agora me ronda a mesa), ei-los que preenchem uma lacuna....

# O SUSTO DO POETA

*20 de setembro de 1960*

*O* soneto de Raimundo Correia, "As Pombas", contribuiu simultaneamente para a glória e o infortúnio de seu autor. Para a glória, porque, incontestavelmente, é ele um dos mais belas de língua portuguesa; para o infortúnio, porque não foram poucos os sofrimentos que aqueles catorze versos admiráveis proporcionaram ao mestre parnasiano.

De início, atiraram no poeta a pecha de plagiário. A ideia central de seu soneto teria sido surripiada, segundo uns, a Metastásio, e a Gautier, segundo outros. A arguição fez correr muita tinta, sem que a acusação lograsse, felizmente, calar o poeta. Mas a verdade é que Raimundo Correia, em seu íntimo, sangrou com a teimosia desse labéu.

Depois, foi a popularidade extrema do soneto, já agora indissoluvelmente ligado ao seu autor.

– Raimundo Correia, o autor de "As Pombas"? – indagavam, ao ouvir-lhe o nome.

E o poeta, esquivo, tímido, retraído de natureza, fechava o rosto, contrafeito, maldizendo a inspiração que lhe ditara o famoso soneto.

Numa banca examinadora na Faculdade de Direito, Sílvio Romero, ao ouvir o nome do aluno que ia arguir, perguntou-lhe:

— É parente do Raimundo Correia?
— Sou.
— Pois, então, recite "As Pombas".
Como o rapaz soubesse o soneto na ponta da língua, o examinador mandou-o embora: estava aprovado.
Na casa do poeta, portas adentro, é a filha quem lhe pergunta:
— Papai, o senhor é o poeta das "Pombas"?
— Quem lhe disse isso, menina?
— A professora.
E eis Raimundo Correia, melindrado, a querer tirar a filha do colégio. Era demais! Por onde ia o poeta, iam elas também, constantes, teimosas, insistentes. Como a sombra do pobre Raimundo Correia. Rufando as asas. Sacudindo as penas. Um inferno!
Ao lado desse tormento — o tormento da acusação de plágio. De vez em quando, volvia o assunto à letra de forma, no velho debate infindável. De quem era mesmo a ideia original do soneto — de Metastásio ou de Gautier?
Por fim, uma tarde, Afrânio Peixoto agrava ainda mais a aflição do aflito, com a notícia, dada pessoalmente ao poeta, de que, no sertão baiano, corria uma velha quadra popular, que era, sem tirar nem por, o resumo perfeito do famoso soneto.
— É possível?! — espantou-se Raimundo Correia.
E Afrânio recitou:

> No coração moram sonhos,
> Como pombas nos pombais...
> Mas as pombas vão e vêm,
> Eles vão, não voltam mais...

Era evidente: a ideia do soneto estava nesses quatro versos, perfeita, íntegra, transparente. E Raimundo Correia, desorientado, olhava atarantadamente o amigo, dizendo frouxamente, quase a confessar seu plágio:

– É estranho. Mas eu nunca vi tal quadra.

Mas nesse instante, Afrânio Peixoto, sorrindo, envolveu o companheiro num abraço afetuoso, revelando-lhe que fora ele quem resumira o soneto do querido poeta, na graça popular daquela redondilha...

# MÉDICO À FORÇA

*15 de junho de 1963*

$E$u também já fui médico à força, é verdade que em circunstâncias diversas daquelas que levaram Sganarello, na comédia de Molière, a citar Hipócrates no capítulo dos chapéus.

Foi isto em 1939, quando eu tinha pouco mais de vinte anos, e andava pelo Amazonas inspecionando colégios, graças a uma portaria de Abgar Renault, ao tempo diretor-geral do Departamento Nacional de Educação.

Em Manaus, fui recebido de braços abertos por Péricles Morais, autêntico sibarita das letras, amigo de Octave Mirbeau e Camille Mauclair em Paris, e cuja biblioteca particular andava pelos trinta mil volumes.

Temperamento efusivo e derramado, Péricles levou-me a sério a juventude e fez que a imprensa de Manaus me acolhesse de modo festivo.

Por esse tempo, já a glória de Josué de Castro começava a criar confusões no meu caminho, e uma folha de Manaus, anunciando a minha presença na terra, deu-me a mim a medicina do outro, com a agravante de afirmar que eu entendia, não de fome, mas de alimentação.

No dia seguinte, apareceu no meu hotel uma senhora de cabelos grisalhos a pedir-me uma consulta.

— Houve confusão, senhora — esclareci — eu não sou médico.

Ela pôs em mim a dúvida de seus olhos suplicantes:

— Não diga isso. Sei que é um grande médico, apesar de jovem. Naturalmente, como está em missão oficial, não quer dar consultas.

Voltei a dizer que não. O médico era outro. Já eu tinha ido ao jornal para uma retificação. Porém ela, teimosa de natureza, abanou negativamente a cabeça, já agora com um ar desolado:

— Triste coisa é a gente ser pobre — suspirou.

E eu, depois de um silêncio:

— Que é que a senhora sente?

E assumindo um ar trombudo, que certamente não tem o Josué de Castro, dei atenção a seus males, para concluir, sem maiores dificuldades, que o seu caso era simples: uma digestão lenta, que até com chá de roça se podia tratar.

— A senhora conhece erva-cidreira? — indaguei.

— Conheço.

— Pois tome um chá depois do almoço e outro depois do jantar.

— Só isso?

Confirmei. Nada mais que isso.

— E quanto lhe devo?

— Nada. Já lhe disse que não sou médico.

Mas a senhora era daquela família das moscas a que aludiu Machado de Assis. De graça, não queria a consulta.

— Pois então, se ficar boa — retruquei, para livrar-me dela — mande-me uns doces de sua terra.

Daí a uma semana, quando tomei o gaiola que me levaria a Belém, numa viagem de nove dias preguiçosos, não eram poucas as latas de doces que me mandara, reconhecida e feliz a minha cliente. E a verdade é que, de tanto comê-los, quem acabou recorrendo à erva-cidreira — fui eu...

# UM VESTIDO DE BAILE

*30 de abril de 1964*

*E*ntre a História grave, sisuda e por vezes convencional, que registra os acontecimentos, memoráveis, no plano social, político e militar, e a pequena História, encarregada de recolher os fatos miúdos, que à primeira vista parecem destituídos de importância, sou dos que dão importância à primeira, sem contudo desdenhar a segunda.

A pequena História – a que o excelente Lenôtre deu tanto relevo que a converteu no exercício de sua vida de escritor, com direito a ingressar na Academia Francesa – tem os seus encantos. No meio das coisas austeras e ríspidas, lá surge um toque imprevisto, que atenua a sisudez de nosso pensamento. O resfriado de Napoleão, segundo Tolstoi, decidiu-lhe a derrota na Campanha da Rússia. E daí o velho reparo pascaliano, segundo o qual, se o nariz de Cleópatra fosse diferente, outro seria o destino do Mundo.

Não se estranhe, portanto, que, em meio de tantas notícias significativas da Revolução de Abril, eu me detenha hoje naquela que, ao relatar o que foi encontrado no gabinete de trabalho do ex-diretor do Departamento de Correios e Telégrafos, denunciou ali a existência de um vestido de baile.

Logo entrei a conjeturar a razão de ser dessa peça feminina, entre peças de propaganda subversiva. Um vestido de baile é, de si mesmo, um convite à valsa. Mas neste caso a coisa muda de figura. Que intuitos explosivos teria aquele vestido?

Confesso que, não obstante o meu velho pendor de romancear a vida, desta vez me vejo com os olhos no ar, sem conseguir conciliar a propaganda vermelha e o traje de cerimônia.

Ao tempo da Revolução de 30, houve um governador que fugiu do Palácio com um hábito de freira, enquanto outro se disfarçava debaixo de uma batina, na famosa hora em que o instinto do político em maus lençóis é assaltado pelas mais extravagantes inspirações.

Um hábito de freira e uma batina têm assim a força dos precedentes históricos na crônica política brasileira. Nesse velho guarda-roupa entra agora um vestido de baile. Mas para quê? E por quê?

A notícia não esclarece se o vestido era velho ou novo. Nem adianta o seu modelo, como guarda silêncio sobre o seu tecido e quanto à dona que o vestiu ou ia vestir.

Logo depois da proclamação da República, teria cabimento semelhante achado, como reminiscência dos bons tempos monárquicos. Dias antes, com efeito, havia-se realizado, por entre o desfile solene das casacas, dos uniformes e das condecorações, o famoso baile da ilha Fiscal. Da festa para o achado do vestido, a distância não seria grande, embora sobrasse o espanto de o terem encontrado numa repartição pública e no gabinete do seu diretor.

Nos últimos dias do governo João Goulart, não nos consta houvesse ocorrido alguma festa oficial, obrigada a vestido de baile, o que exclui qualquer vínculo público desse governo com o vestido.

Também não é de crer-se que o traje de gala figurasse no armário do diretor dos Correios e Telégrafos para a eventualidade de uma fuga. Que se tenha à mão, para esses momentos de aperto, um hábito de freira ou uma batina, compreendo. Mas um vestido de baile? Como fugir metido num vestido de baile e saindo de uma repartição no centro da cidade?

Todo governo que se vai deixa após si muitos mistérios. O vestido de baile encontrado no gabinete do diretor dos Correios e Telégrafos passará à História entre os enigmas do governo João Goulart. Os graves historiadores não lhe darão muita importância. Porém, os que se comprazem, à maneira de Lenôtre, em buscar os pequenos fatos para explicar os grandes acontecimentos, o traje de cerimônia não é para ser desprezado.

Esse vestido há de ter um sentido qualquer, que no momento nos escapa.

A menos que tenha esbarrado no gabinete do diretor – por extravio postal.

# A CAMISOLA DO DITADOR

*4 de junho de 1964*

Quase cem anos depois da Guerra do Paraguai, tenho fundadas razões para me considerar a derradeira vítima de Solano López.
Se há quem duvide do que afirmo, aqui lhe peço que redobre de atenção. Contarei o meu caso em poucas linhas, com a singeleza própria dos heróis.
O visconde do Rio Branco, interessado em dar uma lembrança ao barão de Cotegipe, fez-lhe presente de um *robe de chambre* de brocado em púrpura e ouro que, segundo fonte fidedigna, tinha sido encomendado na Europa para as robustas espáduas do ditador paraguaio.
Quando López perdeu a guerra, a encomenda ia a caminho de Assunção. Interceptada pelas autoridades brasileiras, acabou indo parar, por doação dos herdeiros do barão de Cotegipe, em mãos de Gustavo Barroso, meu antecessor na direção do Museu Histórico, que a recolheu a uma das vitrinas da repartição.
Posto aí, em sossego, com a etiqueta respectiva, o *robe de chambre* de Solano López não fazia mal a ninguém, quando um deputado se lembrou de apresentar um projeto de lei determinando a devolução gentil dos troféus da Guerra do Paraguai. E eis que o robe é aí arrolado, com esta modificação importante: convertido em camisola.

Tanto bastou para que o telefone de meu gabinete entrasse a chamar com inusitada insistência:
— Diretor, que é que o senhor nos pode dizer sobre a camisola do López?
Seria possível obter-se uma fotografia especial? O senhor consente que a nossa câmara de televisão apanhe um flagrante? E a sua opinião, diretor, sobre a camisola? O senhor acha que uma camisola dessas, arrancada do corpo do ditador, deverá ser devolvida? Ou seria conveniente iniciar-se logo um movimento com o *slogan* de que a camisola é nossa?
De tal modo me falaram da camisola, sem dar tréguas ao meu telefone, por três ou quatro horas seguidas, que, ao fim da tarde, tratei de correr para casa, com a esperança de que, no remanso dos meus livros, a camisola me deixaria em paz.
Qual o quê! Outra vez o telefone a gritar. E novamente uma voz desconhecida a atirar-me perguntas assim:
— O senhor acha que poderíamos aproveitar a camisola do López para uma boa propaganda comercial? E que tal se fizéssemos um concurso para saber qual a opinião do povo sobre a camisola? Desculpe a indiscrição: há alguma etiqueta da Paris ou de Londres, na camisola?
Está claro que, depois de um dia assim, a noite não poderia deixar de me trazer em sonhos o diabo da camisola.
Confesso que, a essa altura, já eu próprio começava a ter minhas dúvidas.
A peça exposta no Museu era um *robe de chambre* ou uma camisola?
Torturado pela pergunta, cheguei cedo à repartição e corri a olhar a vitrina. Lá estava o *robe de chambre*, braços arriados, pendente do cabide.
Felizmente o telefone tornara à discrição habitual. Mas daí a pouco me chega a *Lux*, com os recortes de jornais. Folheio-os depressa, em busca de notícias de meu interesse, e

logo verifico que, no bojo de tantas folhas, alguns confrades me assestavam descomposturas rijas, em nome da camisola do López. Este me esbordoava por entender que devíamos devolver a peça histórica, enquanto aquele me descarregava a paulada de cego por imaginar que eu não havia sido suficientemente enérgico na defesa da camisola!

– Ora esta! – exclamava eu, assombrado – isto não é mais camisola: é camisa de onze varas!

E o certo, senhores, é que continuo a ser malhado, agora pela imprensa dos estados. Quase cem anos depois da Guerra do Paraguai, sou eu a derradeira vítima de Solano López.

Não sei a quem apelar. E dizer-se que estou apanhando em público por causa de um robe que o ditador não vestiu nem viu!

# DE MESTRE A DISCÍPULO

*19 de janeiro de 1967*

Um discípulo de Pedro Lessa, nomeado juiz de excelente Comarca, bateu à casa de seu antigo mestre, para lhe pedir que o socorresse nos primeiros tempos de sua iniciação na magistratura. Em suma: que examinasse por ele os autos e lavrasse a sentença.

– Perfeitamente, meu filho – concordou o mestre.

E em breve os autos do bisonho juiz entravam em rumas na casa de Pedro Lessa, obrigando-o a prolongados serões em seu gabinete de trabalho.

Não demorou muito, os autos chegaram acompanhados de uma carta. O discípulo não sabia como agradecer-lhe os favores. Não levasse a mal o mestre: tinha outro obséquio a pedir-lhe. Daí ter preferido escrever, em vez de vir falar pessoalmente: queria que suprimisse nas sentenças os textos de Direito Romano, pois na localidade já se sabia, talvez por obra e graça do vigário, que o novo juiz não era forte em latim.

Pedro Lessa, pensativo, apertou a ponta do queixo, ao fim da leitura da carta. Refletindo bem, o pedido era justo. Um favor não deve ser feito pela metade. Daí em diante, suspendeu as citações latinas.

Outra carta do discípulo, acompanhando novas pilhas de autos, não tardou a chegar, com mais uma ponderação.

Habilmente, pedindo muitas desculpas, suplicava ele a Pedro Lessa que eliminasse nas sentenças as citações de jurisconsultos estrangeiros. Em cidade pequena, de tudo se desconfia. E como ele, juiz, não andasse a queimar as pestanas sobre os livros, nem possuísse biblioteca, claro estava que as suas sentenças, abonadas por mestres de outras línguas, deixariam uma ponta de dúvida.

Pedro Lessa, depois de aproximar as sobrancelhas, numa sombra de arrelia, voltou a abrir o rosto.

– Agora, quem é capaz de desconfiar é o boticário...

E querendo bem ao discípulo, eliminou das sentenças as citações dos mestres estrangeiros.

Agora, pensou, não haveria outra razão de queixa.

Porém, daí a tempos, outra carta macia trouxe a Pedro Lessa o terceiro pedido. É que o mestre, nas suas luminosas sentenças, empregava sempre um português castiço, cheirando a Bernardes e Vieira. Não seria possível – apenas para prestar outro pequeno obséquio – cometer um ou outro erro, numa linguagem mais terra a terra?

Pedro Lessa, querendo ao rapaz como a um filho, condescendeu por fim, não sem algum esforço, em discrepar da gramática...

Passaram-se algumas semanas.

Uma noite, estrondam palmas à porta da rua, na casa do mestre. Desta vez era o próprio juiz quem vinha ao encontro de Pedro Lessa. O caso devia ser mais grave.

E era:

– O senhor, mestre – ponderou o rapaz – lavra as nossas sentenças obedecendo ao mais rigoroso espírito de justiça. Isso tem dado o que falar lá na Comarca. Já há quem desconfie que as sentenças não são minhas. Eu não erro nunca! Será possível que eu não me engane? O melhor, para mim, seria errar de vez em quando. Por favor, não me leve a mal.

Pedro Lessa, ainda desta vez, achou a solução adequada. Comprou uma caixa de xarão, na qual colocou dois pedacinhos de papel: num, estava escrito: "Vence o autor"; no outro: "É o réu quem vence". Antes de abrir os autos, consultava o papel da caixa. E de acordo com o que ali estava escrito, redigia a sentença, cedendo naturalmente à brandura ditada por sua bonomia.

Graças a esse expediente, deu-se por satisfeito o juiz, que nunca mais acertou em cheio, nem lastreou de citações eruditas as suas senteças – com o que pôde viver em paz na sua Comarca. Em paz e respeitado.

E quem nos conta o caso é o próprio Pedro Lessa, no seu volume de *Discursos e conferências*, páginas 73 e seguintes (para quem duvidar).

# POLÍTICA E LETRAS

*2 de fevereiro de 1967*

A propósito de uma entrevista que concedi ao Museu da Imagem e do Som, há duas semanas, o escritor Miguel Borges, que assina uma coluna de livros na *Tribuna da Imprensa* e tem talento de juiz literário, passou-me uma boa reprimenda.

Irritou-se Miguel Borges pelo fato de eu ter afirmado que a "política, na literatura, é como um tiro num concerto".

As entrevistas promovidas pelo Museu da Imagem e do Som têm esta singularidade pitoresca: o entrevistado fala à posteridade – conforme acentua o diretor do Museu, no início da entrevista – mas acaba apanhando mesmo é dos contemporâneos.

No entanto, não tenho de que me queixar. Porque a verdade é que o jovem colunista da *Tribuna da Imprensa*, metendo-se na minha conversa com o futuro, acabou desfechando a sua bordoada – no passado! A frase que o aborreceu não é minha. É de Stendhal. E foi publicada, pela primeira vez, há cento e trinta e sete anos!

Realmente, data ela de 1830, ano da publicação de *Le Rouge et le Noir* [*O vermelho e o negro*], e aparece no capítulo XXII, da segunda parte do romance, neste trecho: "La politique, reprend l'auteur, est une pierre attachée au cou de la littérature, et qui, en moins de six mois, la submerge. La politique, au milieu des intérêts d'imagination, c'est un coup de pistolet au millieu d'un concert.".*

Ensinou-me o velho Henri Martineau – o Martineau que recordo com saudade, lembrando as nossas conversas sobre Stendhal, na sua pequena sala de Le Divan, em Paris – ensinou-me Martineau que a frase stendhaliana, comparando a política a um tiro de pistola, pertence ao rol das expressões favoritas do romancista de *Lucien Lenwen*. Tanto assim que aparece ainda em três de suas obras: *Armance, La chartreuse de Parme* [*A cartuxa de Parma*] e *Promenades dans Rome*.

Teria eu, na minha entrevista, omitido o nome de Stendhal? De modo algum. Citei-o na hora própria, após fazer a citação. Embora citasse de memória, em resposta a uma pergunta que me fora formulada de improviso, estava seguro dela, com a nítida lembrança visual de sua leitura. E mais: procurei demonstrar que o próprio Stendhal, em cuja obra literária Napoleão projetou a sombra de seu pensamento político, se encarregava de nos dar um bom exemplo para lhe contrariar a tese.

Na realidade, nenhum escritor escapa ao seu tempo, acentuei: os que não são participantes, como Victor Hugo ou Zola, são testemunhas, como Balzac ou Machado de Assis. Daí ser inevitável, na literatura, o influxo político, mesmo quando o escritor procura fugir à atmosfera que o rodeia. Dizer o contrário é dar mostras de não conhecer o fenômeno literário como resultado da condição humana.

De mim, que não tenho a vaidade tola de equiparar-me aos grandes escritores, direi singelamente que me contento com aquilo que Miguel Borges chama de minha amenidade. De fato, prefiro uma descompostura efêmera a um bocejo merecido. Nascido num ilha, talvez eu vá cedendo, com o

---

\* A política, retruca o autor, é uma pedra pendurada no pescoço da literatura, e que, em menos de seis meses, a faz submergir. A política, mesclada aos interesses da imaginação, é um tiro de pistola durante um concerto.

tempo, ao pendor da insularidade, sem que isto queira dizer que me omita quando devo falar. Apenas não sou homem de manifesto ou de partido. Nesta coluna, sempre disse o que penso, com a indispensável clareza.

À medida que sinto a vida encurtar, retraio-me no meu pequeno mundo, interessado agora em contar umas tantas histórias, ora dramáticas, ora risonhas, sem pretender entediar meu semelhante. Os chatos já são muitos, dispensam minha adesão.

Semana passada, regressei de uma viagem à terra natal. Fui ali instalar, em bases modernas, a sua universidade, aberta a todas as correntes do pensamento. Considero isso mais importante, em favor da liberdade no meu país, do que fazer zoada de lata velha, com intuito de pretender derrubar instituições que a história já condenou. Nos meus tempos de menino, fazia eu dessas zoadas, com intenção mais modesta: a queimar o Judas, nos folguedos do Sábado de Aleluia. Em *Le Rouge et le Noir* [O vermelho e o negro], no trecho em que Stendhal discute o problema da política na literatura, o autor é interrompido pelo seu editor, que o adverte de que, se seus personagens não tratam de política, deixam de ser franceses de 1830. O romancista não nos diz a resposta que teria dado a essa observação.

A resposta de Stendhal é a sua obra de crítico e de romancista: sem filiar-se a esta ou àquela corrente, resguardando sempre a sua liberdade de pensar, ninguém espelhou melhor o seu tempo do que ele. Se lhe faltou vocação para engajar-se, nunca deixou de dar, com fidelidade e lucidez, o seu testemunho.

Quem andava em todas, fazendo cançonetas festivas, era Beranger. E a verdade é que não há quem possa ler, um século depois de sua morte, semelhante canastrão literário.

# CONFISSÃO DE UM ROMANCISTA

*15 de dezembro de 1981*

A certa altura da vida, conscientes do tempo que já vivemos, sentimos naturalmente a angústia do tempo que ainda nos resta – caso tenhamos em vista um programa que depende da colaboração desse mesmo tempo. Aí, então, entramos a trabalhar sob a vigilância do relógio, conscientes de que vai correndo, inapelavelmente, e mais depressa, a fina areia que desce nas ampulhetas.

Ao tempo em que o senador Luís Viana Filho era um jovem repórter, abrindo o seu primeiro caminho em Salvador, coube-lhe ouvir, para *A Tarde*, uma velha dama da aristocracia baiana, já enrugada e murcha, desfigurada pela idade. Ao fim da entrevista, passou ela ao jornalista uma fotografia de seu tempo de juventude. Antes de entregá-la, deteve o olhar na figura esguia que ali estava, estuante de beleza, corpo de vespa, cabeça erguida. Levou uns momentos a olhar a mulher de outrora; depois, suspirando, passou o retrato ao jornalista, com este reparo:

– O tempo, dr. Luís, que canalha!

Não será bem assim. O tempo faz o seu ofício. Faz nascer, faz viver, faz morrer. E a melancolia de nossa condição, como seres humanos, é que nos falta o rodízio das estações –

com o nosso verão, o nosso outono, o nosso inverno, a nossa primavera. O jeito mesmo, a certa altura de nosso destino, é seguir a boa lição de Joubert, que recomendava a doçura e a polidez nos velhos – porque só a doçura e a polidez conseguem atenuar as rugas com que o tempo nos vai marcando.

Antes de encontrar esse conselho em Joubert, já eu tratara de fazer do tempo um velho amigo, dada a impossibilidade de o ter como aliado. Sabendo que suas decisões são irrevogáveis e irreversíveis, vou tratando de aproveitar ao máximo as horas que ele põe à minha disposição, no curso de cada dia, e ainda entro pela noite, de lâmpada acesa, com a obstinação de cumprir minha tarefa. Nunca me dei mal com essa norma de vida. Porque sempre tive a alegria de meu trabalho. E como ainda tenho alguma coisa para dizer, no plano literário, quer em forma de romance, quer em forma de ensaio, trato de levantar cedo, para ver se aproveito bem o tempo.

\* \* \*

Mais de um confrade, interessado em moderar-me as tarefas, me tem aconselhado a espaçar a publicação de meus livros. E como um destes, autor de uma pequena monografia de trinta e poucas páginas, que publicou há mais de vinte anos, me tenha reiterado o conselho da moderação e do silêncio, tive de provar-lhe que nada do que me sai da pena, em forma de livro, ou mesmo de artigo de jornal, é obra de afogadilho.

Quanto aos meus romances, primeiro escrevo-os à mão, nesta letrinha de cochicho, própria para as intrigas romanescas; depois, eu próprio faço a primeira cópia datilografada dos originais manuscritos. E só na derradeira cópia – que confio à minha mulher – o trabalho vai para o editor. Nas provas, emendo-me. Ao sair a primeira edição, volto a emendar-me. De modo que só a partir da segunda edição, o texto se desprende de mim, liberto do rigor de novas correções.

É um bem? É um mal? A criação literária tem uma fase de ebriedade criadora, a que deve seguir-se a fase maior e mais lenta da vigilância do espírito crítico – emendando, clareando, enxugando. E só depois desse labor obstinado, a página há de sair da casa do pai para longes terras, na letra de imprensa do livro ou do jornal.

Sabe a revisão do *JB*, sobretudo o seu chefe e meu amigo dr. Ribas, as muitas e muitas vezes em que, já beirando a madrugada, eu o chamo ao telefone, para trocar uma palavra, substituir um período, suprimir uma frase do meu artigo do dia seguinte, perseguido por este dever aflitivo de que meu texto corresponda com exatidão ao meu pensamento.

Mas a verdade é que, por vezes, a emenda leva ao erro. Certa vez, eu havia escrito, num de meus livros, esta expressão: *lápide de mármore negro*. Suprimi *mármore*; pus o adjetivo no feminino, para concordar com lápide, mas esqueci de cortar a preposição. O copista nem me consultou: onde estava *lápide de negra*, corrigiu para *lápide de pedra*. E eu não vi o erro.

Que fazer? Aguardar a nova edição do livro – com o sentimento de humildade com que folheio o famoso *Dictionnaire de la Bêtise*, de Guy Bechtel e Jean-Claude Carrière, vendo que ali estão Balzac, Bossuet, Victor Hugo, Flaubert, Renan, Littré, cada qual com a contribuição de seu disparate, próprio da condição humana – a que as circunstâncias gostam de dar a sua colaboração divertida e exemplar.

De outra feita, num romance de juventude, dei alpiste a um corrupião. Pelo correio e pelo telefone, não tardaram os protestos. Mas só na sexta edição de *Cais da sagração* o passarinho – que já resistiu até agora – será convenientemente alimentado. A menos que a fome o tenha levado a acostumar-se com o alpiste que lhe pus na gaiola.

\* \* \*

De uns tempos para cá, sempre que sai a lume um novo romance meu, costumo dizer que é o último. Com isto satisfaço aos meus poucos inimigos, que me querem ver calado, e também a mim mesmo, com este meu receio de que tenha secado, para mim, a esta altura da vida, a fonte da inspiração romanesca. Se esta volta a correr, acenando-me com um novo livro, valho-me da desculpa:

– O último era o último... do ano passado!

Por isso, depois de ter dito que *O silêncio da confissão*, publicado em 1980, seria o meu último romance, voltei este ano a publicar outro último romance, *Largo do Desterro*, que anda agora em mãos de meus leitores, ajudando alguns deles a esperarem com ansiedade, ternura e bom humor, a noite do Natal.

O personagem central desse romance, major Ramiro Taborda, interessou muito o meu ilustre confrade e presidente Austregésilo de Athayde, dada a circunstância de ter quase o dobro da idade deste, e com igual lucidez e disposição para viver.

Ao contrário do que presumem alguns de meus leitores, não se trata de uma criação arbitrária ou fantasiosa.

Embora o major Taborda seja filho de minha imaginação, tem viabilidade real, exatamente em São Luís. Inspirei-me para criá-lo, no que conta o padre Claude d'Abbeville, no seu livro *História da Missão dos Padres Capuchinhos na ilha do Maranhão*, testemunha da fundação da cidade, em 1612. Diz ele, nesse relato histórico: "Logo ao chegarmos à aldeia do Coieup, visitando o Senhor de Rasilly as choupanas, foi ter à casa de um velho chamado Su-assuac, dos principais e mais antigos, pai da mulher de Japiaçu, de quem já falei como o maior morubixaba do Maranhão. Este índio tinha 160 e tantos anos.".

Essa a origem do meu personagem, indicada aliás na epígrafe do romance. As vidas longas têm seus dramas, suas tragédias, seus lances cômicos. O trabalho do romancista consiste em seguir o fio de um rio submerso, fazendo com que lá adiante, as águas venham à tona, correndo livremente para o mar.

Foi o que procurei fazer – sem me repetir. Todo meu esforço, na construção de minha saga romanesca, se concentra no cuidado de não cair na fórmula, que é a velhice do escritor. Obstinadamente, porfiadamente, vou tentando encontrar outros temas, outras soluções de ordem técnica e narrativa, de modo que o romance se componha por si, sem resvalar no caminho já antes percorrido.

Acertei? Perdi-me? Não sei. O que sei é que dei o melhor de mim, nestas alturas de minha vida literária, para que o *Largo do Desterro* não destoasse dos romances que o precederam no mesmo ambiente de ruas estreitas e de sobrados velhos da linda cidade onde também nasci.

# UM FENÔMENO NOVO: O ILETRISMO

*14 de novembro de 1989*

Recentemente, em Paris, *Le Figaro* publicou uma charge em que aparece um velho senhor, sentado na sua poltrona, diante do aparelho de televisão, com um jornal aberto, como se estivesse a lê-lo.

Onde a malícia ou o riso do desenho? No fato de que o senhor não está lendo, mas finge que lê, ou tenta ler, porque o jornal, em suas mãos, está de cabeça para baixo.

Nos guichês dos correios ou dos bancos, nas caixas dos grandes magazines, multiplicam-se, a cada dia, os casos do velho senhor ou da velha senhora que, alegando ter esquecido em casa o par de óculos, pede ao postalista, ao bancário ou à comerciária que preencham por eles os talonários ou os recibos.

Não se trata de analfabetos. Não. No devido tempo, foram alfabetizados, como as demais crianças francesas. Apenas desaprenderam a ler por falta de uso. Constituem uma classe nova, produto natural do rádio e da televisão.

É assim que a Unesco os define, lembra ainda *Le Figaro*: "Aprendeu a ler e a escrever, mas perdeu a prática, a ponto de não mais poder compreender um texto simples, relacionado à vida de cada dia.".

Ao fenômeno, deu-se um nome geral: é o iletrismo. Não se pense que se trata de uma simples manifestação episódica. Não, não é. É um fenômeno extenso. E que tenderá a agravar-se, quanto mais se aprimorarem os instrumentos de comunicação de massa. Ou seja: as mídias. De vocabulário limitado. Dispensando o esforço para entender e refletir. Substituindo pela voz alheia a percepção do olhar, no uso do texto escrito ou impresso.

Dentro de algum tempo, vamos ter pessoas com uma vasta cultura literária, sem que saibam ler, e por esta razão singela: o livro falado. Sim, o livro gravado, que basta pôr no toca-fitas para que seu texto se transfira ao ouvinte, dispensando-lhe a colaboração dos olhos.

Dentro de mais algum tempo, o computador dispensará também a escrita, na tela à nossa frente – será também o som, com as respostas à nossa curiosidade ou ao nosso interesse. Na enciclopédia. No dicionário. No anuário. Na tabela. No simples almanaque. A voz ali estará para nos recitar o verbete, sem que tenhamos de procurá-lo e de lê-lo.

Estou em que, andando o tempo, não teremos mais aquele canto, com um livro, que constituía a aspiração do velho erudito a que se referiu Anatole France. Agora, para não incomodar à família, basta que ponhamos os auscultadores na orelha e liguemos o aparelho. Teremos a crônica, o conto, o romance, a peça de teatro. Em vez dos textos bem impressos, com boas margens, bom papel, tudo bem encadernado, ouviremos as belas vozes bem impostadas a nos recitarem os livros perduráveis.

E as grandes campanhas de alfabetização? E o empenho em varrer do mundo, até o ano 2000, o ser humano que não saiba ler, pondo-o ao alcance do livro? São coisas do passado. Nós, os que sabemos ler, constituiremos, dentro de algum tempo, uma espécie em extinção...

Daqui a mais alguns anos, quem descerá à esquina para comprar o seu jornal? Mesmo sonolento, antes do banho e da barba, calcará o botão, à borda da cama, e verá à sua frente o jornal do dia – falado pelo locutor. Por entre anúncios, naturalmente, já que o anúncio sempre fará parte da condição humana. Esta coisa maravilhosa, que é o nosso jornal, o jornal de cada dia, há de jazer nos arquivos e nos museus. Hão de rir de nós, daqui a mais algum tempo, as novas gerações. Porque nós, os homens e as mulheres deste tempo, ainda sabíamos ler.

Bem pensando, a leitura é um requinte. Primeiro, ajusta-se o globo ocular para que se tenha a percepção de uma linha; depois, aprende-se a converter as manchas do papel em signos que atuam em nosso cérebro, transformando esses signos em seres, em movimentos, em raciocínios. Cabem naquelas manchas as tragédias de Shakespeare e os diálogos de Platão; os versos de Rimbaud e os contos de Machado de Assis; os textos que alteram o mundo e os panfletos que dividem a humanidade. Mas também cabem as injúrias mais atrozes e as mentiras mais deslavadas. O insulto e a vaia. Tudo.

Não me posso esquecer da lição que me deu a vida quando, aos dezoito anos, tomei um navio em Belém com destino ao Rio. Eu já havia saído de São Luís para Belém, e ali, entregue a mim mesmo, longe de meus pais e de meus irmãos, senhor absoluto de minhas horas, acabei dando por mim, na minha pensão de estudante, a ir de um lado para outro, na minha rede lendo. E que lia eu? Com um dicionário, domava a língua alheia, para que fosse também a minha língua. E fazia de mim um juízo generoso, ao reconhecer que já podia ir por outras terras, por outros mares, lendo sempre – sem me dar conta de que havia lá fora, à minha espera, uma outra vida mais natural que chamava por mim.

A leitura, só por si, valia esse mundo. Por isso, quando decidi sair de Belém para o Rio, era maior a mala dos livros que das roupas, e assim veio sendo pelo resto do caminho. O imigrante, que em mim conciliava o italiano da ascendência paterna e o português da ascendência materna, impelia-me a mudar de terra; mas a descoberta do mundo era nos textos impressos que eu realmente sentia, e assim tem sido ao longo da vida, sempre a abençoar os olhos que Deus me deu para a contemplação desse mesmo mundo, no horizonte visual de um livro.

Ora, na viagem para o Rio, a bordo do navio, vi uma jovem de extrema beleza, que eu conhecia de Belém, e encontrara algumas vezes numa dessas casas acolhedoras onde se completava outrora a iniciação da juventude. Não se misturava com as demais pessoas de bordo. Retraída. Distante. No salão do navio – a um canto, com um livro. Sempre com um livro.

Uma tarde, sentei-me perto, também com o meu livro. E nisto reparei que a jovem estava a voltar as folhas do seu, de cabeça para baixo. Como o homem do jornal, na charge de *Le Figaro*. Firmei o olhar, aproximei-me, perguntei à jovem:

– Por que está com o livro assim?

E ela, numa voz quase apagada que jamais esqueci:

– Eu não sei ler. Vejo figuras.

Ver figuras... Será esse o destino dos jovens no futuro? Ou haverá outro processo de leitura? É possível que sim. Pelo menos estamos a caminho. Só na França, segundo os dados publicados em outubro de 1988, já sobem a 6 milhões, numa população de 55 milhões, os iletrados. Vítimas da televisão e do rádio? Do livro falado e do videocassete? A verdade é que, em Paris, a televisão é um instrumento de difusão do livro, com programas constantes e regulares de propaganda da literatura – além de haver, nas escolas, desde cedo, uma predisposição para o convívio das letras no conhecimento dos livros e autores mais representativos.

O certo é que o fenômeno aí está, desafiando a nossa perplexidade. Existe. E nos preocupa.

Estou a imaginar agora que, daqui a algum tempo, uma certa senhora, levando aos olhos o seu *lorgnon*, olhará um certo senhor com respeito e espanto, para dizer à amiga que a acompanha:

– Aquele senhor sabe ler. Cuidado.

## AMIGOS DE SEMPRE

"... E O AMIGO, COM SUAS RECORDAÇÕES, TEM UMA PRESENÇA CONSTANTE, QUE SEMPRE PERDURARÁ COMIGO."

# RECEITA DE FELICIDADE

*26 de novembro de 1955*

*E*ncontrei Marques Rebelo na calçada da Biblioteca Nacional sobraçando um gordo embrulho.
— Que livro levas aí? — perguntou a minha curiosidade ao escritor, enquanto meus olhos, seguindo a lição do personagem de Machado de Assis, "apalpavam" o pacote.
E ele:
— Não é livro: é uma caixa de fósforos.
E para me desmanchar a dúvida, entreabriu o embrulho, para que eu visse, com estes meus olhos inquietos, a vasta caixa de fósforos de lareira, vinda da Suécia ou da Groenlândia para a sua famosa coleção.
Narram os poeirentos autores clássicos que Eudâmidas, tendo encontrado em seu caminho um velho em atitude de profunda meditação, perguntou quem era e o que fazia.
— É Xenócrates — disseram-lhe — tentando encontrar a fórmula da felicidade.
Ao que Eudâmidas redarguiu, com espanto:
— E quando é que ele a vai empregar, se nessa idade ainda não a encontrou?
Marques Rebelo, mais expedito que Xenócrates, descobriu nas caixas de fósforos a fórmula particular que escapou ao filósofo.

Mestre do conto e do romance, articulista intrépido e vivaz, o escritor de *A estrela sobe* se interessava, há muitos anos, como todos nós, pelo problema de sua felicidade neste mundo, sem conseguir atinar, em sucessivas experiências, com a raiz dessa equação pessoal.

Durante bom tempo procurou empolgar-se pelo futebol. Creio, mesmo, que, como o personagem de um de seus contos, jogava mal, mas jogava. No entanto, por mais que se empenhasse em levar a sério a bola e o campo, terminou reconhecendo que ali não estava o seu processo de ser feliz.

Na literatura, a palavra escrita, não sendo para o escritor um divertimento ou um passatempo, estava longe de proporcionar ao contista de "Três caminhos" a sensação de plenitude que nos dá, quando chegamos da rua, uma cadeira de balanço ou um chinelo velho. E Marques Rebelo, vergado na mesa literária, compondo romances, contos, crônicas, continuou a sua odisseia de insatisfeito.

Um dia, mergulhou na música. Embora achando que Beethoven era um gênio eminentemente burro, ouviu-lhe as sinfonias e sonatas. E foi indo, nessa fome sonora, através de partituras eruditas e populares, para concluir que a música, com toda a sua beleza, não resolvia o seu problema.

Mas de uns tempos para cá, o nosso Rebelo é um homem contente. Aquilo que a música, o futebol, a literatura, os passeios, as longas viagens não lhe deram – deram-lhe as caixas de fósforos de sua extraordinária coleção.

Fósforos da China, da Índia, da Grécia, da Bolívia, da Indonésia, dos lugares sagrados e dos sítios onde o diabo perdeu a bota, enchem caixas e mais caixas, na opulenta coleção do romancista de *Marafa*.

Marques Rebelo, com a sua biblioteca de caixas de fósforos, é um homem feliz, na plenitude de seus sentidos.

E eu vejo aqui (enquanto procuro também a minha mania) quanta razão assitia a Lope de Vega, para dizer, no segundo ato de El Caballero del Sacramento, que "todos somos locos, los unos de los otros":

> Unos por otros hacemos
> disparates y locuras;
> todos andamos sin seso,
> ya los padres por los hijos,
> ya los deudos por los deudos,
> ya las damas por sus cuyos,
> ya por las damas sus dueños.*

---

\* Uns pelos outros fazemos/ disparates e loucuras;/ todos andamos sem siso,/ já os pais pelos filhos,/ já os parentes pelos parentes,/ já as damas por seus amantes,/ já pelas damas seus donos.

# R. MAGALHÃES JÚNIOR

*29 de novembro de 1955*

Não sei se R. Magalhães Júnior, ao bater-se por uma cadeira na Câmara Municipal para sair vitorioso, atendeu, nesse propósito, unicamente a uma aspiração de ordem política, na sua condição – comum a todos nós que aqui vivemos e trabalhamos – de carioca naturalizado.

De mim para mim, considerando em R. Magalhães Júnior o homem político, na vivacidade polêmica de sua paixão partidária, e o homem de letras, na sua vocação da pesquisa literária – chego a concluir que o historiador de *Artur Azevedo e sua época* e de *Machado de Assis desconhecido*, ao decidir-se a fazer política na Gaiola de Ouro, atendeu, nessa deliberação, à circunstância de que, entre as Casas onde os choques partidários têm a sua sede e a sua arena, é a Câmara Municipal a que mais perto fica, sob o ponto de vista topográfico, da Biblioteca Nacional.

Em verdade, as duas Casas se defrontam: de um lado, levanta-se a livraria, onde se pede silêncio para a leitura; do outro, ergue-se a tribuna do povo, reclamando o rumor da palavra em debate, no fogo aceso das discussões políticas.

R. Magalhães Júnior, multiplicando o tempo na obstinação do trabalho, serve às duas Casas, com igual eficiência.

Pouco depois do meio-dia, está ele na Biblioteca Nacional mergulhado em jornais velhos e documentos, nessa viagem aos alfarrábios, que é uma descida ao poço da memória da humanidade. Ali pelas duas horas, o pesquisador paciente muda de pouso e de condição: o homem calado converte-se no vereador barulhento, que reclama aos gritos o exercício da vergonha e o cumprimento fiel da lei.

E, para essa transfiguração do homem de letras em homem político, R. Magalhães Júnior necessita, unicamente, de atravessar a pequena praça que separa a Biblioteca Nacional e a Câmara dos Vereadores.

Trabalhador metódico, dividindo as horas do dia com a cautela de quem não se esquece de que o coração humano anda mais depressa que o ponteiro dos segundos, o teatrólogo de *Carlota Joaquina* não deixa que se passe um minuto sem valorizá-lo com uma ocupação. E nesse labor a sensibilidade do escritor está sempre atuante, coordenando as muitas figuras que parecem existir em R. Magalhães Júnior.

Pela manhã, ao abrirmos um jornal, o articulista salta-nos diante do olhar, com o seu comentário constante e vivo dos acontecimentos de cada dia. E pelo resto da manhã, e pela tarde, e pela noite, há sempre um R. Magalhães Júnior à nossa frente, sob a forma de homem de teatro, homem de cinema, homem político.

O escritor, constituindo uma das modalidades de sua ação, também sabe multiplicar-se, dividindo-se: é contista, é conferencista, é novelista. E tanto fala aos adultos, para alertá-los e diverti-los, como se dirige às crianças, para deslumbrá-las e distraí-las.

Nessa variedade humana, R. Magalhães Júnior poderia ser um dispersivo, por força do fracionamento de sua personalidade. Mas o que se observa é que, nessa dispersão aparente, o escritor jamais se enfraquece assim como o homem, na sua firmeza combativa, jamais se diminui.

O livro que ele dedicou ao nosso principal escritor, para nos apresentar um *Machado de Assis desconhecido*, corresponde a uma revisão de julgamentos e pontos de vista que altera, nos seus lances essenciais, alguns dos aspectos da biografia machadiana. E essa revisão é o resultado da viagem paciente através de jornais antigos e livros velhos, na Biblioteca Nacional.

A velha Livraria, que é o nosso mais rico patrimônio bibliográfico, constitui hoje o centro principal de trabalho de R. Magalhães Júnior. Dali ele se desloca para a Câmara dos Vereadores, saltando pela praça Marechal Floriano. E dali ele se deslocará, um dia, com os títulos de seus livros e a coerência de sua vocação literária, para outra casa que está no seu caminho e também fica nos arredores da Biblioteca Nacional: a Academia.

# AVENTURAS DE LÊDO IVO

*28 de abril de 1959*

Colocado entre as primeiras figuras de sua geração como poeta, Lêdo Ivo tem igualmente direito a um posto de relevo entre os jovens prosadores brasileiros,

É Garrett, nas *Viagens à minha terra*, quem se refere à peça *Poetas em anos de prosa*, de Ênio Manuel de Figueiredo, e a seu respeito faz o seguinte comentário: "Poeta em anos de prosa! Oh Figueiredo, Figueiredo, que grande homem não foste tudo, pois imaginaste esse título que só ele em si é um volume!".

Recordei-me desse lance garrettiano, a propósito de Lêdo Ivo, porque em anos de prosa anda ultimamente o poeta de *Acontecimento do soneto*.

Seu último livro de poesia é de 1955. De então para cá, o prosador arrebatou a pena ao poeta – e dele tivemos um livro de crônicas, *A cidade e os dias* (1957), a tradução de *Une saison en enfer* [*Uma temporada no inferno*], de Rimbaud (1957), e um romance (e aqui está um título feliz), *O caminho sem aventura* (1958).

Quem inicia cedo a vida literária tem quase sempre um problema, dentro de dez a quinze anos: a ânsia de regressar, com a experiência da maturidade, aos livros da juventude.

*O caminho sem aventura*, publicado em sua primeira edição em 1947, era um livro imaturo na sua forma e no seu processo. Daí o cuidado com que sobre ele se debruçou o romancista uma década depois. E de tal forma Lêdo Ivo refundiu o romance na segunda edição agora publicada, que deste volume se pode afirmar, sem receio de erro, que constitui um novo livro.

A prosa, no comportamento literário de Lêdo Ivo, está longe de corresponder a uma abdicação da poesia. A verdade é que, no prosador límpido, de seguro domínio dos mais ricos recursos expressionais, o poeta continua o seu itinerário lírico. Em seu romance, realizado num clima de autêntica poesia, sobretudo nos textos em que o narrador desce aos mistérios de seu passado, o poeta está mais presente que o romancista: a intensidade do drama se dilui, por isso mesmo, naquilo a que chamaríamos a coreografia poética do romance.

O livro de crônicas, *A cidade e os dias*, é igualmente um pretexto de poesia, na graça e na finura do comentário a acontecimentos cotidianos. Lêdo Ivo, não obstante toda a malícia preventiva com que contempla os espetáculos da vida, tem a visibilidade poética de seus lances efêmeros, que o escritor transfigura em termos de crônica de jornal.

E tanto nesses lances transitórios como nos grandes lances transfigurados em romance, a conclusão do narrador há de ser aquela que Rimbaud fixou em *Une saison en enfer* [*Uma temporada no inferno*], admiravelmente traduzida pelo poeta alagoano: "A antiga comédia prossegue em seus acordes e divide seus Idílios.".

# UMA EXPERIÊNCIA AFRICANA

*21 de janeiro de 1965*

Quando Antônio Olinto, nomeado adido cultural de nosso país na Nigéria, saiu do Brasil para viver a sua longa experiência africana, logo imaginei que, dentro de um ou dois anos, por acasião de sua viagem de volta, traria ele na bagagem, juntamente com amuletos, máscaras e fetiches, um novo livro sobre o Continente Negro.

A verdade é que não me enganei. De fato, trouxe Antônio Olinto, de volta ao Brasil, um pequeno museu de coisas africanas. E o livro aqui está, bem diverso entretanto da obra meramente pitoresca que se poderia esperar de um poeta e crítico, espionando a terra alheia com seu olhar literário e munido de um caderno de apontamentos.

Era Sainte-Beuve quem zombava dos viajantes que, tendo passado uma noite em Constantinopla, escrevem a seguir um livro de quinhentas páginas sobre a Turquia.

Antônio Olinto não passou na África apenas uma noite, porém muitas, e longas, e logo cuidou de bem aproveitá-las, aprofundando-se na teoria de mistérios que faz do Continente Negro, nesta altura do século XX, uma interrogação apreensiva para o equilíbrio político do mundo.

Dessa prolongada experiência poderia ter resultado um livro como tantos outros, na linha habitual da moderna literatura de viagem sobre a África.

Se essa seria a tendência, outra é agora a realidade, com estes *Brasileiros na África*, nova dimensão imprevista do mundo africano, sentida e revelada por Antônio Olinto num livro que se lê com o ritmo de uma novela e do qual nos fica a imagem de uma África profundamente identificada conosco, através dos negros que daqui retornaram à terra de suas origens e ali experimentaram uma nostalgia que dura até hoje.

A fotografia em que Antônio Olinto, juntamente com Zora Seljan, sua mulher, aparece num vistoso fofão nigeriano, ladeando a bandeira da União Descendentes Brasileiros, de Lagos, está longe de constituir mera ilustração pitoresca da viagem do escritor: corresponde a um testemunho de sua identificação com a realidade que descreve, lembrando de algum modo a fotografia em que Venceslau de Morais, depois de morar por largo tempo no Japão e se familiarizar com seus usos e costumes, adota o traje nipônico, como a ensaiar desprender-se de suas raízes lusitanas, atraído pelo exotismo da cultura japonesa.

No caso de Antônio Olinto ocorreu, no entanto, fenômeno bem diverso. Seus contatos pessoais com a realidade africana deram-lhe acesso ao primeiro núcleo de transplantação da civilização brasileira em terras da Nigéria, objeto de um estudo de A. E. Laotan, publicado em 1943, na Cidade de Lagos: *The Torch Bearors* ou *Old Brazilian Colony in Lagos*.

Sem a determinação de ser romano em Roma, conquistando a confiança africana pelo respeito à sua cultura e pelo propósito honesto de se identificar com ela, Antônio Olinto não teria recolhido na fonte a riqueza informativa que recomenda seu livro, já agora obra indispensável a quem queira conhecer o diálogo cultural entre a África e o Brasil.

Os filhos de africanos que retornaram à África, já libertos do cativeiro no Brasil, levaram para lá uma cultura, que logo colocaram a serviço das comunidades africanas: "Pedreiros, marceneiros, entalhadores – conta-nos Antônio Olinto – começaram a exercer em Lagos as suas funções. Tiveram discípulos. Fizeram sobrados no estilo dos que se veem na Bahia, em Outro Preto e em qualquer cidade antiga do Brasil. Entre as mulheres, a brasileira Iaiá Clemência Guimarães tornou-se a costureira preferida de Lagos, tendo igualmente ensinado a sua arte a muitas jovens nigerinas.".

Com o rolar do tempo, essa cultura não se perdeu, apenas se revestiu de um colorido nostálgico, que levaria os últimos remanescentes dos brasileiros que imigraram para a Costa Ocidental da África a transferirem aos seus descendentes o sentimento do amor ao Brasil, na persistência da língua portuguesa, na constância da fé católica, na continuidade dos folguedos e festejos, e ainda na vontade de uma viagem de volta que lhes permitiria rever a terra de seu amor, de sua saudade e de sua perdoada escravidão.

# GRANDE ROSA: SAUDADES

*23 de novembro de 1967*

Quinta-feira passada, pouco antes de iniciar-se a cerimônia de posse de Guimarães Rosa na Academia, fiquei com ele, durante alguns minutos, no gabinete da presidência, aonde fora levado para esquivar-se à emoção dos abraços efusivos de amigos e companheiros.

Ao apertar-lhe a mão, senti-a gelada. Pilheriei com ele, citando Machado de Assis:

– Ninguém finge as mãos frias...

E Rosa, emocionado:

– Estou com medo de morrer na tribuna.

Tratei de dar-lhe ânimo:

– Não leves a tanto a tua originalidade, companheiro. Olha que não há um só exemplo de noivo que tenha morrido no altar, à hora do casamento.

Ele riu, ficou mais calmo, fez questão de ler-me o trecho do discurso em que se referia à nossa amizade de vinte anos. Voltou a rir:

– Confere?

– Com lente de aumento, eu sou assim. A olho nu, não.

De propósito, mantive o diálogo nesse tom, forçando-lhe o riso, para tentar desanuviar-lhe a cabeça inquieta. E ele, mais sereno:

– Obrigado. Deus te pague. Mas quero de ti outro favor. Durante o discurso, quando eu tirar os olhos do papel, olho para ti. Se eu estiver indo bem, tu me fazes um sinal.

E eu, exagerando o meu espanto:

– Queres palmas? Ou um assobio festivo?

– Não. Basta que movas a cabeça. Assim – exemplificou.

Coloquei a mão no seu ombro:

– Em resumo: queres que saia da sala, ao fim de tua posse, com o pescoço desconjuntado de tanto aplaudir? Fica tranquilo. Será feita a tua vontade. Tu mereces. Depois eu te mando a conta do conserto do meu pescoço.

Dois dias antes, à hora da sessão habitual da Academia, encontrei-me com Rosa no vestíbulo do prédio.

– Quero que venha comigo ao salão – pediu-me.

Fui, mandei acender os lustres, Rosa passou à frente levando consigo, contra o peito, os originais de seu discurso. Subiu à tribuna, ensaiou o tom da voz, voltou-se para um lado e para outro, enquanto eu, à mesa da presidência, sorria do ar austero com que ele se exercitava. Por fim, quis saber por onde tinha de entrar, os gestos que deveria fazer, o modo de cumprimentar o presidente, e onde sentaria.

– Sentarás nessa cadeira do meio. Estarei à tua direita. À hora do discurso, volto a cadeira em tua direção e torço um pouco a cabeça para não te perder de vista – adiantei.

– Deus te pague – agradeceu-me.

Saímos de braço dado, consoante as regras da boa amizade. E na noite de sua posse fui o primeiro a abraçá-lo, depois de colocar-lhe ao peito o colar da investidura acadêmica.

– Eu não te disse que tudo ia dar certo? – perguntei-lhe, emocionado e feliz. – "Amigos somos. Nonada. O diabo não há." – acrescentei, citando o fim de *Grande sertão: veredas*.

Os senhores podem entender agora por que foi que, três dias depois, à noite, ao dar com ele imóvel, quieto para sempre, no recolhimento de seu quarto, pus a mão fraterna sobre a sua cabeça gelada e comecei a chorar.

# MINHAS SAUDADES DE CARLOS LACERDA

*24 de maio de 1977*

Há dezoito anos, numa conferência na Academia sobre a oratória contemporânea do Brasil, tive oportunidade de me referir, com estas palavras, a Carlos Lacerda: "Numa das notas de seu *Journal d'un Poète*, Alfred de Vigny vaticinou que a imprensa terminaria por devorar a oratória. No exemplo de Lacerda, essa previsão falhou: nele, o jornalista preparou o orador. E este, por derivação natural, passou da tribuna da imprensa para a tribuna parlamentar, com a sua vivacidade polêmica, a sua fluência verbal e as suas cóleras políticas.". E concluía: "Em Lacerda, na verdade, é grande o jornalista. Maior, entretanto, é o orador.".

Ele tinha, para isso, o físico do papel: a estampa, a voz, a gesticulação apropriada. E, mais do que isso, tinha o pleno domínio da palavra, fosse para agredir, fosse para defender, fosse para louvar.

Embora tenhamos sido companheiros de geração literária, no Rio dos anos 1930, só nos últimos tempos andamos lado a lado, na harmonia do mesmo caminho. Ano passado, depois de propor-me a reedição e a edição de meus livros, Lacerda me convidou para integrar o Conselho Editorial da

Nova Fronteira. E graças a essa circunstância, pude ouvir-lhe, juntamente com os meus companheiros desse colegiado, os últimos discursos – proferidos em tom sereno e coloquial.

Estou a vê-lo na comprida mesa de nossas reuniões, a arrumar os papéis da pasta antes de falar. Quase sem dar por isso, constituíamos ali o seu derradeiro auditório. Carlos Lacerda começava por aludir a um dos tópicos da pauta, e ia falando, falando, no desenvolvimento natural de sua explanação. Como nunca soube ser indiferente, apaixonava-se por tudo – o livro que pensava editar, o autor que incorporara à editora, os problemas do mercado financeiro, a questão dos direitos autorais, a carta que ia mandar à Câmara Brasileira do Livro.

Por vezes, não esperava o pretexto dessas reuniões mensais para conversar com um de nós. Chamava-nos, ou vinha ao nosso encontro. Nessas ocasiões, a palavra era dele: não que a quisesse monopolizar – era ele que tinha o que dizer, na plenitude de vida que transbordava pela palavra articulada.

Este ano, a 17 de fevereiro, estava eu em Petrópolis, aproveitando o clima da serra para terminar o novo romance que Lacerda queria publicar, quando ele, do Rio, me chamou ao telefone, perguntando-me se podíamos jantar naquele dia.

– Claro que sim – repliquei. – Onde?
– Aí em Petrópolis.

E às nove horas da noite nos reunimos à mesa de um restaurante, em companhia de dois outros amigos, Luís Forjaz Trigueiros, que Lacerda considerava o seu cireneu, e era também seu parente e companheiro de trabalho, e Mário Quartim Graça, recém-chegado à Nova Fronteira. Já pela madrugada, quando nos despedimos, depois de ouvi-lo por várias horas, perguntei-lhe se ia dormir no seu sítio, ali mesmo em Petrópolis. E ele, ainda bem-disposto:

– Não. Vou voltar para o Rio. Amanhã, cedo, tenho muito que fazer na editora. Não sou como você, que se pode dar ao luxo de ficar aqui em cima escrevendo romance. A vida de editor é dura. Mais dura do que a de escritor. Digo isto porque conheço as duas.

Nessa mesma noite, de volta ao meu apartamento, registrei esse encontro no meu *Diário*, e fiz este reparo, a propósito da longa conversa em que só Lacerda praticamente falou: "De vez em quando, na conversa de Carlos Lacerda, vem-lhe a fulguração verbal do orador, e ele é magnífico, e é único, no imprevisto de sua vivacidade vocabular.".

Aliás, nos seus discursos, ele quase sempre começava pelo tom coloquial. Dir-se-ia que não ia discursar – conversava apenas. Aos poucos a paixão o ia possuindo. E como tinha a palavra a seu serviço, pronta, veemente, fulgurante, a eloquência era-lhe rapidamente o rio cheio, que leva tudo de roldão, mas sem águas barrentas, que trazem consigo as terras de seu leito. Eram límpidas e transparentes, e sempre a se avolumarem. Lacerda podia falar um hora, duas, várias horas, sem mostras de cansaço físico, todo entregue a uma espécie de fúria sagrada, que destruía no seu ímpeto irresistível todos os obstáculos que se alteassem na sua passagem esplêndida.

A palavra, nesse mestre do discurso, parecia um excesso de vitalidade, que dava de si na fluência e no fulgor da fala. E essa vitalidade se sentia também na sua figura física. Como que Lacerda era indestrutível, sobranceiro a todos os ataques. Estava dentro de uma armadura, como os guerreiros medievais, e com a mesma força, com a mesma bravura. Entretanto, na intimidade, era um espírito extremamente sensível, com delicadezas cativantes. Daí o tom de ternura de suas cartas íntimas. Daí o seu gosto das rosas. E a mansidão carinhosa dos grandes cães felpudos que o rodeavam, mesmo na sua sala de trabalho da editora. O rancor, que parecia dominá-lo para sempre na hora da luta, durava o tempo de seu discurso ou de seu artigo de jornal.

Nunca me esquecerei de que fomos juntos, e ambos com os olhos molhados, à casa de Adolfo Bloch, assim que soubemos da morte de Juscelino Kubitschek, e juntos dali saímos, em silêncio, de coração apertado, ao encontro do corpo do presidente. No auge da campanha de Lacerda contra Juscelino, se me tivessem vaticinado que esse episódio ia acontecer, eu o tomaria à conta de uma profecia do absurdo. No entanto, quando ali nos juntamos, identificados pelo mesmo sentimento da consternação irreparável, Lacerda continuava a ser Lacerda, tão sincero no seu pesar quanto o fora no impulso de suas objurgatórias mais candentes.

O governo do estado da Guanabara, a que ascendeu pelo voto popular, serviu de ensejo para que Lacerda demonstrasse não ser apenas um político polêmico, com a vocação exclusiva das acusações demolidoras. Tinha também o gosto de construir – mas lutando. Ao fim de uma obra administrativa, era ainda um polemista vitorioso, com a sensação de ter destroçado os empecilhos de seu caminho, mesmo quando inaugurava uma escola, uma adutora, ou um mercado público.

Ultimamente o homem de letras dera a mão ao homem de empresa, na personalidade de Carlos Lacerda, com a experiência das duas editoras sob seu comando: a Nova Fronteira e a Nova Aguilar. Voltara a ser homem de ação, com o gosto de criar, sem se desprender, no entanto, da sua condição de homem de lutas. Escreveu um livro de memórias deliciosamente lírico, por intermédio do qual voltou a sua infância distante, na redescoberta da casa de seu avô, e assim se reencontrou com o escritor admirável, que tinha na palavra exata a substância da obra de arte. Ao mesmo tempo conheceu a alegria de publicar o livro alheio, que via surgir e realizar-se como se fosse o seu próprio autor.

Desse modo, Carlos Lacerda não saiu da vida como político, mas como homem de letras. Vale a pena lembrar aqui, a propósito desse remate biográfico, a reflexão de Machado de Assis sobre o romancista de *Iracema*, que também foi político: "Desenganado dos homens e das coisas, Alencar volveu de todo às suas queridas letras. As letras são boas amigas; não lhe fizeram esquecer inteiramente as amarguras, é certo; senti-lhe mais de uma vez a alma enojada e abatida. Mas a arte, que é a liberdade, era a força medicatriz de seu espírito.".

As letras também consolaram Carlos Lacerda de seu desterro da vida pública. Mesmo nos fins de semana não se distanciava delas, tendo embora as rosas em seu redor. Abria um livro, abria outro, e escrevia muito, ora cartas, ora textos de livro, ora artigos de jornal. Mas continuava exilado, com o sentimento de sua solidão altaneira.

A morte, para levá-lo, preferiu tocar-lhe no coração.

# UMA REVELAÇÃO DE VARGAS LLOSA

*14 de agosto de 1979*

Em entrevista ao jornalista Ib Teixeira, publicada há poucos dias em *Manchete*, Mario Vargas Llosa, o grande escritor peruano de expressão internacional, recordou que foi meu aluno, na Faculdade de Letras da Universidade Nacional Mayor de São Marcos, em Lima, e que fui eu que lhe abri as portas para a literatura brasileira.

É verdade. Depois de ler a entrevista de Vargas Llosa, fui olhar a relação de meus alunos peruanos, em 1954, e ali o encontrei, entre algumas dezenas de jovens que me distinguiram com a sua atenção e as suas perguntas, ao tempo em que tive o privilégio de ser o seu professor.

Machado de Assis, no fecho de *Memorial de Aires*, põe o Conselheiro e Dona Carmo, juntos e amigos, a se consolarem da vida vivida com a saudade de si mesmos.

É o que se passa com todo professor quando encontra uma figura ilustre que se recorda de ter sido seu aluno. Vargas Llosa não sabe o tamanho da emoção que me deu. Voltei a sentir-me na casa dos trinta anos, na minha residência de Miraflores, na capital peruana, entre amigos como Raul Barrenechea, Augusto Tamayo Vargas, Aurélio Miró Quesada, Sebastião Salazar Bondy, Estuardo Nunez, Hector Vellarde,

Mejia Baca. Cito alguns, e poderia alongar-me por uma vasta nominata, toda ela associada às batidas de meu coração.

Tenho presente a solenidade de abertura de meu primeiro curso, no imponente Salão de Atos da mais antiga universidade do continente, e a que hoje me orgulho de pertencer, como seu catedrático honorário. E embora ainda não estivesse em moda, no Brasil, o poeta Sousândrade, foi com ele que entrei no Salão, levando-lhe a edição de seu poema "O Guesa", na edição de Londres, 1888.

Que é que tinha a ver Sousândrade com o Peru? Muito. Andara o poeta por lá, inspirara-se numa tradição incaica, descrevera cenas capitais da história peruana, e ainda celebrara Lima em versos que assim começam:

> E eu à luz dos crepúsculos de Lima
> Vim meditar a queda dos Impérios...

Cabendo-me dar um curso de Literatura Brasileira, achei que seria mais importante, do ponto de vista metodológico, partir da literatura peruana para a brasileira – facilitando assim a comunhão dos jovens estudantes com nossos valores fundamentais. Os elementos peruanos do poema de Sousândrade proporcionaram-me a oportunidade desejada. Tudo quanto fiz a seguir obedeceu à mesma motivação e ao mesmo confronto de temas, obras e autores.

O poeta satírico peruano, no século XVII, é Caviedes, correspondendo assim ao nosso Gregório de Matos, e ambos originários da mesma fonte espanhola: Quevedo. E assim os costumbristas, os românticos, os parnasianos, os modernistas. Com os seus contrastes e as suas concordâncias.

Por vezes, uma surpresa: a presença de Gonçalves Dias no romantismo peruano, graças a um encontro, em Paris, de nosso poeta com o grande escritor peruano, Ricardo Palma, que levaria para Lima a edição alemã dos *Cantos*, do poeta brasileiro, editado em Leipzig, por F. A. Brockhaus, em 1857.

Graças à colaboração de um grande livreiro e editor, meu querido amigo Mejia Baca, pude realizar em Lima a primeira exposição do livro brasileiro, em pleno centro da cidade, com um ciclo de conferências ministrado por Sebastian Salazar Bondy, Hector Vellarde e Raul Barrenechea. Finda a exposição, que havia sido transportada para Lima pela Força Aérea Brasileira, por meu empenho pessoal, amparado pelo embaixador Fraga de Castro, incorporamos todo o acervo à biblioteca da Universidade de São Marcos.

De tal modo me identifiquei com os meus amigos peruanos que, a certa altura, conhecendo seus mestres, seus livros, seus costumes, era como se ali já estivesse enraizado pelo tempo – quando, na realidade, fora o sentimento da cordialidade e da afeição que fizera o seu ofício.

Nunca me esquecerei da tarde em que um desses amigos, Pedro Jarque, me entrou pela casa com ares alvissareiros. Diretor de teatro, pintor, cenarista, professor, Pedro me trazia uma grande notícia: conhecera, pouco antes, uma linda limenha, quase uma adolescente, excelente pintora, e queria casar o mais rápido possível.

– E você e sua mulher vão ser os padrinhos!

No exercício da condição de padrinho, indaguei-lhe da casa, dos móveis, dos papéis. Casa, não tinha, móveis, também não, e, quanto aos papéis, ia providenciá-los junto à família da namorada, se esta não o pusesse fora de portas, escada abaixo. Ficamos à espera desse encontro decisivo. E o certo é que no dia seguinte, me volta o Pedro Jarque com a boa-nova: os papéis estavam sendo providenciados. E acrescentou:

– Tenho outra notícia importante a te dar: eu mesmo vou fazer os móveis de minha casa.

Respirei, com algum alívio, imaginando que ele, primeiro, ia fazer os móveis, para depois casar. Mas estava enganado. O Pedro mudou a ordem natural das coisas: primeiro casou; depois, foi fazer os móveis. Por isso, quando eu e minha mulher fomos visitar o casal, já instalado no seu novo domicílio, tivemos esta acolhida: minha mulher sentou num baú, enquanto eu me instalava, com algum conforto – no patamar da escada.

Vinte e cinco anos depois, preparou-nos Pedro Jarque outra surpresa. De Nova York, onde hoje dirige um grande escritório de assessoria editorial, preveniu-me de que viria ao Rio, em companhia da mulher, para passarem aqui, em companhia dos padrinhos – as bodas de prata!

E aqui efetivamente estiveram, com o ar feliz do começo da vida. Perguntei ao Pedro pelos móveis. Não tivera paciência de terminá-los: acharam mais simples comprá-los na movelaria. Os filhos e os netos não lhes interromperam a vocação artística. Por isso, ao reencontrá-los, vi-os felizes – com a mesma felicidade com que os vi chegar à minha casa, no silêncio e na paz de Miraflores. Depois de meu regresso ao Brasil, ocorrido em maio de 1955, recebi carta de um de meus mais admirados mestres peruanos, dando-me esta notícia melancólica: estava quase cego. Tinham-lhe dito que, em Campinas, poderia operar-se. E logo imaginei o que significaria para ele, grande escritor, professor admirável, autoridade mundial em assuntos incaicos, a condenação às sombras eternas, na reclusão de sua pobreza. Com a carta no bolso, fui ao encontro do embaixador José Carlos Macedo Soares, então à frente do Itamarati. E este, assim que me ouviu:

– Deixe comigo essa carta. Depois lhe falo sobre ela.

Passaram-se alguns dias. Uma semana passou. E uma noite, já tarde, ouço a palavra do embaixador ao telefone:

– Seu amigo peruano já está voando para o Brasil. Mandei um secretário esperá-lo em São Paulo e acompanhá-lo a Campinas. O Brasil se responsabiliza pela vinda dele e pela operação que vai fazer.

E a 2 de maio de 1956, recebo de meu amigo e mestre Luiz E. Valcarcel uma carta reconhecida, que assim começava: "Las primeras palabras que escribo con mis nuevos ojos son dirigidas a usted para expressarle mi inmensa gratitud y la de mi familia por su noble y ejemplar prueba de amistad al aydarme en tan duro transe. Ahora, recuperada mi vista, no olvidaré mi gran deuda con usted y con el Brasil.".*

Na verdade, nada me devia o querido mestre, incomparável diretor do Museu de Cultura Peruana. Eu é que lhe devia a emoção com que voltou aos seus livros e aos seus papéis, na branca cidade de Lima, que nunca mais tornei a ver.

---

\* As primeiras palavras que escrevo com meus novos olhos são dirigidas a você para expressar-lhe minha imensa gratidão de minha família por sua nobre e exemplar prova de amizade ao ajudar-me em tão duro momento. Agora, recuperada minha visão, não esquecerei minha grande dívida com você e com o Brasil.

# A VIDA MERECIDA: AFONSO ARINOS

*26 de novembro de 1985*

Amanhã, 27, chegará aos oitenta anos, solidamente instalado no seu outono glorioso, o meu querido amigo e mestre Afonso Arinos de Melo Franco. Não é um ancião, arrimado à sua bengala, debaixo de um boné de lã que lhe resguarda a cabeça branca. Nem vai sentar no flanco da montanha, ofegante, depois de a ter escalado. Não. Louvado seja Deus, Afonso é, ainda, um formidável trabalhador das letras, identificado com os anseios políticos de sua pátria. Nunca foi tão viva e fulgurante a claridade de seu espírito. O tribuno veemente, que sacudia a Nação com a sua palavra de fogo, converteu-se no companheiro suave, mais inclinado à comunhão que à discordância, sem deixar de ser fiel a si mesmo, na ordem das ideias e das convicções.

Antigamente o octogenário era realmente um velho. Do alto de seus oitenta e poucos anos, um mestre espanhol, Dom Pio Baroja, pôs no papel da escrita estas palavras rabujentas: "Creio que não se faria mal se proibisse escrever às pessoas de mais de oitenta anos, porque o homem que chega a essa idade, como eu, não diz mais que disparates.".

O próprio Baroja, escrevendo nessa faixa etária os sete volumes de suas *Memórias*, desmentia a si mesmo, com o seu exemplo magnífico. Porque foi ao escrever essa obra que lhe saíram da pena as páginas mais belas. Uma prova? Aqui a têm, no início do vasto livro de reminiscências: "Eu sou um homem que saiu de casa pelo caminho, sem objetivo, com a jaqueta ao ombro, ao amanhecer, quando os galos lançam ao ar seu cacarejo estridente como um grito de guerra, e as calhandras levantam seu voo sobre os campos semeados. De dia e de noite, com o sol de agosto e com o vento gelado de dezembro, segui minha rota, ao acaso, umas vezes assustado ante perigos quiméricos; outras, sereno ante realidades perigosas.".

Nunca a prosa de Dom Pio foi tão lumiosa, tão transparente, tão harmoniosa. Na juventude, quando começou a construir a sua obra, Baroja não tinha a claridade tranquila de seus oitenta anos. Nessa fase, passou a olhar o mundo e a vida com uma compreensão risonha e lírica, bem diverso do Dom Pio, médico de aldeia, que não hesitava em dizer a uma senhora, que lhe perguntava se podia ter alguma esperança, assim que o escritor acabou de lhe examinar o marido:

– Isso depende da esperança que a senhora quer ter.

Afonso Arinos de Melo Franco é, hoje, um semeador de esperanças, depois de ter sido, com a veemência da juventude, um promotor político, a acusar os adversários no calor escarlate de uma coluna de fogo.

Em 23 de janeiro de 1958, quando ele foi eleito para a Academia Brasileira, como sucessor de José Lins do Rego, já eu ali estava, escandalizando os meus pares com as sobras da minha juventude. Afonso, não. Chegou em plena glória. Não pagou a poltrona com os livros futuros, como eu. Conquistou-a com o ouro de lei dos livros já publicados. À vista.

Assim, somos companheiros há quase três décadas, na mesma casa, no mesmo plenário, na mesma mesa de chá. De início, vi Afonso entrar no plenário, da Academia, em passo vagaroso, como a sondar o terreno. Era ainda o galo das rinhas políticas exibindo a ponta aguda de seus esporões. Depois, foi mudando.

Uma tarde, ali mesmo, o velho Carlos de Laet, conhecido polemista e professor de Afonso Arinos, mantivera-se mudo, cofiando a ponta do cavanhaque, enquanto, ao seu lado, Medeiros e Albuquerque o provocava, chamando-o ao debate. Ao fim da provocação, perguntara o presidente a Laet se este não ia replicar.

E Laet, sereno:

– Não. Eu não brigo com vizinho.

Polemista político na tribuna da Câmara dos Deputados e na tribuna do Senado da República, Afonso se despojou de sua adaga e de sua armadura na paz da Academia. Somente uma vez assisti-lhe a uma provocação política, na tribuna acadêmica. Foi por ocasião da sessão solene comemorativa do centenário de Euclides da Cunha.

Eu era, por esse tempo, secretário-geral da Academia, e estava sentado, por isso mesmo, à esquerda do presidente da República, enquanto Austregésilo de Athayde, do outro lado, como presidente da Casa, se afligia com a demora de Afonso a entrar no salão.

Feio, quase sem pescoço, o presidente Castelo Branco, compreensivo, bateu palmas quando Afonso entrou. Afonso caminhou devagar, apertando aqui a mão de um confrade, dando um beijo ali adiante numa velha amiga, e acercou-se da tribuna. Subiu, arrumou os papéis da oração, e começou a falar, olhando para o presidente Castelo Branco – sobre a feiura de Euclides.

E o presidente, para mim, em meio da carapuça:

– Sabe o senhor o que minha mãe me dizia, quando eu era pequeno? Não te importes de ser feio, Humberto. Feiura não é pecado.

Felizmente, logo a seguir, Afonso deixou de lado a feiura de Euclides da Cunha, para se deter, magistralmente, na apreciação da obra e das singularidades do mestre de *Os sertões*. Hoje, se subisse à tribuna, em idênticas circunstâncias, Afonso, sem descobrir formosura em Euclides, passaria ao largo de sua feiura – sabendo que não se deve falar em corda na casa do enforcado.

O tempo adoçou-lhe a veemência, avivou-lhe a ternura de companheiro, e o que daí resultou foi a festa lírica e afetuosa, que é, hoje, Afonso Arinos discursando. Deu adeus à polêmica política o grande polemista? Não. De modo algum. Afonso continua vigoroso e ágil, como na fase de seus quarenta anos, sempre que desempenha uma missão política – exatamente como agora, quando prepara o anteprojeto de uma nova Constituição para o país, a convite do presidente José Sarney.

Não foi fácil a transição do homem político, que havia terminado o seu mandato de senador, para o puro homem de letras, que retomava a pena com que, aos vinte anos, abrira o seu caminho de poeta, crítico, ensaísta e historiador. A política, no Brasil, por uma tradição que vem do Império, é também uma atividade de sabor e sentido literário. E Joaquim Nabuco, dividido entre a tribuna parlamentar e a tribuna da Academia, é bem o modelo, supremo, que nos chegou até a República.

Um dia, à mesa do chá, na Academia, perguntei a Afonso Arinos que livro, na literatura francesa, ele gostaria de ter escrito. A resposta veio rápida:

– As Memórias de Chateaubriand.

Nada mais adequado. Porque Afonso, homem deste tempo, é também homem de todos os tempos, na curiosidade intelectual, e homem do bom tempo romântico, na afinidade de certos valores sociais e políticos que o século XIX trouxe no seu bojo, sobretudo com o entrelaçamento das letras e a política. Chateaubriand, nesse tempo, é mais do que uma grande figura, na ordem histórica – é um paradigma.

Foi ele que falou em exorbitância de idade a propósito do tempo que já havia vivido. Não seria bem assim. Quem dispunha da pena com que escreveu as derradeiras páginas de *Mémoires d'outre tombe* não ultrapassou o limite da vida. Antes soube conciliar, no grande papel de seu outono, o tempo e a existência, no recorte do personagem que sempre viveu por merecimento, e não por antiguidade. Como o nosso Afonso.

# NO CENTENÁRIO DE MANUEL BANDEIRA

*15 de abril de 1986*

*É* Marcel Aymé quem nos fala, num de seus romances, de certa cidade em que, para não passar o tempo, os velhos não morriam. Na comuna – acrescenta o romancista – havia 28 centenários, e os macróbios, entre setenta e cem anos, constituíam a maioria da população. Por isso mesmo – conclui Marcel Aymé – a cidadezinha era sonolenta, ossificada, triste, como um domingo no Paraíso.

Manuel Bandeira, que este ano completaria cem anos, foi que me chamou a atenção para o romance de Marcel Aymé:

– Não queira ser velho – aconselhou-me. – Faltam-nos os amigos, os companheiros, as amigas, sobretudo as amigas. As que restaram estão velhas, como eu. E o pior é que, se uma amiga nova se aproxima, elas a repelem, aumentando-nos a solidão.

Transpostos os oitenta anos, já a vida lhe pesava. E era irônico consigo mesmo, nos seus irreprimíveis desabafos:

        Os meus amigos
Me felicitam: "Como estás bem conservado!"
Mas eu sei que no Louvre e outros museus, e até no nosso
Há múmias do velho Egito que estão como eu bem conservadas.

Noutro poema, mais pungente, mais triste, chegou a ir além, na sua melancolia de ancião:

> Sem ambições de amor ou de poder
> Nada peço nem quero e – entre nós – ando
> Com uma grande vontade de morrer.

De outra vez, ao sair da Academia comigo, parou na calçada, olhou a tarde que se desfazia em tonalidades róseas por cima do Aterro, e suspirou:
– O bom seria que, numa tarde assim, de um dia assim, o mundo inteiro explodisse, e lá íamos nós, com o resto da Humanidade, para o grande mistério. Era uma festa.

Foi em maio de 1964, numa sessão do Conselho do Patrimônio Histórico, que Bandeira, uma tarde, sentado junto de mim, tirou os óculos, vergou-se mais sobre a mesa, e escreveu o "Poema do mais triste maio", de que, logo a seguir, me deu os originais manuscritos, e que assim começa:

> Meus amigos, meus inimigos,
> Saibam todos que o velho bardo
> Está agora, entre mil perigos,
> Comendo, em vez de rosas, cardo.

Esse original do poeta, escrito em papel de jornal, não tem uma emenda, uma rasura. Fluente, como se Bandeira o tivesse de cor. E é, por várias razões, o mais patético, o mais sofrido, o mais desesperado que lhe saiu da pena, com esta confissão pungente:

> As saudades não me consolam,
> Antes ferem-me como dardos.
> As companhias me desolam,
> E os versos que me vêm, vêm tardos.

Mais de uma vez, subindo-lhe repentinamente a pressão, Bandeira perdera os sentidos, só lhe restando desse mergulho estas duas impressões: a volta da consciência, com o domínio das coisas em seu redor, e a sensação do momento em que a consciência se lhe apagara e em que ele se pusera a bater com o indicador da mão direita no pulso esquerdo.

No meu *Diário da tarde* revelo alguns desses momentos, dada a circunstância de que o Poeta, logo a seguir, nos confiou, ainda emocionado. Numa das vezes, observou-me:

– Sinto que estou treinando para virar farol: apago e acendo, apago e acendo, até apagar de vez, por falta de combustível.

Bandeira há de ser para mim uma saudade constante. Poucos companheiros encontrei, até hoje, com a suavidade de seu convívio. Falava baixo, entrecortando a frase com uma tossezinha leve, mais um cacoete que uma cócega na garganta, mesmo quando lia um discurso ou proferia uma conferência. Trouxera-a da juventude, do tempo em que, tuberculoso, se tratou no Sanatório de Clavadel. O mesmo sanatório em que estivera Antônio Nobre, o poeta simbolista português de sua preferência, ao tempo em que publicou *A cinza das horas*.

A tuberculose lhe deu, desde cedo, o sentimento da morte. Esperou-a, e ela não veio. Mais tarde, quando a morte não poderia deixar de vir, confessou que estava preparado para recebê-la, com cada coisa em seu lugar. À maneira de Leopardi, dividiu-se entre o amor e a morte, dando aos seus poemas líricos um traço permanente – a que não faltou a nota irônica, indicativa de que o Poeta sabia também superpor-se à tirania de suas mais profundas emoções.

Certa vez, indo com ele a uma biblioteca do centro da cidade, notei que Manuel Bandeira estava mais interessado na bibliotecária jovem e bonita do que no velho livro que fora ali procurar.

A certa altura, viu o poeta, de relance, a aliança na mão esquerda da bibliotecária. E a pergunta veio logo:

– Você já é casada?
– Sim – confirmou a jovem.
E sem conter a curiosidade:
– Por que me pergunta?
– Por uma curiosidade malsã – respondeu Bandeira, mostrando mais os dentes que lhe mordiam o lábio inferior. O adjetivo exato ocorrera-lhe na hora própria, como igualmente ocorria nos versos de seus poemas. Manuel Bandeira é, por isso mesmo, um poeta de palavras essenciais. Não se derrama. Não se alonga. Tem o gênio da concisão precisa, mesmo quando parece interessar-se por um assunto banal, como as mulheres do Sabonete Araxá. Ou quando cede ao poema de circunstância para participar do processo político.

No ano do seu centenário, sentimos confirmada esta convicção de toda a vida: Bandeira, além de ter sido um dos grandes poetas da fase que antecede e sucede o Modernismo, está entre aqueles que o Tempo não destruirá. Ele próprio se considerava um poeta menor. Não, não era. E sim um grande poeta, com as inquietações e as vibrações da época que lhe coube viver.

Assim, não foi apenas o poeta a serviço de si mesmo, cantando em versos perfeitos as emoções que a vida lhe proporcionava. Foi também o poeta que soube refletir as angústias e aspirações da hora em que viveu. Mais do que a cinza das horas, como pretendia no seu primeiro livro, legou-nos o mistério dessas mesmas horas.

Cem anos depois de seu nascimento, podemos tirá-lo da estante, como tiramos Gonçalves Dias ou Raimundo Correia, Garrett ou Antônio Nobre, Verlaine ou Baudelaire, sabendo que, ao ler-lhe os poemas, ele nos dará a expressão exata de nossas emoções. Porque é esse o alto segredo da poesia: o poeta, com seu verso, pensa que fala por si próprio, quando a verdade é que fala também pelo leitor, que se refugiou a um canto, com seu poema, para tentar aclarar a porção de angústia e de alumbramento que a vida confere a cada ser humano.

# SAUDADE DE ORÍGENES LESSA

*29 de julho de 1986*

A imagem que ficou comigo, após longo convívio com Orígenes Lessa, foi a do companheiro suave, de voz tranquila, que veio ao mundo com a vocação da cordialidade.

Que outros se deleitassem na aspereza e na malignidade. Ele, não: era bom por natureza, e a palavra lhe subia aos lábios como emanação dessa bondade. E como começa agora, para esse amigo e companheiro, a caminhada póstuma, vem a propósito dizer como ele era, para que se saiba, aqui fora, a falta que nos vai fazer.

Quem podia imaginar, na noite de sua posse na Academia, reluzindo na claridade forte os dourados do fardão, que ali estava um antigo presidiário da Ilha Grande? Sim, sim, mas por um motivo honroso: por ter participado da Revolução Constitucionalista de 1932, do lado de São Paulo.

Quando Orígenes completou oitenta anos, perguntei-lhe como se sentia, com tanta idade sobre os ombros:

– Leve, como um menino de São Luís.

E era verdade. Quem leu *Rua do Sol*, de Orígenes, ali encontrou o menino de São Luís do Maranhão, com a alma da infância, a ternura dos olhos infantis pelas ladeiras e pelos sobrados de minha cidade.

É curioso reconhecer como o destino, com seus caprichos, foi buscar ao Orígenes e a mim, na mesma igreja protestante de São Luís, para que ambos chegássemos à Academia Brasileira, trazidos pela mesma formação religiosa e pelo mesmo gosto literário.

O pai de Orígenes, pastor da igreja de que meu pai foi diácono, Vicente Temudo Lessa, transferiu ao filho o rigor humano, o gosto das letras e a vocação do convívio afetuoso.

Nascido em Lençóis Paulista, Orígenes foi para o Maranhão em plena infância, e ali cresceu, gostou da terra e da gente. Tornou a São Paulo para ingressar no seminário protestante. Vicente Temudo Lessa queria prolongar no filho sua missão apostólica, como pastor presbiteriano. Orígenes permaneceu ali dois anos, tempo suficiente para reconhecer que não era aquela a sua verdadeira vocação.

Também meu pai queria dar a mim igual destino. Não cheguei a ingressar no seminário. Antes, tracei meu rumo, à revelia da vontade paterna, e disse isso na dedicatória de *Os degraus do paraíso*: "À memória de meu Pai, diácono da Igreja Presbiteriana Independente de São Luís do Maranhão, a quem devo esta lição de liberdade: que eu próprio escolhesse o meu caminho até Deus.".

Quando publiquei um pequeno romance de inspiração cristã, *Aleluia*, Orígenes quis que eu lhe desse os originais do livro. Dei-lhos, e ele os transferiu a uma comunidade religiosa. Por esse tempo, já voltara à igreja de seu Pai, sem nada alterar a sua maneira de ser diante da vida. O tempo lhe trouxe uma claridade nova, e ele reencontrou a fé de sua infância. Essa fé lhe aprimorou a vida, no sentido de lhe transmitir uma confiança mais forte diante das adversidades e das alegrias. Sentia-se nas mãos de Deus.

Ao casar-se com a Maria Eduarda, modelo de companheira perfeita que Deus pôs no seu caminho, quis que minha mulher e eu estivéssemos presentes, juntamente com Myriam e Pedro Bloch. Pedro e Myriam, por serem os amigos vitalícios; a mim e a Yvonne, por estarmos associados ao Maranhão e à rua do Sol. No meu caso, por ser também menino da mesma igreja; igreja que um dia visitamos, ele e eu, juntos, com saudades de nós mesmos, já orgulhosos de nossos cabelos brancos.

Por sinal que, na época, o governo do Maranhão, generosamente, havia criado a Casa de Cultura Josué Montello, servindo de pretexto a solenidade de sua inauguração para que ali fosse Orígenes Lessa. Estou a vê-lo na emoção com que voltou a percorrer a rua do Sol, cenário de sua infância e de seu romance. Nunca o vi tão feliz, sempre na companhia de Maria Eduarda.

Com a mesma alegria, vi-o na posse do presidente José Sarney, na Academia de Ciências de Lisboa, há menos de dois meses. Aceitava todos os programas, com a mesma disposição radiante. Como se teimasse nele o menino da rua do Sol.

Uma tarde, na Academia, à mesa do chá, um de nós confessou a Orígenes, com a concordância dos demais companheiros:

— Se soubéssemos que você era assim, já o tínhamos posto na Academia há mais tempo.

A Academia é sobretudo convívio. E ninguém mais convivial que Orígenes. Discreto, bem-educado, com a vocação do louvor e da boa notícia, dava gosto estar com ele. A natureza, dando-lhe voz baixa, como que o preparou para os pequenos grupos de amigos, aos quais também sabia ouvir com toda a atenção do rosto pensativo.

Observei-lhe, numa dessas ocasiões:

— Você deve ter trazido de São Luís esse ar de sabiá reflexivo. E que só canta para espantar os males alheios.

Grande contista, admirável romancista, Orígenes desenvolvia seus temas com uma habilidade extraordinária de contador de histórias. Por vezes, uma boina posta de lado na cabeça de uma jovem, e que de repente lhe chamava a atenção, bastava para a urdidura da página viva que lhe saía da pena fluente. Não precisava de grandes temas. Para fixar-me no título de seu livro mais famoso, direi que o feijão e o sonho lhe proporcionavam a matéria-prima de que necessitava para escrever.

Tirado do jornal para a agência de publicidade, onde trabalhou por mais de três décadas, Orígenes parece ter aprimorado, no exercício profissional do texto publicitário, o seu poder de síntese e de instantânea comunicação. Não se derramava. Quase que dispensava o adjetivo. Toda a sua prosa era objetiva, direta, imediata.

Um dia, repassando inquietações comuns, no plano da transcendência religiosa, perguntei como ia a sua fé. E ele, com firmeza:

– Voltou, e me deu outra força.

A força que lhe animava a fragilidade física, além de lhe proporcionar a serenidade para realizar sem sobressaltos a caminhada do resto da vida. Não se alterava. Sobretudo confiava, sem temor das horas que estavam por vir. Ao fim do caminho, sabia que uma grande luz esperava por ele, e ia andando tranquilo, com a alma nos olhos risonhos.

Quando Sérgio Lacerda, seu editor, me telefonou do Rio de Janeiro para Paris, para me dizer que o grande companheiro havia falecido, resumiu a sua consternação nesta frase simples:

– Lá se foi o nosso Orígenes.

Nosso. Perfeitamente. Era de todos, na comunhão afetuosa. Sem distinção de idade. Sem radicalismos de opinião. Na Academia, como membro da mesa diretora, sentava-se entre dom Marcos Barbosa, monge beneditino, e Austregésilo de Athayde, agnóstico. Nunca ensaiou converter um ou outro à sua fé protestante. Sabia que iam os três pelo mesmo caminho, ao encontro do mesmo perdão benevolente.

# DRUMMOND

*1º de setembro de 1987*

*A* notícia terrível, dada de repente, para quem está fora do Brasil, teria de suscitar a reação instintiva:
– Não, não pode ser.
E era. Depois de Maria Julieta, chegara a vez do poeta. Quase voluntária, num gesto de reação ao seu infortúnio.
Mas a verdade é que, à revelia de nossa vontade, a morte faz parte da vida, como seu remate natural, só nos cumprindo aceitá-la na sua pungente irreversibilidade.
E é de um dos mais belos poemas de Drummond, "Morte no avião", que me fico a lembrar:

> Acordo para a morte.
> Barbeio-me, visto-me, calço-me.
> É meu último dia: um dia
> Cortado de nenhum pressentimento.

Mas, ao contrário do personagem do poema, Dummond tem o pressentimento de seu fim. Mais que isso: quer ir ao seu encontro. A tudo quanto aspira agora é ao silêncio, à paz suprema, para livrar-se do turbilhão de infortúnio que o angustia.
Lembram-se de Dante, batendo à porta do Convento? Quando o prior lhe pergunta o que deseja, responde: – Paz.

A resposta de Drummond teria sido a mesma do florentino, em situação análoga: também queria a paz que Dante fora buscar. E como não tem o amparo da fé, para lhe abrir uma claridade azul na tormenta, é mais profundo o seu desespero, mais patética a sua aspiração. Ninguém dispõe de palavras para consolá-lo. Os amigos, os companheiros, os admiradores mais exaltados não têm o dom de restituir ao poeta o gosto da vida. Nesse instante, é apenas o pai que perdeu a filha. Um pai como todos os pais. Um pai de filha morta. A única filha.

Como o personagem de seu poema, ele se transformará em notícia. Em triste notícia. Também no seu caso, o desfecho o atrai. Mas com esta diferença: o personagem não sabe; o poeta, sim, sabe. Mas deixa que o sofrimento, por si, faça o seu ofício. De modo que a vida chegue ao seu termo, por vontade do poeta, sem precipitação do poeta.

E aí está, meus amigos, uma forte razão para que nos consolemos de sua morte, por mais patética que ela seja. O silêncio não lhe abreviou a vida – abreviou-lhe o sofrimento. Drummond cumpriu a sua missão. Como nenhum outro de seus contemporâneos no Brasil. Veio da polêmica, na hora da renovação literária, e alcançou a hora em que o litígio já era pretexto para o aplauso unânime.

Pela dedicatória de um dos poemas de *A rosa do povo*, que data de 1945, vejo que minhas relações com o poeta já se haviam estreitado por esse tempo. Na realidade tinham começado pouco depois de eu ter chegado ao Rio de Janeiro, ainda apertado na roupa azul – a saudosa roupa azul que o alfaiate da província, na minha cidade, havia talhado com esmero, certo de que eu não faria má figura, no confronto com a roupa alheia da capital.

Foi assim que apareci no seu gabinete, e é desse encontro, na sala do burocrata, que data verdadeiramente o sentimento de amizade que me ligou a Drummond. Não sei se alguém teve intimidade com ele. O que sei, por longa experiência, é que o poeta se guardou sempre consigo uma reserva natural, nisto seguiu – sem imitá-la – a lição de Machado de Assis. O escritor era também o homem, no sentido de preservar a essência de seu pensamento e de sua condição, ao transfigurar-se na autenticidade da obra de arte literária.

Obra de arte literária plenamente consciente, atirada por isso mesmo à polêmica, até consolidar-se na perdurabilidade de seus valores. Assegurada essa perdurabilidade, a obra de Drummond entrou na fase em que a sua negação corresponderia à recusa das evidências – ou por estupidez crítica, ou por má-fé de inspiração partidária.

Certa vez, íamos juntos, ele e eu, pela rua Araújo Porto Alegre, na calçada da ABI, quando se aproximou do poeta um escriba que, pouco antes, o havia agredido, em artigo de transparente procuração política. Sorridente, estendeu para Drummond a mão canhestra, como a desculpar-se da autoria do artigo:

– Então, como vai?

E Drummond, exaltando-se:

– Saia da minha frente! Desapareça de minha vista!

E era tal a repulsa do poeta, não obstante a sua fragilidade física, que obrigou o pobre escriba a refugiar-se na ABI, com ar acossado, enquanto seguíamos o nosso caminho.

A obra de Drummond espelha, toda ela, a feição afirmativa de seu temperamento. Não se intimidava. O que tinha a dizer, dizia-o. Mas não deixava de ser também o homem extremamente polido. Na hora da luta, estava na linha de frente, sem arrogância nem impertinências. Com a compenetração serena de estar ocupando o seu lugar.

Assim, quando saiu a defender a memória de Ataúlfo de Paiva, de quem fora amigo: descobriu-lhe as qualidades, na hora em que se lhe exibiam os defeitos.

Era também assim ao tomar este ou aquele partido, no seu canto de jornal. Não se omitia, se era preciso falar. Nem acirrava os ânimos, se era possível a conciliação construtiva. Mesmo quando assumiu uma posição de vanguarda, ajustada à impaciência que Apolinaire definiu esplendidamente como o partido da aventura contra a ordem.

Com a morte de Drummond desaparecem simultaneamente um poeta de gênio, talvez o maior de nossa literatura, e uma exemplar figura humana, que soube também fazer da vida honrada e digna uma obra-prima.

Que outro prosador mais perfeito que ele, no palmo e meio de sua crônica de jornal? É preciso voltar a Machado de Assis, com a sua pena de cronista, para encontrar-lhe o semelhante e o irmão, na arte de compor o comentário lírico e risonho da vida cotidiana.

Tudo quanto saía da pena de Drummond, fluentemente, correntiamente, trazia em si a transparência do equilíbrio e do bom gosto, mesmo quando o poeta tomava por motivo de sua prosa perfeita uma conversa de duas senhoras, dentro de um ônibus, sobre pratos e quitutes amazônicos.

Para Paris, mandou-me ele uma de suas cartas mais finas e atenciosas a propósito do artigo que aqui publiquei sobre seu último livro de contos. Livro que passou quase em silêncio. Ou foi injuriado pela ligeireza da incompetência.

Ao saber, também em Paris, da morte de Maria Julieta, mandei-lhe uma pequena carta, assim redigida, para ver se conseguia dar-lhe a mão amiga e solidária: "Que é que lhe posso dizer para consolá-lo? Nestes momentos, nós, escritores, temos a consciência terrível de nossas limitações. A palavra consoladora nos escapa, por mais ricos que sejam os nossos recursos de expressão. No entanto, situo-me no seu caso, como se a filha fosse minha. E o que lhe posso dizer é que você, como no começo da vida de Maria Julieta, voltou a vê-la no momento em que ela passou para se recolher. Veio a noite, e ela dorme. Você e a sua Senhora, devendo dormir mais tarde, alongaram a vigília, repassando o dia que ela viveu. Filha exemplar, escritora admirável, mãe primorosa, companheira perfeita, tudo isso colimado pela lição do sofrimento final, que também sublima e purifica. Recorde agora o que ela foi, e ainda é, e veja que Maria Julieta se inclui entre as suas obras-primas – aquela que veio do começo da vida, clareada pela glória do Pai e que é o poeta de que nos orgulhamos. Foi seu sangue que lhe deu vida e nela pulsou. E que também fez que ela se realizasse, na límpida prosa que dá perenidade ao seu nome. – Não desespere – escreva. Machado de Assis só conseguiu sobreviver quando encontrou na ponta da pena o soneto a Carolina. – Abraça-o, com o maior afeto, com a mais profunda emoção, este seu velho amigo e companheiro, que também lhe pede que, em nome de minha mulher e no meu, abrace por nós a sua Senhora, que o ajuda a chorar.".

Infelizmente, não consolei o meu Poeta.

# IMAGENS DE ÁLVARO MOREYRA

*5 de julho de 1988*

*E*stão a pedir reedição cuidada, com vistas à comemoração do centenário de nascimento de seu autor, as memórias de Álvaro Moreyra. Sobem a três os volumes em que elas se alongam, equilibrando a verdade e a poesia, e constituem o remate de uma vida exemplar que fez das letras o seu encantamento e o seu itinerário.

A rigor, entretanto, podemos afirmar que os demais livros de Álvaro Moreyra, constituídos de poemas líricos ou de crônicas efêmeras, tiveram igual motivação, assim como o seu teatro; mesmo o teatro de brinquedo, que ele sempre levou a sério.

Há escritores que, entre a literatura e a vida literária, fazem a sua opção por esta última. Ou seja: pela vida de relações que a condição de escritor suscita e proporciona, daí decorrendo as reuniões, as conversas, as tardes de autógrafos, os longos papos-furados em que os colegas são postos na berlinda. Outros, mais eficazes, dão preferência à literatura propriamente dita.

Quase ao fim dos anos 1930, quando cheguei ao Rio de Janeiro, fui levado por um amigo comum, Joaquim Ribeiro, à casa de Álvaro, em Copacabana. Era um imóvel de dois andares, repleto de livros, de meninos e de literatos. Eu andava a preparar uma tese de concurso sobre a função educativa da arte dramática. E foi Álvaro que pôs nas minhas mãos, como subsídio para meu trabalho, um livro de Nina Gourfinkel sobre o teatro soviético, que ele próprio foi buscar no pavimento superior.

Estou a ver Eugênia Álvaro Moreyra, de pastinha, severa, ao pé da escada, a me dizer:

– Esse livro vai mas volta.

E efetivamente voltou, daí a dias, quando eu também retornei à rua Xavier da Silveira, na fase em que começava a preferir os livros à vida literária, inclinando-me para a insularidade de meu canto, lendo ou escrevendo.

A casa de Álvaro Moreyra tinha em si os dois caminhos: podia-se optar por um ou por outro. Ou pela vida literária, inserindo-se nos grupos que ali se formavam, com escritores, artistas, jornalistas, professores, ou pela literatura, tirando um volume da prateleira mais à mão, para ir lê-lo num canto da casa – seguindo a lição do próprio Álvaro, que se isolava na sua poltrona, de óculos, polegar na boca, indulgente, bom, sempre disposto a dar a mão aos que chegavam.

Sentado, com um livro, ou mesmo sem um livro, simplesmente observando, Álvaro Moreyra jamais protestava, jamais pedia silêncio, como se gostasse mesmo do ruído em seu redor.

Os meninos, desde que não tocassem nos livros, podiam virar a casa pelo avesso: Álvaro, impassível, continuava a deliciar-se com Verlaine, ou Remy de Gourmont, como se estivesse na paz e no silêncio de sua ilha.

Numa dessas ocasiões, quando um garoto mais traquinas veio escorregando pelo corrimão, por entre os gritos dos companheiros, o dono da casa se limitou a este reparo:

– É nestas ocasiões que eu compreendo Herodes.

Na verdade, para sermos exatos, ninguém menos Herodes que ele, na ternura com que seguiu seu caminho ao longo da vida, com a mais veemente vocação para agradecer. Como que o mundo lhe fora dado de presente. Álvaro gostava de agradecer o vento, a luz, a árvore, as flores, a beleza das mulheres, a amizade dos homens, o contentamento das crianças. Tudo lhe era pretexto para o seu permanente ar reconhecido.

Obedecia aos seus instintos, sabendo que estes o conduziam ao sentimento da beleza ou sentimento da bondade. Mas sem se desprender de todo de seu pendor ao riso e à ironia. Sabia rir nas ocasiões adequadas.

Estou a vê-lo a contar o caso da senhora que batia na negrinha com força, com fúria. Por fim, arquejante, atirava o chicote para o lado, e desabafava, por entre os haustos da respiração ofegante:

– Essa negrinha ainda me mata.

Ele próprio confessou, debruçado sobre si mesmo: "Às vezes fico cismado que era com música que eu devia contar as minhas coisas.".

Numa época em que se escrevia demais, abrindo espaço nas colunas de jornal, derramando-se nos rodapés de tipo miúdo, Álvaro Moreyra conseguiu criar um estilo epigráfico, de extrema sobriedade lírica. Em vez da crônica enxundiosa de Paulo Barreto, optou por quatro ou cinco parágrafos em que só punha o que lhe parecia o essencial para comunicar-se com o leitor. Nada de entediá-lo com períodos estirados. A frase curta. Mais a sugestão que a exposição minudente.

Quase posso dizer que assisti à transição em que Álvaro Moreyra, já adiantado no gosto de puxar o fio de suas lembranças, decidiu pôr de lado as recordações amargas, para que sobrepairasse apenas a reminiscência lírica, despojada de todas as amarguras.

Se bem me lembro, deve ter ficado num velho número do *Dom Casmurro* o relato de Álvaro sobre o seu rompimento com Ribeiro Couto. Eram velhos amigos, a vida os tinha separado. Nesses casos, cada qual dispõe de uma verdade particular. Álvaro deu a sua versão, para o rompimento. Mas não a incluiu no bojo do livro de reminiscências, à hora em que codificava o seu acervo de lembranças. Se o episódio teimou no seu espírito, à hora em que o mau tempo reacende a dor nas cicatrizes, o memorialista soube superá-lo, dando prevalência natural à indulgência com que a velhice estendeu uma luz de luar no seu caminho.

Várias vezes, no meu *Diário da tarde*, guardei lembranças de Álvaro Moreyra. Lá está, entre essas recordações, a da solenidade de sua posse na Academia, com este reparo: "Vejo-o entrar no salão, com seu braço encolhido, sobraçando a pasta em que traz o seu discurso. Os presentes se levantam. Estrondam as palmas. E Álvaro vem vindo devagar, por entre acenos e apertos de mão, sorridente. Pela primeira vez na vida, parece ter perdido, apenas por alguns momentos, o ar malicioso de seu feitio: aproxima-se emocionado, e só depois de acomodar-se na poltrona, também contrafeito com a espada e o chapéu, volto a sentir-lhe no olhar o risinho preventivo com que atravessou a existência.".

E linhas adiante, acentuando o que lhe deve a crônica brasileira: "A crônica brasileira, na sua feição atual – longe do artigo de fundo e perto da poesia –, deve-lhe muito: foi ele que lhe ensinou, à margem do Modernismo de 1922, certo ar de seriedade frívola, que ela parecia ter perdido com as crônicas de Olavo Bilac e Coelho Neto.".

Ninguém menos acadêmico que ele, antes de chegar à Academia. Assim que entrou, sentiu-se a seu gosto. Falava pouco, sorria, escutava muito, com o mesmo ar tranquilo que tinha na sua casa, quando o conheci.

Uma tarde, numa dessas ocasiões, dei com ele na biblioteca da Academia, ao fundo da sala, com um velho romance português. E disse-lhe, ao aproximar-me:

– Voltando ao Eça, Álvaro?

E ele, na sua fala suave:

– Estou fazendo minhas leituras de despedida.

Despediu-se da vida, um mês depois. E há de ter levado daqui, em paz com os homens e a vida, a conclusão a que chegara Villiers de l'Isle Adam, por intermédio de Tribulat Bonhomet: "Nós nos lembraremos deste planeta.".

# HOMENS E LIVROS

"A CRIAÇÃO ESTÉTICA É UMA FORMA
DE CONHECIMENTO INTUITIVO,
QUE SURPREENDE NA SUA ESSÊNCIA
O MISTÉRIO DA VIDA E DO MUNDO,
PARA DAÍ EXTRAIR A REVELAÇÃO
DA OBRA DE ARTE."

# PRESENÇA DE EÇA DE QUEIRÓS

*2 de abril de 1957*

Por onde vou, nestas ruas antigas de Lisboa, no Chiado, no Rossio, na Lapa, vai comigo, falando dentro de mim, a lembrança de Eça de Queirós.

Diante do Hotel Europa, com seu ar de velhice rija, ali na praça Camões, do que me recordo, num alvoroço da memória literária, é que ali se hospedou Pedro da Maia, quando brigou com o pai por causa da Maria Monforte e saiu de Benfica batendo com as portas.

Mas quem é esse Pedro da Maia? E essa Maria Monforte? E esse pai de Pedro da Maia?

É gente viva – respondo logo sem hesitar – e movem-se em *Os Maias* de Eça de Queirós. E estou certo de que não me engano. Esses personagens são como os de Balzac, no dizer de Taine: aumentaram o registro civil.

Por isso, parado em frente ao Hotel Europa e observando o casarão de outrora e as suas sacadas de ferro, quase cedo ao impulso de ir pedir ao gerente da casa que me deixe ver nos apontamentos em que ano ali esteve Pedro da Maia e qual o quarto em que morou.

Na Estação de Santa Apolônia, repentinamente me recordo de que foi dali que partiu para Leiria o padre Amaro. E logo componho o romance da Amelinha, e vejo a S. Joaneira, e o padre Natário, à sombra de uma velha Sé portuguesa.

No Chiado, ao passar pela Casa Havanesa, corro os olhos nos transeuntes, em busca do Ega, do Damaso Salcede, do Tomás de Alencar. São conhecidos velhos. Como não os descubro, no relance do olhar, digo a mim mesmo que possivelmente já ali estiveram ou que passarão mais tarde.

Por vezes, nestas caminhadas lentas, ponho-me a perguntar, de mim para mim, se estas ruas, estas casas, estas figuras, que Eça assimilou ao seu legado de arte, permanecem como ao tempo do romancista ou se sou eu que as vejo através das lentes do criador do Conselheiro Acácio e do velho Afonso da Maia. Os tempos mudaram, a cidade se desenvolveu, os costumes se alteraram. Mas há sempre o impulso de querer encontrar, no tipo que cruza conosco, um personagem de Eça. Por exemplo, aquela senhora que ali vai não será a D. Felicidade, que se rola de paixão pelo Conselheiro? E essa senhora, de uma discreta elegância, com seu doce ar de ingenuidade burguesa, não será talvez a Luíza? Mas seguramente aquele que ali está, com a sua suficiência feliz, é o primo Basílio.

De repente, passa um bonde e dois homens correm para apanhá-lo. E por que não justapor a essas duas figuras de rua o Ega e o Carlos Eduardo, na derradeira cena de *Os Maias*, quando os dois amigos se despencam pela rua abaixo, depois de filosofar que não adianta ter pressa – para apanhar correndo o veículo que desce?

Ergo a cabeça para ler uma placa: rua do Alecrim. Bem me lembro de que por aqui mora alguém que eu conheço. Vou em passo preguiçoso, quase a imitar, em relação às casas antigas, aquela Palha, do romance de Machado, com as roseiras do Rubião: era preciso tirá-lo de uma para passar para outra, tal o afinco com que as admirava. E eis que, numa pequena praça, me defronto com o próprio Eça, na leveza e na graça de seu monumento.

# UMA PÁGINA MODELAR SOBRE DANTE

*30 de dezembro de 1965*

Num pequeno estudo sobre Dante, escrito em 1921, por ocasião do sexto centenário de morte do poeta, Paul Claudel faz esta obsevação: "O objeto da poesia, ao contrário do que frequentemente se afirma, não são os sonhos, as ilusões ou as ideias. É esta santa realidade, ao centro da qual nos achamos colocados. É o universo das coisas visíveis. É tudo isso que nos olha e que nós olhamos.".

A poesia de Dante, para Claudel, não descia ao fundo do infinito, como queria Baudelaire: nutria-se da realidade objetiva, e aí encontrava o inesgotável, como essência de seu mistério.

Lembrei-me dessa página do mestre francês sobre o gênio florentino, ao reler o mais belo estudo que saiu este ano na imprensa brasileira, a propósito do sétimo centenário de nascimento de Dante. Quero referir-me à página *Meu Dante*, que Otto Maria Carpeaux publicou em maio, num suplemento literário de São Paulo, e é, sem favor algum, um dos mais altos instantes de sua pena de grande escritor.

Incorporado à cultura brasileira por um convívio de mais de vinte anos, Carpeaux realizou aqui uma obra literária que enriqueceu sensivelmente o patrimônio dessa cultura.

Em língua portuguesa, ninguém escreveu estudo mais lúcido sobre a obra de James Joyce, para decifrar os muitos enigmas de *Ulisses*, do que ele. E outro tanto se pode dizer de seus ensaios sobre Croce, Burckhardt, Lichtenberg, Milton, Tomas Mann, Conrad, Pio Baroja, Perez Ayala, autênticas monografias que valem por curso intensivos de literatura universal.

Sozinho, como a querer experimentar seus ombros de atleta, suspendeu um mundo de saber, que hoje somente se confia a um elenco de trabalhadores intelectuais, por ser imcompatível com as forças de um único escritor: a *História da literatura ocidental*, de que já se publicaram os seis volumes compactos, num total superior a três mil páginas de texto exaustivo.

A circunstância de ter escrito tanto sobre mestres estrangeiros, tornando familiares ao leitor brasileiro centenas de grandes obras e de grandes autores, bastaria para recomendar Otto Maria Carpeaux ao nosso apreço, se não lhe devêssemos também algumas páginas definitivas sobre poetas e prosadores brasileiros, além da melhor *Bibliografia crítica* de nossa literatura.

Mas é sobre a sua página a respeito de Dante que desejo falar aqui, na derradeira crônica do ano em que se festejou o setecentésimo aniversário de nascimento do poeta.

Carpeaux, habitualmente irônico e frio na formulação de suas observações literárias, harmonizou nesse estudo a sensibilidade e o saber, e o resultado é que há um frêmito de poesia na página modelar em que recompõe a realidade do mundo nos cantos da *Divina comédia*. Não apenas do mundo circulante, que é patrimônio comum a todos nós, porém ainda do mundo interior, com as suas dilacerações e angústias – e é neste ponto que ele soube encontrar a nota íntima, da ressonância pessoal, à margem dos versos que a sua memória relembrou.

Claudel tinha razão: a poesia de Dante é a poesia do universo visível. Apenas há a acrescentar que a visibilidade desse mundo depende naturalmente de nosso olhar. Daí a capacidade de despertar em cada um de nós a visão pessoal – a visão que Carpeaux recolheu nas muitas leituras do poema e de que nos deu a síntese emocionante de seu estudo magistral.

# UM MODELO DE COMPANHEIRO

*28 de abril de 1966*

Há mais de quarenta anos, Austregésilo de Athayde escreve todas as manhãs três a quatro artigos de jornal. Daí para cima. Pontualmente, por volta do meio-dia, incluindo domingos e feriados, faz um programa de rádio e outro de televisão sobre política internacional.

Sobem a mil, no curso de um ano, as suas crônicas e os seus editoriais, o que dá a respeitável estimativa de quase 50 mil, no cômputo de sua vida profissional. Se reduzíssemos esses trabalhos a volume, numa média de cem artigos por unidade (o que comporta um livro de mais de trezentas páginas), teríamos este resultado assombroso: uma obra literária de quinhentos volumes – sem incluir nesse total as conferências, os discursos, as entrevistas e os programas diários de rádio e televisão.

No entanto, esse formidável trabalhador da pena, direi melhor: da máquina de escrever, só agora publicou o seu primeiro volume de artigos de jornal, reunindo as crônicas divulgadas numa de nossas revistas semanais e correspondentes ao período de 31 de maio de 1958 a 31 de dezembro de 1960. Ao todo: 550 páginas!

*Vana Verba* institula-se essa coletânea, bem significativa da cultura e da inteligência literária de Austregésilo de Athayde. Nenhuma palavra aí é vã, conforme observou Marques Rebelo, na breve nota explicativa que acompanha o volume. Cada uma tem o sentido do aplauso, da compreensão ou da reprimenda, na linha desta inflexível coerência de seu autor: o respeito à cultura, a paixão da liberdade e o entusiasmo pelo trabalho alheio.

Na juventude, ao mesmo tempo que se enfronhava nos clássicos gregos e latinos, Athayde adestrava os punhos nas luvas de boxe, daí resultando a sua compleição atlética e o seu desembaraço em citar Homero e Virgílio.

A cultura clássica teve o dom de neutralizar o murro do atleta. Essa é certamente a razão por que, dispondo de todas as condições físicas para se empenhar a fundo numa briga, Athayde é sobretudo o companheiro de boa paz, sempre inclinado a encontrar, na hora da discórdia, o ponto de equilíbrio que restitui a harmonia aos ambientes carregados.

Nos últimos anos, como seu companheiro de Academia, só conheço dele uma luta de vida e morte: aquela em que repeliu o bote de uma cascavel, à porta do Mausoléu da Academia, no Cemitério São João Batista.

Ainda não ficou apurado se essa cascavel agia por iniciativa própria ou estava ali a serviço de algum candidato interessado em abrir vaga na Casa de Machado de Assis. O que sei é que Athayde, ao ver a sinistra intenção da cobra, arremessou-lhe uma paulada rija, com a agilidade de São Jorge dominando o dragão.

O livro de crônicas deixa ao alcance de nossa mão na estante a palavra do companheiro. Athayde, que poderia ter sido frade, acabou confrade. E o confrade é realmente inexcedível, na cordialidade, na compreensão atenta, na prestimosa dedicação. Dispersa, na colaboração de jornais e revistas, sua palavra vigilante reclamava a codificação do livro, para levar mais adiante a sua ação construtiva.

De noite, quando a soma de obrigações que o solicitaram durante o dia deveria levá-lo ao repouso imediato, Austregésilo de Athayde concilia o poeta e o religioso que poderia ter sido, e senta-se ao pequeno órgão de sua sala no Cosme Velho. E ali, com alma de bardo e sacerdote, suaviza o passar das horas com as melodias eternas que sabe de cor – e das quais ouvimos mais de uma ressonância nas páginas de *Vana Verba*.

# O CAMINHO DE CLARICE

*27 de dezembro de 1977*

Clarice Lispector publicou seu primeiro livro, *Perto do coração selvagem*, em 1944. Dois anos depois, Guimarães Rosa estreou com *Sagarana*. E tanto um quanto outro, na literatura brasileira posterior ao Modernismo, marcam o primado da palavra sobre o fato, no processo de criação ficcional. Ambos abrem caminhos, cada qual a seu modo.

Esquanto Rosa buscava criar um ritmo novo, diverso da norma vigente, na composição de sua frase, forjando palavras, exumando vocábulos, incorporando soluções verbais contidas na linguagem popular, Clarice realizava a sua invenção estilística sem se distanciar da norma corrente nem cunhar novas expressões.

Eis um exemplo de criação estilística de Guimarães Rosa, extraído de uma das novelas de *Corpo de baile*: "Agora não queria, não. Toleimada. Carecia de médico não, saúde é mesmo isso, que para lá e para cá vareia, no atual; ele estava substante de bom. Sim, se sabia bom, pau e pedra, pronto para destaques. Só o que estava era sarapantado com essa festa. E o pé-me-dói, aquela maçada. Pudesse logo sarar no pé, isto sim. Amanhã é que ia mesmo ser a festa, a missa, o todo do povo, o dia inteiro. Dião de dia!".

A criação estilística de Clarice Lispector realizava-se plenamente com os recursos da frase usual, como neste trecho de *A maçã no escuro*: "Num pulso macio, que fez o jardim asfixiar-se em suspiro retido, ele se achou em pleno centro de um canteiro – que se arrepiou todo e depois se fechou. Com o corpo advertido o homem esperou que a mensagem de seu pulo fosse transmitida de secreto em secreto eco até se transformar em longínquo silêncio; seu baque terminou se espraiando nas encostas de alguma montanha. Ninguém ensinara ao homem essa convivência com o que se passa de noite, mas um corpo sabe. Ele esperou um pouco mais. Até que nada aconteceu. Só então tateou com minúcia os óculos no bolso: estavam inteiros. Suspirou com cuidado e finalmente olhou em torno. A noite era de uma grande e escura delicadeza.".

Em Rosa, entretanto, a despeito de prevalecer a palavra sobre o fato, na urditura do texto literário, esse fato era uma realidade pregressa na consciência do escritor. Lembro-me, por exemplo, de que, uma tarde, na Academia, dias antes de sua morte, ele me resumiu o romance a que pretendia consagrar-se: era a minuciosa história de um rio, desde a nascente até à foz, contada como se se tratasse de um ser humano.

Clarice Lispector, ao contrário de Guimarães Rosa, não escrevia porque imaginava: imaginava porque escrevia. A palavra, na fluência de sua escrita, não se limitava a puxar a palavra – puxava a frase, puxava a imagem, puxava a personagem, puxava a narrativa nova e densa, que trazia consigo a sua concatenação harmoniosa.

\* \* \*

Por mais que a palavra pudesse parecer em Clarice uma forma de realização lúdica, correspondia na verdade a uma experiência patética, de que a própria escritora nos deixou esta confissão, pela pena do narrador de *A hora da estrela*, seu último livro: "Escrevo por não ter nada a fazer no mundo: sobrei e não há lugar para mim na terra dos homens. Escrevo porque sou desesperado e estou cansado, não suporto mais a rotina de me ser e se não fosse a sempre novidade que é escrever, eu me morreria simbolicamente todos os dias.".

A criação estética é uma forma de conhecimento intuitivo, que surpreende na sua essência o mistério da vida e do mundo, para daí extrair a revelação da obra de arte. Em Clarice a palavra escrita, no transe da criação literária, equivalia ao elemento mágico que iluminava os arcanos mais secretos. E não esta ou aquela palavra; mas qualquer palavra, desde que participasse do processo criador.

Um mestre argentino, Ernesto Sabato, reconhecia, em *El Escritor y sus Fantasmas* (Emece Editore, Buenos Aires, 1976) [*O escritor e seus fantasmas*], que o criador encontra aspectos desconhecidos em algo perfeitamente conhecido. E concluía: "Mas é, sobretudo, um exagerado.".

Haveria exagero em Clarice? Sim, por força de sua instintiva fluência. Esse exagero – nas imagens, na digressão narrativa, na eloquência da frase – e que marcava com nitidez a invenção pessoal de seu estilo, a composição orgânica de seus contos e romances. Principalmente dos romances. Por vezes, ao demorar-se em certas situações narrativas, a narradora transmitia-nos a impressão de que se alongava para encontrar um novo caminho. E era nessas digressões que Clarice dava o melhor de si mesma, com achados verbais realmente notáveis.

Vale a pena voltar a *A maçã no escuro*: "Quando um homem cai sozinho num campo não sabe a quem dar a sua queda. Pela primeira vez, desde que se pusera a caminho, ele parou. Já não sabia sequer ao que estendera os braços. No coração sentia a miséria que existe em levar uma queda. Recomeçou então a andar. Mancar dava uma dignidade ao seu sofrimento.".

No ato da escrita, Clarice era a sua primeira leitora, no sentido de ter, ela própria, a revelação do que escrevia. O que explica a surpresa, o inesperado, o imprevisto de sua invenção narrativa. Por isso, em entrevista ao prof. Renato Cordeiro Gomes, ela diria: "Às vezes tenho a impressão de que escrevo por simples curiosidade intensa. E que, ao escrever, eu me dou as mais inesperadas surpresas. É na hora de escrever que muitas vezes fico consciente de coisas, das quais, sendo inconsciente, eu antes não sabia que sabia.".

Como nas antigas sortes de São João, em que a cera da vela acesa vai pingando sobre a superfície da água de uma bacia, na composição de barcos, casas, coroas, véus de noiva, caminhos, berços, que antecipam o destino de quem interroga o futuro segurando a vela, o gênio de Clarice Lispector se comprazia em compor ao sabor das circunstâncias, e daí esta confissão, já quase à hora em que se despedia da vida: "As palavras são sons transfundidos de sombras que se entrecruzam desiguais, estactites, renda, música transfigurada de órgão. Mal ouso chamar palavras a essa rede vibrante e rica, mórbida e obscura tendo como contratom o baixo grosso da dor. Alegro com brio. Tentarei criar ouro de carvão. Sei que estou adiando a história e que brinco de bola sem a bola.".

Eduardo Portela, no pequeno estudo que serve de prefácio a *A hora da estrela*, lembra-nos outra frase do livro, para precisar a opção de Clarice, no plano da fábula e da linguagem: "O definível está me cansando um pouco. Prefiro a verdade que há no prenúncio.".

Ou seja: o jogo da bola sem a bola, na invenção que tirava de si mesma o desenho, o colorido e o movimento da figura. E talvez que com a bola – ela, a admirável Clarice – não jogasse tão bem.

# O NOME DOS PERSONAGENS

*31 de janeiro de 1978*

*T*odo grande escritor tem seus mistérios. Uns, ele os deixa sentir ou pressentir, na transparência de seus escritos. Outros, guarda-os consigo, nos arcanos de seu processo criador.

Ainda hoje não se sabe ao certo se Capitolina traiu mesmo Bentinho, na urdidura de *Dom Casmurro*. Machado de Assis, que a criou com a sua pena de romancista, deixou o problema para que o leitor decidisse, a despeito da convicção do narrador. Verdade? Simples suspeita? Coincidências do destino? A obra literária, como espelho da vida, tem mais problemas do que respostas, e é precisamente nos problemas que está, por vezes, a chave de sua grandeza. Quem conseguiu aclarar o mistério de Hamlet?

Em toda a história de nossas letras modernas, não haverá escritor mais repleto de mistérios do que Guimarães Rosa. No decênio transcorrido após a sua morte, já se escreveram sobre ele milhares de artigos, dezenas de livros, centenas de ensaios, para perquirir-lhe e aprofundar-lhe a obra. Dezenas e dezenas de teses universitárias, tanto de mestrado quanto de livre-docência, tentaram descer à raiz de seus enigmas. E ao que parece, a despeito de toda uma literatura sobre a obra de Rosa, ainda há muito que esclarecer e iluminar no arquipélago de seus escritos.

Entre os estudos que essa obra inspirou, quero destacar hoje um livro que recebi há quase dois anos e que só agora, por uma convergência natural de outros estudos, pude ler com a merecida atenção. Refiro-me ao ensaio de Ana Maria Machado, *Recado do nome* (Imago, Rio, 1976), em que faz conosco uma nova leitura de Guimarães Rosa, à luz do nome de seus personagens.

Dou aqui um pequeno depoimento, que vem a propósito. Certa vez, no meu gabinete no Conselho Federal de Cultura, Rosa quis saber de mim se havia, num de meus romances, *Os degraus do paraíso*, certa relação intencional de nome e destino, em seus personagens centrais. Antes de responder-lhe afirmativamente, indaguei-lhe por que chegara a essa suspeita.

– É muito simples – redarguiu. – A personagem religiosa chama-se Cristina (recorrência ao Cristo); o médico boêmio e meio lunático é o Dr. Luna; o Ernesto, que foi educado na Inglaterra, e é o ardente, o apaixonado, deve ter sido inspirado no inglês *earnest*, que tem essa significação.

E assim, para cada personagem, ia dando uma explicação ou sugerindo uma justificativa, com a vastidão de seu saber, a argúcia de sua inteligência e a inventiva de sua imaginação.

A certa altura, interrompendo-o, lembrei-lhe a famosa confissão de Balzac a Léon Gozlan, a propósito exatamente de nomes de personagens, e que este aproveitou no Capítulo IX de sua *Balzac en Pantoufles*. Rosa quis conhecer o livro. Dele ouvira falar, mas não o tinha lido. No dia seguinte, trouxe-lhe o volume, com as anotações de minhas leituras.

Lá está, com efeito, a famosa teoria de Balzac sobre o nome próprio, assim exposta a Léon Gozlan: "Cada um de nós recebe um nome lá em cima antes de o receber aqui embaixo. Isso é um mistério no qual convém não aplicar, para compreendê-lo, as pequenas regras de nossos pequenos raciocínios. Aliás, eu não sou o único a crer nessa aliança maravilhosa do nome e do homem, que lhe confere um talismã divino ou infernal, seja para iluminar sua passagem sobre a Terra, seja para tocar-lhe fogo.".

Daí o cuidado do romancista de *Eugenie Grandet* na escolha dos nomes de seus personagens, recorrendo frequentemente, para isto, à nominata do *Almanach Royal*, ou a novas combinações de sílabas, que dispunha na folha de papel, até encontrar o apelativo adequado, que pudesse ajustar-se ao personagem, de modo que este ao ser nomeado desse uma ideia de si mesmo, assim como o canhão, ao detonar um tiro, imediatamente se anuncia – dizia ainda o romancista: – Eu me chamo canhão.

Deslocado do mundo da criação literária para o campo da indagação linguística, o problema do nome próprio – de que o nome do personagem ficcional é reflexo, quando não é matriz, como no caso de Iracema – lembremos que Albert Dauzat, em 1925, via aí o ponto de partida de uma nova ciência que seria a Onomástica ou a Antroponímia. E esclarecia, na introdução de seu livro *Les Noms de Personnes* (Librairie Delagrave, Paris): "A última designação nos parece preferível, porque permite distinguir nitidamente, dos nomes de lugares, ou toponímia, o estudo dos nomes de pessoas.".

O assunto tem sido objeto, depois do estudo das observações e conclusões de Dauzat, de toda uma longa bibliografia, na qual sobressai *The Theory of Proper Names*, de A. H. Gardiner, que vejo citado entre as fontes do admirável ensaio de Ana Maria Machado.

É dela, no seu livro, esta conclusão: "Quando um autor confere um Nome a um personagem, já tem uma ideia do papel que lhe destina. É claro que o Nome pode vir a agir sobre o personagem e mesmo modificá-lo, mas, quando isso ocorre, tal fato só vem confirmar que a coerência do texto exige que o nome signifique. É lícito supor que, em grande parte dos casos, o Nome do personagem é anterior à página escrita. Assim sendo, ele terá forçosamente que desempenhar um papel na produção dessa página, na gênese do texto.".

É ainda Leon Gozlan quem conta, em *Balzac en Pantoufles*, que, indo com o romancista pela Rue de la Jussienne, este parou, maravilhado, os olhos muito abertos, diante da tabuleta de uma loja, onde se lia o nome de seu proprietário: Marcas. Balzac acrescentou-lhe um Z e um ponto, como prenome, e ali mesmo concebeu a novela, que publicaria na *Revue Parisienne*, com esta fonte de inspiração: "Existia uma certa harmonia entre a pessoa e o nome. Este Z., que precedia Marcas, que se via no endereço de suas cartas e que ele jamais esquecia na sua assinatura, esta última letra do alfabeto oferecia ao espírito um não-sei-quê de fatal. Marcas! repeti a vós mesmos este nome composto de duas sílabas: não encontrareis aí uma sinistra significação? Não vos parece que o homem que o carrega deve ser martirizado? Embora estranho e selvagem, este nome tem entretanto o direito de ir à posteridade: é bem composto, pronuncia-se facilmente; possui a brevidade requerida pelos nomes célebres! Não é ele tão suave quanto bizarro? Mas também não vos parece inacabado?". E concluía: "Examinai bem este nome: Z. Marcas! Toda a vida do homem está na reunião fantástica destas sete letras. Sete! O mais significativo dos números cabalísticos. O homem morreu aos 35 anos: assim sua vida foi composta de sete lustros. Marcas! Não tendes a ideia de algo precioso que se despedaça por uma queda, com ou sem ruído?".

Depois de todas estas ilações do escritor, Leon Gozlan, mais prático, resolveu tirar a limpo quem era mesmo o Marcas de tabuleta. Entrou no prédio, e interrogou o porteiro sobre o dono desse estranho nome.

– É um alfaiate – respondeu o homem, para desapontamento de Balzac, que logo tratou de repelir a realidade, porquanto a associação de Marcas com semelhante profissão iria lembrar-lhe certas dívidas, que até então não pudera saldar...

Ana Maria Machado, na intraleitura do universo ficcional de Guimarães Rosa, leva a sua perquirição a associações singulares, que Antônio Houaiss, no prefácio de seu livro, qualifica de magistrais. Trata-se, em verdade, de ensaio único, penso eu, em nossa bibliografia. E que vem confirmar, no gênio verbal do mestre de *Sagarana*, que a sua forma ia além da significação de seu contexto – como um amplo mistério, que trazia consigo outros mistérios, a começar pelo nome dos personagens.

# O RETRATO DE
# GRACILIANO RAMOS

*20 de maio de 1980*

*O* retrato de Mestre Graciliano que sua filha Clara Ramos conseguiu recompor e avivar, no livro meticuloso que lhe consagrou ao fim de 1979, somente agora pude apreciá-lo com a merecida atenção.

Diz-nos François Mauriac, em seu livro sobre Racine, que não há biografia que não seja romanceada. Ninguém reconstitui uma vida sem dar a essa reconstituição um pouco de sua fantasia. É esta que preenche os claros e dá a cor do retrato.

Para aproximar-se da verdade, na recomposição da vida de Graciliano, Clara Ramos não se limitou a recorrer, como filha do escritor, ao seu próprio testemunho: valeu-se copiosamente do testemunho alheio, de modo que daí resultasse, na concordância das imagens superpostas, o perfil do romancista, no espelho de seus amigos e contemporâneos.

Eu próprio, que com ele privei nos seus primeiros tempos de Rio de Janeiro, tive oportunidade de contribuir com minha pequena pedra lavrada, para a solidez e o relevo do monumento.

Na literatura brasileira, é natural que aproximemos, por evidente simetria, o trabalho filial de Clara Ramos, escrevendo a biografia de seu pai, do trabalho de Carolina Nabuco, escrevendo a biografia do mestre de *Minha formação*. Mas convém acentuar, desde logo, esta diferença fundamental: Carolina encontrou à sua volta, nos arquivos de família, os papéis essenciais à biografia de Joaquim Nabuco, ao passo que Clara Ramos andou a recolhê-los, anos e anos, numa busca meticulosa, até compor o arquivo que lhe permitiu escrever o livro obstinado, e importante, que nos restitui a presença de Graciliano.

A obra daí resultante dificilmente será superada. Clara Ramos juntou realmente o acervo essencial que se achava disperso. E ainda recolheu os depoimentos básicos que estavam a ponto de ser perdidos. E como sou testemunha de seu trabalho, ouvindo amigos e companheiros do mestre alagoano, debruçando-se sobre notas, recortes e manuscritos, alegro-me em reconhecer que o romancista de *Vidas secas* tem, hoje, em torno de sua vida e de sua obra, o acervo de informações básicas que nos ajudam a compreender alguns de seus mistérios.

* * *

Graciliano Ramos pertencia a uma linhagem de grandes escritores que tiram de si próprios a substância de sua ficção. Era assim José Lins do Rego. Proust, também. E assim também Alain Fournier. Grandes romancistas que se debruçaram sobre a vida vivida, transfigurando-a no colorido da obra de arte.

Recentemente, com saudade de antigas leituras, tirei da estante o volume em que Graciliano desceu ao fundo do poço, no mergulho das reminiscências de sua infância. Abrindo o livro, na edição de 1945, dou com esta dedicatória: "Meu caro J. M.: aqui lhe mando este livro terrivelmente encrencado. Abraços do G. R.".

E por que encrencado? Recordo-me das muitas vezes em que o romancista me falou dessas reminiscências, à medida que as ia passando para o papel da escrita. Parecia-lhe que não iriam agradar, dado o tom de amargura com que as tirava do tinteiro.

Lido o volume, concluí que Graciliano soubera trazer de muito longe os pedaços de si mesmo. Não adoçara as imagens antigas com a poesia das recordações. Pelo contrário: dera mais vigor ao tom sombrio, como se se tratasse, não de uma volta lírica ao passado, mas de um ajuste de contas com o menino de outrora, sem deixar de associar-se a esse menino.

Confrontando *Infância*, publicado depois de concluída a obra do romancista, com *Memórias do cárcere*, aparecidas depois da morte do escritor, verificamos que não há diferença no processo narrativo: Graciliano Ramos tenta captar a verdade, fiado na nitidez das lembranças, em vez de transfigurá-la, na recriação romanesca. Por vezes ele nos dá a impressão de ser frio nesse reencontro. Quer nas recordações da infância, quer nas recordações da cadeia, dissocia-se de si mesmo, e é outro, ao defrontar-se diante do espelho.

\* \* \*

Joel Silveira, no capítulo em que recorda Graciliano, em *As grandes reportagens* (Codecri, Rio, 1980), dele nos dá este retrato: "Agressivo e duro, Graciliano negava-se a ver o lado bom do mundo, suas possíveis venturas e alegrias. Era um amargurado que se alimentava da própria amargura, e que levou para os seus livros esse travo de fruta verde que era o gosto que ele sentia da vida.".

Numa página de memórias de Ari de Andrade, que Clara Ramos publica no seu livro, encontro a confirmação da rudeza de Graciliano, dado como agreste e seco. E o próprio Ari acrescenta: "Mas isso seria o escudo sob o qual procurava defender-se de sua secreta doçura, fidalguia e bondade.". Foi a impressão que também guardei do grande escritor.

Em vários trechos do livro de Clara Ramos, notadamente na correspondência íntima de seu pai, é esse outro Graciliano que vem ao lume do papel, fino, polido, afetuoso.

Carolina Nabuco, no prefácio de *A vida de Joaquim Nabuco*, reproduz uma carta que seu pai lhe dirigiu em 1904 e da qual desejo destacar estas palavras: "Eu não sou herói, nem santo; por nenhum verdadeiro padrão de superioridade que se me possa aquilatar, mereço admiração. Merecerei amor?". A prova de que, não se considerando herói nem santo, mereceu o amor da filha, temo-la no livro que esta lhe consagrou.

A carta de Joaquim Nabuco poderia ter sido escrita por Graciliano, a despeito da dessemelhança das figuras, no plano da vida literária e da vida pública. E a prova de que o homem seco e agresre soube também inspirar amor, à revelia de seu gênio retraído, temo-la agora no admirável livro de sua filha – tão documentado, tão humano, por vezes tão pungente e patético, e que ficará nas nossas letras como a melhor imagem – mais nítida e mais fiel – do grande romancista de *Vidas secas*.

# UM GRANDE POETA ENTRE A RIMA E A SOLUÇÃO

*16 de setembro de 1980*

*E*m 1950, aconteceu-me esta distração: quando dei por mim, estava candidato a uma cadeira de deputado federal, em São Luís. Um amigo teve a bondade de preparar-me os cartazes da propaganda; outro, mais otimista, fez imprimir-me as cédulas eleitorais. Mas eu, tão logo cheguei à minha terra, facilmente me convenci de que, como escritor, só poderia ser eleito pelo mesmo processo que conduziu à Câmara meus conterrâneos Coelho Neto, Humberto de Campos e Viriato Corrêa. Ou seja: a velha eleição a bico de pena, como que feita de propósito para dar oportunidade a homens de letras.

Por isso, sabendo de antemão que ia perder meu tempo e meu latim, caso insistisse em fazer campanha, correndo cidades, visitando fazendas, distribuindo promessas que não poderia cumprir, achei mais acertado substituir meus comícios imaginários pelas horas em que passaria na Biblioteca Pública de São Luís, a um canto, com livros e papéis, a poucos passos do largo do Carmo.

A diretoria da casa providenciou-me uma pequena mesa, à direita de quem entrava no prédio, por trás de um gradil de ferro que protegia o espaço destinado à leitura pública. Ali me instalei, como se fosse funcionário da biblioteca, e ali também, quando não lia, me distraía em escrever artigos meio pilhéricos para o *Diário de São Luís*. Um desses artigos, se mal não me recordo, tecia considerações graves sobre os bigodes que tinham posto num cartaz político, na praça Benedito Leite e o cartaz era meu.

Foi precisamente nesse pequeno espaço da Biblioteca Pública de minha terra que, há trinta anos, conheci Ferreira Gullar, magro, moreno, o cabelo liso a escorrer-lhe para cima da orelha, já com o ar desconfiado com que por vezes eu sinto que ele me espia. No ano anterior, publicara Gullar o seu primeiro livro, *Um pouco acima do chão*. E tudo levava a supor, com o testemunho desses poemas de estreia, que, enraizado na província natal, com seu amor pelas velhas ruas e seu enlevo pelas velhas casas, não sairia barra afora, como o poeta maior que, do alto de sua palmeira de mármore, na praça Gonçalves Dias, insiste em nos propor o caminho do mar.

De nós dois, naquela hora, o poeta era ele; eu, o político. Hoje, o político é ele; eu, o poeta. Digo poeta no sentido amplo da palavra, e que dá para todos nós, oleiros do sonho com o barro dos vocábulos. E digo político no sentido da insurreição profunda, que faz do texto escrito o pretexto da insubmissão social.

Daí, consequentemente, este fato natural: são ocasionais os nossos encontros. Ano passado, para que nos víssemos, marcamos esse encontro em São Luís, à sombra do auditório da Universidade Federal do Maranhão, e eu tive oportunidade de aplaudi-lo, presidindo a conferência que ele ali proferiu, com um pouco de suas lutas e de suas insurreições.

\* \* \*

Agora, volto a vê-lo, e é ele quem vem ao meu encontro, primorosamente encadernado, com seus trinta anos de militança poética e os seus cinquenta anos de vida civil. Porque Ferreira Gullar, grande poeta da minha terra, está entrando naquela idade grave em que repassamos a vida vivida, com a consciência de que já vamos indo na outra metade do caminho.

Dizia Jules Janin, em carta a Victor Hugo, que há poetas que precisam de um pouco de distância e algum infortúnio para nos dar toda a medida de sua grandeza. Ferreira Gullar, no exílio, confirmou esse reparo, e o *Poema sujo*, que nos trouxe de seu desterro, corresponde, na verdade, àquele instante em que o poeta se realiza em plenitude.

Ah, a emoção com que li esse poema de Ferreira Gullar, reencontrando-me com a sua inspiração lírica! Porque é preciso conhecer as ruínas do Forte da Ponta d'Areia, e a praia do Jenipapeiro, e a rua dos Afogados, e as palmeiras do largo dos Remédios, para que se estabeleça dentro de nossa consciência a harmoniosa concordância de certos versos com os seus motivos. A praia do Jenipapeiro é, para Gullar, como é para mim, uma região misteriosa, tocada de segredos, quase que privativa nos seus sentidos mágicos. Sem o privilégio de ter nascido em São Luís, e ali começado a viver, e ali recolhido as primeiras emoções indeléveis, que significação hão de ter a viração do Bacanga e a brisa do rio Anil?

É certo que o poeta reconhece que outro teria sido o seu destino, se houvesse atendido aos apelos da terra natal:

> Se eu tivesse casado com Maria de Lourdes
> meus filhos seriam dourados uns, outros
> morenos de olhos verdes
> e eu terminaria deputado e membro
> da Academia Maranhense de Letras;
> se tivesse me casado com Marília
> teria me suicidado na discoteca da Rádio Timbira.

Mas a verdade é que cada um de nós, conforme o velho lembrete de um provérbio francês, acaba por seguir a estrada que passou na sua aldeia. E Ferreira Gullar, que deixou para trás a sua província, a esta se mantém fiel, na constância de muitos dos motivos essenciais de sua poesia. Estou certo também de que a sua revolta, quer na poesia, como insurreição de ordem estética, quer nas ideias políticas, como insurreição de ordem social, está amalgamada às vivências de São Luís. Bem pensando, a *Canção do exílio* é ainda a nossa canção.

Quando outro grande poeta, e seu companheiro de geração de província, Bandeira Tribuzi, completou cinquenta anos, achei que a melhor homenagem que lhe podíamos prestar seria promover uma edição de toda a sua poesia. E pude dar a essa edição a minha colaboração afetuosa, com os elementos a meu alcance, graças à compreensão de Herberto Sales, no Instituto Nacional do Livro.

Vejo agora que, por iniciativa do editor Ênio Silveira, a Civilização Brasileira, sem participação oficial, presta homenagem, análoga, e igualmente merecida, a Ferreira Gullar, quando o grande poeta chega aos cinquenta anos, combativo, afirmativo, realizado, tendo sabido elevar à dignidade do texto poético os seus sentimentos e os seus protestos.

Em 1848, ao publicar os *Primeiro cantos*, nosso conterrâneo Gonçalves Dias achou por bem explicar-se nestas palavras introdutórias de seu livro: "Com a vida isolada que vivo gosto de afastar os olhos de sobre a nossa arena política para ler em minha alma, reduzindo à linguagem harmoniosa e decadente o pensamento que me vem de improviso, e as ideias que em mim desperta a vista de uma paisagem ou do oceano – o aspecto enfim da natureza. Casar assim o pensamento com o sentimento, o coração com o entendimento, a ideia com a paixão, colorir tudo isto com a imaginação, fundir tudo isto com a vida e com a natureza, purificar tudo com o sentimento da religião e da divindade, eis a Poesia – a Poesia grande e santa – a Poesia como eu a compreendo sem a poder definir, como eu a sinto sem a poder traduzir.".

Ora, eu já provei aqui mesmo, a propósito de Gonçalves Dias, que o grande poeta, aos 23 anos, nos deixou o seu ideário político, num poema em prosa, *Meditação*, no qual feriu de frente os problemas capitais de seu tempo, no Brasil: o genocídio dos índios e a escravidão da raça negra. O que prova que, a despeito da confissão das palavras introdutórias dos *Primeiros cantos*, não é bem verdade que o nosso alto poeta haja afastado os seus olhos de nossa arena política.

Ferreira Gullar, em *Toda poesia*, casa o pensamento com o sentimento, no lirismo de seu verso, mas também une a ideia com a paixão, na veemência de seu poema de protesto.

Neste último caso os maus poetas tentam fazer um comício; os bons poetas, exatamente por serem bons poetas, fazem naturalmente o seu poema, como Eluard, como Drummond, como Manuel Bandeira.

E é esse poema de insurreição e denúncia que faz da poesia de Ferreira Gullar, na curva dos cinquenta anos de vida sofrida, o puro espelho do poeta, com as suas emoções mais profundas, e também o espelho de seu povo, de seu tempo e de seu mundo – para os quais encontrou a rima, como no poema de Drummond, mas para os quais tenta encontrar também, a seu modo, uma solução.

# ENTRE A CURIOSIDADE
# E O TESTEMUNHO

*13 de outubro de 1981*

*E*stou em falta para com a minha boa amiga Edla van Steen: ainda não respondi ao questionário que teve a gentileza de me entregar, a respeito de minha vida e de minha obra literária. Ando também em falta para com Renard Perez. E também para com Telênia Hill e Sônia Salomão, pelos mesmos motivos.

Quanto a Telênia e a Sônia, a justificativa é mais fácil. A primeira, depois do Prêmio da Academia Brasileira, anda a recolher os aplausos de seu livro de estreia, sobre a poesia de José Paulo Moreira da Fonseca; quanto a Sônia, vê-la-emos aparecer, dentro de mais alguns dias, com seu livro *Censores de pincenê e gravata*, sobre a censura teatral no Brasil, à luz de ampla documentação inédita.

Ambas, enquanto recolhem louvores, esquecerão naturalmente que lhes devo longas respostas. O Renard, por ser velho companheiro, não terá tanta pressa. Mas resta a minha boa amiga Edla van Steen a quem tenho sucessivamente prometido que, na próxima semana, com toda certeza, pagarei a velha dívida, e que tem tido a paciência de aguardar que eu, sempre às voltas com livros e artigos de jornal, cumpra o prometido.

Vou cumprir, e por estes dias. Mas, enquanto não ponho o papel na máquina, para tagarelar no teclado, deixe-me que comece por onde devo, ou seja: louvando o livro *Viver e escrever*, em que Edla reuniu dezoito entrevistas com escritores de seu apreço e de sua admiração, e a que se vai seguir o volume para o qual reclama afetuosamente o meu depoimento.

Foi João do Rio, com *O momento literário*, publicado em parte na *Gazeta de Notícias*, em 1904, e depois coordenado em livro, numa edição Garnier, quem iniciou, no Brasil, os inquéritos com homens de letras, seguindo uma sugestão de Medeiros e Albuquerque, grande jornalista e seu futuro confrade na Academia Brasileira.

Ninguém foi mais popular, em seu tempo, como jornalista, do que Medeiros, hoje tão esquecido. Curioso, novidadeiro, senhor de um estilo de comunicação instantâneo, ele soube renovar o jornal a seu modo, sobretudo no estilo do pequeno artigo objetivo, que alcançava imediatamente a compreensão de qualquer tipo de leitor.

A sugestão a João do Rio para o inquérito que este levou a bom termo, ouvindo as principais figuras literárias do país no começo deste século, obteve tão grande êxito – conforme assinalou o próprio repórter – que foi imediatamente imitado nos principais estados brasileiros. Com o rolar do tempo, e mesmo depois da morte de Paulo Barreto, outros escritores imitaram-lhe a experiência, notadamente Silveira Peixoto, Renard Perez e Danilo Gomes.

\* \* \*

Ao tempo de João do Rio, a glória dos escritores tinha a ressonância que tem hoje a dos artistas de cinema, de televisão e de rádio. O próprio João do Rio nos faz estas revelações ilustrativas: "Eu conheci um estudante que acompanhava o

Coelho Neto de longe e estragou com um pincenê grau 7 os seus olhos sãos, só porque o Neto usava grau 7. São inúmeras as pessoas que recusam a apresentação de Machado de Assis porque estão convencidas da impossibilidade de balbuciar uma palavra diante do Mestre, e muito homem fino conheço eu colecionando tudo quanto escreve Olavo Bilac.".

Hoje, ainda seria assim a glória dos escritores? Claro que não. Mas perdura um pouco de interesse à nossa volta, com este ou aquele leitor a querer saber o que se passa com um ou outro de nossos confrades mais em evidência. Mas já vai longe o tempo em que o velho cocheiro de praça endoideceu por ter recebido um louvor de Victor Hugo, enquanto outro se recusava a chegar perto da torneira de água porque esse mesmo poeta lhe apertara a mão.

Espírito realista e objetivo, a despeito de sua condição de bardo retumbante, o poeta português Guerra Junqueiro tratou por isso mesmo de emendar o seu barbeiro, quando o fígaro, extremamente cortês e atencioso, insistia em chamá-lo de mestre:

– Mestre, não: freguês, freguês.

A vida me deu algumas lições de humildade que eu tratei de aprender no momento próprio. E uma delas quero aqui recordá-la.

De longe, ainda no Maranhão, ouvi a ressonância do nome do romancista Téo Filho. Ninguém mais glorioso, mais popular, em certo período de nossa história literária. Sílvio Romero prefaciou um de seus livros. Agripino Grieco, em 1923, nos *Caçadores de símbolos*, consagrou-lhe um estudo de quase quarenta páginas. Seus romances, prestigiados por uma atmosfera de curiosidade nacional, esgotavam edições sucessivas.

Em 1937, no Rio de Janeiro, quando entrei a familiarizar-me com a cidade, já não se falava mais no romancista da *Fragata Niterói*. E um belo dia, num café da Cinelândia, sou apresentado a um senhor fino, de boas maneiras, fala suave,

cabelo com uns tons vermelhos. Tomei com ele um café, em companhia de Joaquim Ribeiro. E foi Ribeiro quem nos aproximou. Ao fim do café, o senhor se despediu:
— Quando precisar de mim, estou às suas ordens, no Ministério da Justiça. Muito prazer: Téo Filho.
E eu, resvalando na gafe:
— Parente do romancista?
— O próprio romancista.
— Ah!
E vi-o afastar-se, ainda espigado, sem saber o tamanho da decepção que me causara. Era aquele o escritor glorioso e barulhento, transformado agora em funcionário público? Que fora feito de sua glória, de seu prestígio popular, do ruído que urdira à sua volta, com tons de escândalo, na primeira página dos jornais? Que fim levara o seu prestígio internacional, patente no noticiário das agências telegráficas?

De volta ao meu quarto de pensão, na rua Correia Dutra, tentei ler um dos grandes livros de Téo Filho, que descobri sem dificuldade num dos sebos da Livraria São José. Já pouco significaria, na ordem dos valores literários perduráveis. E concluí que, a despeito de toda a glória com que possamos ser contemplados, deve prevalecer em nós o sentimento da simplicidade natural, que sempre nos ajusta à nossa humana condição.

\* \* \*

Há alguns anos, num artigo em *Le Monde*, Roger Bordier observava, a propósito da indagação de Sartre: — Que é a literatura? — objeto de todo um livro de reflexões sociais, estéticas e políticas, que ela deveria ser completada por esta outra: — Que é o escritor? — considerando-se o condicionamento ambiental e individual para o exercício da profissão e a realização de uma obra literária.

Os inquéritos como o de Edla van Steen atendem menos à curiosidade em torno da obra literária (visto que esta se autonomiza desde o momento de sua publicação) do que à curiosidade em torno do ato de escrever, que terá efetivamente os seus mistérios.

Diz-nos Edla van Steen, na nota complementar ao prefácio de *Viver e escrever*, que a ideia de seu livro não é original: "Uma série de entrevistas publicadas pela revista francesa *The Paris Review*, com autores estrangeiros, resultou numa importante coleção, *Writers at Work*, edição The Viking Press, de Nova York.".

Eu diria que a curiosidade em torno do escritor, como ponto de partida para a elucidação do fato literário, é uma velha tradição da literatura francesa. Direi mais que, a rigor, foi o maior de todos os críticos, Sainte-Beuve, quem iniciou a indagação em torno da vida e da personalidade dos escritores. Com esta diferença: em vez de interrogar os próprios escritores, Sainte-Beuve perquiria os documentos que lhes dizem respeito, consultando cartas, diários e originais, e coletando anedotas e testemunhos que lhe compõem a biografia.

O processo jornalístico, levando à interrogação do escritor, poderia não ser tão eficaz, se considerássemos que cada um de nós, na vida pública, não é apenas o que é, mas sobretudo o personagem que soube fazer de si mesmo. E foi isto que levou Unamuno a reconhecer que o homem, até mesmo quando falseia a verdade a seu respeito, está deixando aparecer, nessa dissimulação ou nessa mentira, uma ponta da verdade sobre o seu mistério.

A coletânea de entrevistas que Madeleine Chapsal publicou há alguns anos, em Paris, numa edição Julliard, *Les écrivains en personne*, permitiu-nos conhecer a chave de *Un chateau l'autre*, de Louis Ferdinand Céline, graças ao depoimento recolhido do próprio romancista. E este é apenas um exemplo, entre muitos.

Paulo Barreto, em *O momento literário*, queixou-se de que Machado de Assis não se quis deixar entrevistar, não obstante a gentileza com que de início recebera o jornalista. E a verdade é que está aí um testemunho a mais sobre o romancista de *Dom Casmurro*, confirmando-lhe a natureza esquiva e retraída, que se espelha igualmente nos seus papéis literários.

O livro de Edla van Steen é mais do que uma curiosidade jornalística em torno de seus confrades e companheiros. Vale como um subsídio de ordem histórica. E aqui estou a lembrar-me de que Anatole France, ao ver a reação de Madame de Caillavet ante a curiosidade bisbilhoteira de Jean Jacques Brousson, que lhe recolhia as frases e as anedotas, prontamente lhe observou, anuindo à impaciência risonha de seu secretário:

– O que hoje é indiscrição, amanhã será a erudição.

# CARTAS DE MÁRIO DE ANDRADE

*19 de janeiro de 1982*

No futuro, quando já estiver publicada toda a correspondência dispersa de Mário de Andrade, poder-se-á fazer com esse epistolário o que fez Charles Carlut, professor da Universidade de Ohio, nos Estados Unidos, com a massa compacta das cartas de Gustave Flaubert. Ou seja: consagrar todo um alentado e meticuloso volume ao seu repertório crítico, à semelhança daquele que o referido professor publicou em 1968, por iniciativa da mesma universidade.

Embora a correspondência de Flaubert, reunida nos nove volumes da famosa edição Conard, reeditada em 1933, disponha de excelente índice analítico, que abre caminho ao da edição recente da editora Gallimard, na coleção Pléiade, sob a coordenação erudita de Jean Bruneau, o repertório de Charles Carlut continua válido, como instrumento de trabalho nas incursões à obra flaubertiana.

Por vezes, repassando alguns epistolários famosos, notadamente os de Sainte-Beuve, de Balzac e de Stendhal (este último organizado por meu saudoso amigo e mestre Henri Martineau, para a coleção Le Divan, por ele presidida), fico em dúvida se as cartas dos escritores estarão mais associadas à vida literária que à literatura.

Recentemente, concluindo a leitura do epistolário de François Mauriac, *Lettres d'une vie* (Bernard Grasset, Paris, 1981) cheguei à conclusão de que as cartas referidas pertencem simultaneamente à vida literária e à literatura, quando não resvalam – como ocorre nas cartas de Joaquim Nabuco – nas murmurações da vida social ou nos suspiros e nas astúcias da vida política.

De certo modo, as cartas correspondem também a uma presença física. Quem pode deixar de ver Madame Sevigné mover-se no seu castelo ou mexericar pela Corte, ao ler-lhe a correspondência? Mesmo o nosso Machado de Assis, tão fechado nos seus silêncios e na reclusão de sua casa, sabia mostrar-se no seu chinelo ou no seu paletó de alpaca, ao corresponder-se com Magalhães de Azeredo ou Mário de Alencar.

No elenco das grandes figuras que compuseram a rebelião modernista de 1922, nenhum escritor superará Mário de Andrade na abundância e na regularidade da correspondência epistolar. Em 1958, no prefácio à publicação das numerosas cartas que dele recebeu, acentuou Manuel Bandeira: "Mário escreveu milhares de cartas. Nunca deixou carta sem resposta.".

Aos poucos esse copioso epistolário irá saindo das gavetas e arquivos de seus destinatários, para a necessária codificação em volume, e com isto lucrará, não apenas o próprio Mário, elucidado em muitos de seus mistérios, mas também, e sobretudo, a história de todo um largo período das letras brasileiras, no qual o mestre de *Macunaíma* sempre teve, e desde cedo, uma posição preeminente, quer por seu valor, quer por sua atuação.

Quase a findar 1981, duas coletâneas de cartas de Mário de Andrade vieram a público em livro: uma, publicada pela Nova Fronteira, com as cartas a Murilo Miranda; outra, publicada pela Record, com as cartas de Mário a Fernando Sabino.

No período abrangido pelas duas correspondências, já eu começava a tentar construir meu nome e minha obra. Mas tenho esta singularidade, na minha geração literária: nunca me aproximei de Mário de Andrade. E não por timidez ou reação, mas apenas porque, a braços com um problema grave de enfermidade na minha família, raramente aparecia em rodas literárias, e tanto não ia à casa dos confrades como não abria aos confrades a minha porta. Vivia entre o meu emprego e a minha casa, e o mais do meu tempo passava-o na reclusão de minha sala, às voltas com os velhos livros.

Espanto-me, por isso mesmo, ao ver, por uma fotografia que ilustra a edição das *Cartas a Murilo Miranda*, que também ali estou, num almoço a Aníbal Machado, Sérgio Milliet e Dyonélio Machado, que se realizou a 10 de março de 1945, no Lido, em Copacabana. Sim, sou eu mesmo, na fila mais alta, entre Otávio Dias Leite e Aurélio Buarque de Holanda. Tenho ainda os cabelos pretos e uso um bigodinho – o bigodinho com que também apareço na fotografia solene de minha posse na Academia Brasileira.

Li com emoção as cartas de Mário a Murilo Miranda. E se aqui cabe uma confissão, não quero ir adiante sem deixá-la no papel. Guardo comigo a tristeza de não me ter reaproximado do excelente Murilo, depois da bobagem que nos separou, em 1967, por ocasião da composição do Conselho Federal de Cultura.

Murilo, por todos os títulos, devia ter pertencido ao Conselho, na sua primeira hora. E tanto eu quanto o ministro Raimundo Moniz de Aragão, que levou os atos de constituição do colegiado ao presidente Castelo Branco, tínhamos o mesmo pensamento. Porém a escolha do presidente não se deteve no nome de Murilo: atendeu a outras razões de ordem cultural e política. Ministro e eu, entretanto, decidimos trazer Murilo Miranda para a secretaria-geral do Conselho, e ele, que a princípio, concordara com essa solução, depois a repeliu, daí surgindo o desencontro que lamentavelmente nos separou.

Hoje, rolado o tempo, cabe-me reconhecer aqui o quanto lhe devo, na alvorada de minha vida literária. Se não estou em erro, foi na sua *Revista Acadêmica* que Joaquim Ribeiro publicou seu generoso artigo sobre o meu primeiro romance – romance que não cheguei a publicar, *Sobrado*. Abriu-se ali para mim, com as galas de uma página dupla, o caminho das letras, no Rio de Janeiro. E se fecho os olhos, para rever os papéis que guardo na memória, não faço muito esforço para dar comigo emocionado diante desse primeiro louvor público à minha vocação de romancista.

\* \* \*

É curioso como o confronto das duas coletâneas epistolares – a de Murilo e a de Fernando Sabino – nos proporciona uma dupla visão do Mário: na primeira, está mais perto da vida literária; na segunda, mais perto da literatura. E em cada carta o homem literário dá de si, com as suas reflexões, as suas notícias, os seus estudos, as suas pesquisas.

O epistolário de Mário de Andrade vale, assim, como o seu diário de escritor. Se tudo existe para acabar em livro, consoante o verso de Mallarmé, temos de reconhecer que, em Mário de Andrade, tudo existia para terminar em carta – a carta que ele mandava ao amigo próximo ou distante e na qual se refletia com a mais absoluta limpidez, deixando-nos sentir as suas depressões e os seus orgulhos.

É conhecida a página em que Renan, em *Souvenirs d'enfance et de jeunesse* [*Lembranças da infância e da juventude*], referindo-se aos elogios aos jovens escritores e poetas, justificou-os como "mentiras alegres de pura eutrapelia, as mentiras oficiosas e de polidez, que todos os casuístas permitem".

Em Renan, isso seria a norma; no nosso Mário de Andrade, não chegou a ser sequer a exceção: ele dizia o que realmente pensava, na fluência de suas páginas epistolares, a que não falta o reparo crítico severo, sempre que o texto do amigo ou do confrade não se harmonizava ao seu gosto pessoal. Jamais precisou, por isso mesmo, da "mentira alegre de pura eutrapelia": ia dizendo o que sentia e pensava, numa língua que há de ter começado por ser um artifício, mas que, com o tempo, terminou por ser o seu modo natural e vivo de exprimir-se.

Não há divergência estilística entre as cartas e os livros de Mário de Andrade. E para aqueles que com ele privaram, o Mário das cartas repete o Mário de toda a vida.

\* \* \*

No meu livro sobre o *Presidente Machado de Assis* (Martins, São Paulo, 1961), eu tive oportunidade de acentuar, analisando a correspondência do mestre das *Várias histórias*, que este sempre teve um tom diferente para cada um de seus interlocutores. E mais: esse tom resvalou na confidência, sempre que o Mestre se dirigiu a dois moços: Magalhães de Azeredo e Mário de Alencar, tão jovens que poderiam ter sido seus filhos.

Mário de Andrade abre-se com os companheiros mais moços ou mais velhos com a mesma fluência derramada: é como se o papel da escrita fizesse as vezes do gravador, na sala do analista. É todo um largo rio de confidências. E sempre no tom de quem soubera fazer da vida uma inquietação constante de ideias e de obras de arte.

Veja-se, como exemplo ao acaso, este começo de carta a Fernando Sabino: "Sua carta chegou aqui quando eu estava em crise. Isto é, não é bem crise: aquele estado de abatimento geral, de desilusão, de desgosto de si mesmo, de quando a gente acaba uma coisa. Imagino esse fim terrível *no dia seguinte*. Imagino ser a mesma coisa. Até enterro desilude.".

Nas cartas a Murilo Miranda, que Yedda Braga Miranda coligiu e coordenou, a página epistolar nos dá também o retrato vivo de Murilo – operoso, inquieto, prestimoso, e a quem os historiadores do futuro terão de fazer justiça, colocando-o entre os espíritos de eleição que preferiram, à realização de uma grande obra pessoal, favorecer a criação e a divulgação da obra alheia, sabendo que lhe dava assim, e também, a sua indispensável colaboração.

# EM COMPANHIA DE MONTEIRO LOBATO

*23 de março de 1982*

No transcurso do centenário de nascimento de um grande escritor como Monteiro Lobato, acode-nos naturalmente esta pergunta:

– De todo o seu legado de arte, que é que realmente ficou, sobrepairando à sua figura humana?

E antes que a resposta nos aflore à consciência, com o reexame do legado literário do mestre de *Urupês*, outra pergunta sucede à primeira, dada a circunstância de que a obra de Monteiro Lobato, como escritor, se processou no curso de uma grande vida:

– A figura humana, no seu caso, não terá sido mais importante do que o conjunto de seus livros?

E a verdade é que, refletindo sobre a vida e sobre a obra, poderíamos optar por uma ou por outra, com abundância de argumentos, se a vida e a obra não correspondessem, harmoniosamente, às duas faces da mesma medalha. Lobato, ser humano, é tão importante quanto Lobato, homem de letras.

Bem sabemos que há vida mais importante do que a obra, como há obra mais importante do que a vida. No caso do mestre paulista, o equilíbrio é perfeito. Por isso, ao comemorar-lhe o centenário de nascimento, estamos celebrando o escritor, como criador da arte literária, e o homem, como criador de uma grande vida.

A circunstância de Lobato ter sido preso, ao defender a existência do petróleo no Brasil, é tão importante quanto o discurso de Rui Barbosa, no Teatro Lírico, no Rio de Janeiro, ao perguntar ao público que o aplaudia: "Senhores, conheceis, porventura, o Jeca Tatu, dos *Urupês*, de Monteiro Lobato, o admirável escritor paulista?".

Há, portanto, para ele, no reexame de sua obra e de sua vida, matéria para o crítico literário e matéria para o biógrafo. Como no caso de José de Alencar. Ou de Joaquim Nabuco. Ou de Rui Barbosa.

Não se pode fazer a história de todo um período da vida brasileira, neste século, quer no campo cultural, quer no campo social, quer no campo econômico, quer no campo político, omitindo o nome e a contribuição de Monteiro Lobato. E não apenas por ter participado da luta pelo petróleo. Ou por ter revolucionado a indústria do livro em nosso país.

Lobato vai muito mais longe. Lobato é, na realidade, um criador de civilização. O homem de ação, na sua personalidade, extravasa da figura humana, e ele se vale dos instrumentos de comunicação de massa ao seu alcance – o livro, o jornal, a revista – para criar novos processos de comportamento coletivo, com vistas a novos valores de comunhão social.

A certa altura, é mais do que um homem de letras, que se compraz na criação literária – é o apóstolo, é o reformador, é o professor, ensinando, advertindo, debatendo. Quando o escritor vitorioso se transforma em editor, tem um escopo claro, que se ajusta ao seu temperamento essencialmente criador: atrai para a sua órbita de ação os contemporâneos que podem contribuir, por intermédio do livro, para a transformação do povo brasileiro. A lista dos livros que lançou, com seu entusiasmo, com a sua coragem, com a sua visão otimista, faz parte da biografia de Monteiro Lobato. E é preciso acrescentar que, ao afastar-se da sua editora, não podendo continuar-lhe à frente, já ele havia deixado uma nova mentalidade editorial no Brasil, e da qual deriva, como seus continuadores naturais, um José Olympio, um Octales Marcondes, um José de Barros Martins, para apenas citarmos três valores da geração que sucedeu à sua.

Lobato, em 1914, fazendeiro em Buquira, na Serra da Mantiqueira, mandou ao *Estado de S. Paulo*, para a seção "Queixas e Reclamações", um protesto, que seria o ponto de partida de uma grande obra literária, para uma advertência atual, ajustada à preocupação ecológica de nossos dias: "Preocupa a nossa gente o conhecer em quanto fica por dia, em francos e cêntimos, um soldado em guerra; mas ninguém cuida de calcular os prejuízos de toda ordem, provindos de uma assombrosa queima destas. As velhas camadas de húmus destruídas; os sais preciosos que, breve, as enxurradas deitarão fora, rio abaixo, via oceano; o rejuvenescimento florestal da terra paralisado e retrogradado; a destruição das aves silvestres e o possível advento de pragas insetiformes; a alteração para pior do clima, pela agravação crescente das secas; os vedos e aramados perdidos; o gado morto ou depreciado pela falta de pasto; as mil e uma particularidades que dizem respeito a esta ou aquela zona, e, dentro dela, a esta ou aquela situação agrícola.".

A arte literária de Monteiro Lobato obedeceria a essa mesma conciliação da palavra escrita, esteticamente realizada, com o interesse de ordem pública, ligado à vida e ao patrimônio nacional. Quase que se pode afirmar que, nos sucessivos volumes que publicaria a partir dos *Urupês*, contadas seriam as páginas motivadas exclusivamente artísticas que lhe sairiam da pena. Lobato é por índole um panfletário. E esse panfletário – fiel por vezes à fascinação de Camilo Castelo Branco – não se limita à página risonhamente cáustica: exerce uma constante missão pedagógica, no sentido de alertar, esclarecer e ensinar.

Mesmo nos seus mais belos contos, como "O comprador de fazendas", o flagrante da vida real vai além do tipo ou da situação que consegue fixar com inexcedível maestria: a denúncia ali está, amalgamada à própria cena, e tem por isso mesmo um valor de intenção social.

Quando o escritor se desilude de sua missão junto aos adultos, perseguido, atacado, incompreendido, volta-se para um novo público, não deformado pela politicalha ou pelo interesse meramente pessoal: o público infantil. E desponta com isto um novo Lobato, mas sem se afastar de seu propósito missionário e reformador.

Viriato Corrêa costumava dizer que a criança é o leitor ideal, por que, depois de ler o livro, rasga-o ajudando a esgotar-lhe a edição. Na verdade, é ela o leitor ideal porque se identifica integralmente com o texto lido, se este se ajusta ao seu mundo. Nunca mais o esquece. Com o passar do tempo, retornamos ao convívio dos livros que nos encantaram a juventude. Por isso Proust reconhecia que, já adulto, ao estender a mão para tirar da estante um desses livros, sentia que era um menino que repentinamente ficava em seu lugar.

Monteiro Lobato há de ter moldado sucessivas gerações de jovens brasileiros com as histórias que lhes contou. Eu próprio, com estes cabelos brancos, me sinto em dívida para com ele. O mestre paulista distraiu muitas de minhas horas, quando menino; depois, com seus livros polêmicos, deu mais luz aos meus olhos, já adulto, ajudando-me a ter a percepção exata de muitos dos problemas que suscitaram as suas iras e os seus desafios.

Mas há também um Lobato lírico que sempre me fascinou: o de um pequeno livro, *Mundo da lua*. Tenho comigo, ao alcance de minhas saudades, o exemplar de sua primeira edição, de 1923, publicada pelo próprio Lobato. Leiam agora comigo a página sobre a revoada das garças, que sempre me fez ver a amplidão azul na Serra da Mantiqueira: "Abro a janela. Que paisagem! Céu, serra e vale. Céu – gaze de puríssimo azul translúcido. Serra – a Mantiqueira, rude muralha de safira. Vale – o do Paraíba, tapete sem ondulações que lhe enruguem o plaino. Ao longo do vale singra uma pinta branca, voo lento de giz sobre a imprimadura de anil. Garça! Reconheço-a logo pela amplidão do voo. Que maravilha o voo da garça por manhã assim! Neve sobre azul... Súbito... – O bando! – Vinham em bando alongado, ora a erguer-se uma, ora a baixar-se outra, estas ganhando a dianteira, aquelas atrasando-se. Passam a quilômetros de minha janela, tão nítidas que lhes percebo o aflar das asas. Mas... – Outro bando! E outro, atrás! E outro bem ao longe... Jamais vi tantas, e em tão formoso quadro. Montavam o rio. Emigravam. Passavam. Passaram... E deixaram-me com a alma tonta de beleza, a sonhar mil coisas, a rever o lindo voo das cegonhas que Machado de Assis evoca – as cegonhas que das margens do Ilíssus partiam para as ribas africanas...".

# O MONUMENTO À CRÍTICA

*15 de novembro de 1983*

Entre as páginas mais sagazes de Antônio de Alcântara Machado, no período inicial de sua obra literária, estou a recordar-me da crônica em que repassando os seus companheiros de geração, assinalou em, cada um deles a vocação para a crítica. Ele próprio, Antônio de Alcântara Machado, teria de ser arrolado com igual pendor, confirmado por extensa militância nos rodapés de jornal, comentando livros, movimentos e personalidades.

Não podia deixar de ser assim, visto que o movimento modernista, antes de passar à fase da construção, tinha de demolir pela crítica sistemática a geração anterior, rotulada de passadista.

Entretanto, conviria reconhecer, desde logo, em cada romancista, em cada ensaísta, em cada teatrólogo, em cada novelista, em cada contista, um crítico à espera do momento apropriado para vir a lume. Por vezes é sobre os destroços do criador genuíno que aflora a vocação do crítico, como no exemplo de Sainte-Beuve: antes de ser o mestre das *Causéries du Lundi,* foi ele o poeta romântico, das *Poésies de Joseph Delorme* e o romancista psicológico de *Volupté.*

Nosso José Veríssimo, antes de ser o crítico militante dos *Estudos de literatura brasileira,* soube ser, em 1886, o contista admirável das *Cenas da vida amazônica.*

Também ocorre, e isto é mais raro, que o criador admirável desponta sobre o silêncio do crítico, como no exemplo de Machado de Assis. Era ele, sem dúvida, a grande vocação crítica de sua geração, bastando lembrar, a esse propósito, o seu famoso estudo sobre o *Instinto de nacionalidade* na literatura brasileira. Depois que o crítico se retraiu, deixando no tinteiro a pena com que criticara severamente Eça de Queirós, foi que surgiu, plenamente amadurecido, o narrador das *Memórias póstumas de Brás Cubas*.

A rigor, em todo grande criador, coexiste um crítico exigente, que lhe acompanha, em cada momento, o processo da criação literária. Poder-se-ia mesmo dizer que, no grande romance, no grande ensaio, na grande peça de teatro, pode-se perceber, subjacente, a presença do crítico.

A esta altura, cumpre-nos observar que há crítico e crítico. Crítico associado ao processo da criação, como reação natural do criador diante de seu texto, e crítico como vigilância exterior da criação alheia, para opinar sobre seus méritos, podendo mesmo conduzir e orientar, por intermédio de seu juízo compreensivo, o processo em curso da literatura militante.

Paul Souday, que teve acuidade crítica suficiente para detectar o gênio de Proust no momento em que este despontava, soube ver na literatura a consciência da humanidade, reservando à crítica esta função complementar: a consciência da literatura.

Numa visão superficial, parece-nos que a crítica literária, no Brasil, tem tido uma atuação episódica, ao longo de nosso processo cultural: aqui um José Veríssimo e um Araripe Júnior; ali um Sílvio Romero; mais adiante, um João Ribeiro e um Tristão de Athayde; mais perto de nós, um Álvaro Lins, um Wilson Martins, um Afonso Arinos, um Antonio Candido, um Afrânio Coutinho, um Oscar Mendes, um Fausto Cunha.

Puro engano. A crítica literária é, em nossas letras, uma atividade permanente e que se enraíza no tempo. Já existia na Colônia, ao tempo das primeiras academias. Valendo-se da sátira, Gregório de Matos criticou os maus sermões pregados na Bahia, no século XVII.

Devemos agora a Wilson Martins o inventário histórico, e também crítico, da crítica em nossas letras, nos dois alentados volumes, com 1.176 páginas, benemeritamente publicado pela Livraria Francisco Alves. Esses dois volumes constituem o desenvolvimento da obra que o mesmo autor publicou em 1952, com igual título, *A crítica literária no Brasil*.

O livro magro, de pouco mais de 100 páginas, cresceu, ampliou-se, ganhou corpo e espaço, não porque, de então para cá, a crítica brasileira se houvesse sensivelmente distendido e ampliado: de modo que pouco há de ter escapado à sua resenha meticulosa, mesmo no caso das atividades literárias regionais.

Rejubilo-me em verificar que ali está meu conterrâneo Frederico José Correia, que publicou em São Luís, em 1878, *Um livro de crítica*, tentando destroçar, com severidade excessiva, os quatro volumes do *Pantheon maranhense*, de outro conterrâneo, A. Henriques Leal.

Na verdade, estamos agora diante de um novo livro de Wilson Martins. O primeiro, de 1952, foi apenas o esboço, o rascunho, o bosquejo preparatório da obra agora publicada.

Depois da *História de inteligência brasileira*, em sete grandes volumes, Wilson Martins assumiu esta posição singular em nossas letras: é o autor individual do mais extenso panorama geral de nossa cultura. O que teria de ser necessariamente o trabalho de uma equipe, como pesquisa, confronto de textos, e redação contínua, é obra de um único operário, que tirou a pedra da pedreira, transportou-a para a praça pública, e ali ergueu, sem ajuda de ninguém, a imponência de seu monumento.

*A crítica literária no Brasil* poderia ser considerada como um desdobramento dessa obra, num setor especializado. E força é reconhecer que não há outro autor, em nossas letras, em condições de medir-se com ele, na extensão meticulosa da obra realizada. É preciso passar a Teófilo Braga, em Portugal, e a Menendez Pelayo, na Espanha, para encontrar operários intelectuais com o poder realizador de Wilson Martins.

Em 1922, no prefácio ao seu livro de estreia, *Afonso Arinos*, lembrou Tristão de Athayde uma observação do famoso cirurgião francês Jean-Louis Faure, segundo a qual também têm alma os cirurgiões. E aplicou-a, com acerto e propriedade, ao crítico literário, para concluir que, se o serrote fosse o emblema do cirurgião, o do crítico seria a palmatória, de acordo com a opinião corrente sobre este último.

Wilson Martins, a despeito de também ter alma, como o cirurgião lembrado por Tristão de Athayde, não se descurou da palmatória, nalguns lances de seu grande livro. Nesse ponto, ele é mais Sílvio Romero do que José Veríssimo. Na hora própria, desfere a sua pancada ríspida, e passa adiante, puxando o fio da narrativa histórica.

Os dois volumes de *A crítica literária no Brasil* não são, por isso mesmo, um relato frio, como registro exaustivo: de vez em quando vem a lume um traço de paixão humana, e isso faz que o livro seja lido, além de estar ao alcance de nossa mão, para ser consultado.

Reconhece Wilson Martins que, antes de haver críticos, houve crítica no Brasil: aquela que se praticava nas Academias. Iremos adiante: também aquela que se exercia nas conversas de salão ou de alpendre, a propósito do livro lido. A que se mantinha a postos para que não chegassem a seu destino os livros que vinham de Lisboa, de Paris ou de Londres. A que se escondia nos envelopes fechados, nas cartas mandadas por mão própria, ou expedidas pelas primeiras malas postais, e nas quais se opinaria sobre livros e autores. Porque a atividade crítica é consubstancial à natureza humana, desde que esta se defronte com a obra de arte.

Numa época em que se condenou o impressionismo crítico, sem se lhe dar sucedâneo inteligente e culto, Wilson

Martins é ainda o crítico militante, de que nos desvanecemos neste jornal. Passam-se as modas, muda-se o gosto, e ele permanece fiel a si mesmo, fiel à crítica, fiel ao seu gosto de bem escrever.

Por iniciativa da Universidade Federal do Paraná, creio eu, teremos em breve a sua obra crítica, em mais de dez volumes. Enquanto Álvaro Lins passou para a política e Antonio Candido se transferiu para a universidade, Wilson Martins não se desviou de seu caminho literário. E como é, por vocação e gosto, um grande escritor, humanamente amalgamado às suas paixões e convicções, a sua obra de crítico literário lhe espelha a personalidade forte, ao mesmo tempo que reflete todo o lento fluir de nossas letras, em cerca de quarenta anos de produção contínua.

Rober Kanters chamou a esse tipo de atividade intelectual a crítica de acompanhamento. Não é a crítica em que o crítico escolhe os seus motivos. É a crítica em que ele opina e julga, seguindo de perto a produção literária. Ora para aplaudir, ora para censurar. Mas tendo em conta que o primeiro dever do crítico é compreender.

Wilson Martins, por isso mesmo, tinha de figurar, como de fato figura, no painel monumental de *A crítica literária no Brasil*. Não apenas como autor. Também como crítico.

# A TOCAIA DE JORGE AMADO

*22 de janeiro de 1985*

A 21 de setembro de 1969, enquanto aguardava que chegasse a noite, para tomar a condução que o levaria a Londres, Jorge Amado passou a tarde em meu apartamento, em Paris, no boulevard Saint Germain, e ali tivemos, por largas horas, uma afetuosa conversa de companheiros.

Eu tinha acabado de escrever o meu *Cais da sagração*. E estava na fase em que, concluído o trabalho exaustivo, deixamos os originais sobre a mesa, para retocar um parágrafo, uma linha, um capítulo, na ânsia de fazer melhor, que é sempre a nossa angústia, a nossa tortura e a nossa melhor emoção.

Houve um momento em que Jorge, tomando a derradeira folha de meu texto datilografado, se pôs a andar ao comprido da sala, indo e vindo, a ler, a reler, a erguer para o ar os olhos pensativos, até que voltou a parar defronte de mim, com esta sugestão:

— Eu, no seu caso, suprimiria o parágrafo que antecede o último. Daria mais força ao desfecho.

Reli a página, com a sugestão de Jorge na memória, e logo tomei a esferográfica, para a supressão que ele me aconselhava. Reli o texto, assim diminuído, e pude reconhecer que, na verdade, a narrativa ganhava mais vida e mais força.

E para Jorge, reconhecido:

– Você tem razão. Ficou muito melhor.

Conto esse episódio, para reconhecer no querido Jorge Amado o mestre do romance, senhor de seu ofício.

Convém não esqueçer, para apreciar-lhe a personalidade como grande romancista, que há romancistas de um romance, às vezes dois, ou três, e romancistas de uma obra. Ou seja: de um conjunto orgânico de romances, indicativos de um poder mais amplo de criação ficcional.

Essa a razão por que André Gide se recusava a pronunciar-se, isoladamente, sobre este ou aquele romance de Balzac. Não, nada de falar sobre *Le Pere Goriot* [*O pai Goriot*] ou *Le lys dans la vallée*. Qualquer um desses romances é elemento constitutivo de um todo, a *Comédia humana*. Logo, em vez de falar de um romance balzaquiano, deveríamos falar da obra romanesca de Balzac, levando em conta o seu conjunto.

Ora, Jorge Amado, depois de um longo silêncio como romancista, volta ao romance com *Tocaia grande:* a face obscura. De início, temos de saudar, com a publicação desse novo livro, a volta do romancista, fiel ao seu processo de narrador lírico e jovial, dramático e trágico, que ergueu todo um vasto e belo conjunto romanesco.

*Tocaia grande* é o romance de uma cidade. Os personagens que ali circulam, com vida própria, estão em função de uma realidade urbana, que vai gradativamente despontando, não com a régua, o compasso e a prancheta com que Lúcio Costa e Oscar Niemeyer construíram Brasília; mas ao acaso, desordenadamente, numa gradativa associação de forças desencontradas, que afinal se unem, como massa populacional orgânica, e passam a existir como um todo, rudemente, primitivamente.

O novo romance de Jorge, inserido no seu contexto romanesco, é nesse contexto que tem de ser apreciado. E apreciado dentro daquilo que chamo de *código do escritor*. Ou seja: o processo que constitui a sua opção pessoal, entre as formas romanescas, a que associou os elementos próprios, correspondentes às suas preferências, ou à sua criação.

Lembro-me de ter lido, num romance de Balzac, este reparo de Napoleão: aos olhos do fundador de uma cidade, os homens não são homens, mas instrumentos. Ora, Jorge Amado viu a cidade como seu cronista, nascendo do chão vazio como a árvore que brotou da semente atirada ao acaso por um caminhante.

A obra romanesca de Jorge é, em essência, uma obra de denúncia. Denúncia das formas de vida. Denúncia da exploração do homem pelo homem. Denúncia das rebeldias necessárias.

De início, essa denúncia assumiu uma feição episodicamente política, até a catarse de *Os subterrâneos da liberdade*, na linha do processo mais amplo da insurreição coletiva. Por vezes mais um panfleto que uma narrativa. Mais um libelo que um hino lírico de inspiração popular.

Em *Gabriela, cravo e canela*, escrito logo depois, já o nosso Jorge é outro, sem deixar de ser o próprio Jorge. Optou por um processo mais jovial, mais divertido, quase picaresco, sem uma direta subordinação da intenção política. Com suas raparigas, seus bacharéis mulatos, seus pretos admiráveis, suas mães de santo, seus maridos enganados, seus moleques, seus heróis de rua, ou seja: todo um vasto elenco de figuras, entre a burguesia e a plebe, Jorge passou a ser, ele próprio, a sua *troupe*, com a qual continuou compondo a estupenda saga romanesca que o coloca, hoje, entre os grandes narradores latinos de audiência universal.

Por vezes, no seu lirismo solto, Jorge dá a impressão de ter escrito para a toada dos poetas de cordel, como neste trecho de *Tocaia grande*: "Comparsa na procissão das chagas, mensageiro da demência, apaniguado do Bom Jesus e da Virgem Mãe, o imberbe pregoeiro tocara as extremidades do horror, bailara na festa dos moribundos, recebera a cinza da quaresma, queimara judas na aleluia. Nos testamentos de

Judas, restava para o povo o assombro dos prodígios e o pagamento das promessas – ah, terra de pobreza e iniquidade! Nos limites do cacau não existiam romarias nem milagres.".

Revejo aí o lírico de *Mar morto*, entoando o seu canto perene ao mar da Bahia. Ou o épico de *Jubiabá*, celebrando o negro que desce a ladeira do largo do Pelourinho. Ou o pai de Gabriela, tão viva quanto a querida Paloma, sangue de seu sangue.

Não devemos ler *Tocaia grande* como romance solto, desgarrado da saga de Jorge Amado, e sim como elemento constitutivo desse *corpus* narrativo. O romancista voltou a trabalhar com sua *troupe* incomparável. São figuras de sua companhia. Heróis de seu teatro. Ora como primeiras figuras, ora como simples comparsas.

Já tive oportunidade de observar que, no romance brasileiro, há duas linhagens bem definidas: de um lado, a linhagem de José de Alencar; de outro lado, a linhagem de Machado de Assis.

Jorge está sentado, hoje, na Academia, na cadeira fundada por Machado de Assis e que tem por patrono José de Alencar. O romancista de *Tocaia grande* optou por seu patrono.

Não se estranhem, por isso mesmo, os personagens de *Tocaia grande*, homens de sucessivas aventuras. Se quisermos encontrar seus antepassados, basta que tiremos da estante, para uma hora vadia, *As minas de prata*. Ou *O Guarani*. Sem esquecer que a língua literária dos velhos romances tem o suave entono de canção lírica ou de modinha popular, por entre o estrondo dos arcabuzes, no rumo do sertão.

# NOVOS CAMINHOS PARA O ROMANCE

*12 de fevereiro de 1985*

*P*ara onde vai o romance? – indagou Pierre de Boisdeffre, há exatamente 23 anos, em Paris, no debate de um ensaio crítico sobre a crise do romance contemporâneo.

A controvérsia não se limitava a tentar esclarecer o impasse a que chegara, no plano técnico da narrativa, o mais popular dos gêneros literários – ia mais longe, com a preocupação de encontrar as razões da existência do próprio romance.

No momento em que Boisdeffre procurava equacionar o problema, no esforço para descobrir-lhe justificativas e razões válidas, no plano da especulação literária, social e histórica, o romance vivia uma nova fase de soluções de ordem técnica, que sensivelmente o revitalizavam, na linha da controvérsia apaixonante.

A experiência de Joyce, no período de 1914 a 1921, e vinda a lume em 1923, é contemporânea da experiência de Faulkner e de Marcel Proust, para apenas citar dois mestres que incorporaram novos recursos narrativos à tradição romanesca.

Certas conquistas como o monólogo interior e o *flashback* constituem recursos tão correntes no romance moderno, que não há mais surpresa, ou estranheza, por parte do leitor comum, ao defrontar-se com o seu emprego apropriado, numa urdidura romanesca.

Entretanto, para que se tenha uma ideia exata das sucessivas buscas de caminho, no processo de elaboração do romance contemporâneo, bastaria ler a *Histoire du roman moderne*, de R. M. Albériès, publicado no mesmo ano do ensaio de Boisdeffre. Dir-se-ia que o romance se esforça por sair de si mesmo, impaciente por escapar aos rumos que lhe traçaram os grandes romancistas do século XIX, notadamente Balzac, Stendhal e Flaubert, como recriação da vida, quer na condição de testemunho, quer na condição de denúncia.

Alguns de nossos grandes romancistas, de Machado de Assis a Guimarães Rosa, de José de Alencar a Jorge Amado, não se limitaram a espelhar a vida brasileira, com os recursos da narrativa clássica – ampliaram o processo de construção do romance. O mestre de *Dom Casmurro* incorporou às nossas letras, concomitantemente com as imagens urbanas do Segundo Reinado e do começo da República, as novidades da urdidura romanesca que recolheu no romance inglês do século XVIII.

É importante assinalar que somente agora, numa excelente tradução de José Paulo Paes, está chegando às letras brasileiras a principal fonte em que se abeberou Machado de Assis, para incorporar ao nosso romance do duplo movimento de rotação e translação como técnica narrativa. Refiro-me ao *Tristram Shandy*, de Sterne, fonte das *Viagens da minha terra*, de Garrett, e da *Viagem em redor de meu quarto*, de Xavier de Maistre, parentes próximos e declarados das *Memórias póstumas de Brás Cubas*.

O novo romance de João Ubaldo Ribeiro, fecho do ano literário de 1984, *Viva o povo brasileiro*, é, simultaneamente, na linha de nossa melhor tradição narrativa, o romance de um escritor e o romance de um romancista, no sentido de harmonizar as duas vertentes – a da tradição da boa prosa de língua portuguesa, fiel aos seus valores essenciais, e a da renovação do processo romanesco, buscando novas veredas para a urdidura de um vasto painel humano e social, a meio caminho entre a história possível e a realidade imaginária.

Em literatura, sempre que conseguimos encerrar o universo nos horizontes de nossa aldeia, seguindo a lição de Tolstoi, atingimos o momento ideal em que o escritor, intérprete de si mesmo, faz da humanidade, como pretexto épico, o seu projeto ficcional. Presumo tenha sido essa a intenção de João Ubaldo Ribeiro neste seu novo romance. Concluída a leitura de *Viva o povo brasileiro*, o que fica em nossa memória, como síntese do mundo romanesco, é a saga de certo modo de ser brasileiro, ali refletido e captado, na sequência do contexto episódico.

Contracenando subsídio histórico com a invenção pessoal, o romance de João Ubaldo mantém-se fiel à tradição narrativa, ao mesmo tempo que busca renová-la. Abrirá um caminho ao romance brasileiro? Ou a sua invenção permanecerá como uma solução pessoal intransferível?

À indagação formulada por Boisdeffre, nos anos sessenta, abrangendo o romance como gênero universal, cabe acrescer a indagação restrita, sobre o romance como forma de expressão brasileira. Para onde vai esse romance? Seguirá o caminho proposto por Guimarães Rosa? Ou recorrerá à velha tradição romanesca para renovar-se, à maneira da lição de Machado de Assis, com as *Memórias póstumas de Brás Cubas*?

A busca de novas formas de expressão, conjugada à procura de novos processos narrativos, corresponde à ansiedade natural das gerações que vão despontando. As gerações já estabilizadas hão de dar sobretudo o seu testemunho, para que o curso do tempo continue a refletir-se no gênero literário que herdou da epopeia a missão de recolher a memória da humanidade, sem esquecer de guardar também as aspirações e conflitos da condição humana, na ordem individual.

Diderot, definindo uma de suas personagens, em *Les bijoux indiscrets* [*As joias indiscretas*], diz-nos que Mirzoza tinha o talento "tão raro e tão necessário" de bem narrar.

É também o talento de João Ubaldo, digno de louvar-se com entusiasmo, visto que esse talento está sendo cada vez mais raro e mais necessário.

# ONDE CANTA O SABIÁ

*21 de maio de 1985*

Dizia Unamuno que não envelhecemos enquanto nos sobra a capacidade de nos indignarmos. Daí a satisfação com que vi, há dias, na Academia Brasileira, do alto de seus oitenta e seis anos bem vividos, o meu caro Austregésilo de Athayde afastar-se de sua impassibilidade costumeira, para estranhar que Jorge Luis Borges, entrevistado por um jornalista brasileiro, houvesse recitado a *Canção do exílio*, sem saber o autor de tão belos versos.

Esse desconhecimento de Borges poderia ser arrolado entre as muitas singularidades do mestre argentino, se não fosse um fato corriqueiro nas memórias distraídas, sobretudo depois que se ultrapassam certos limites do tempo, na solidão da cegueira absoluta.

Pedi a palavra, logo depois da indignação de Athayde, não para defender Borges, que não precisa de nossa defesa, mas para revelar que, por iniciativa do povo argentino, há em São Luís do Maranhão, doada pelo governo do país vizinho, uma estante monumental, toda trabalhada em alto relevo, com motivos da obra gonçalvina.

Ao tempo em que organizei o Museu Histórico e Artístico do Maranhão, juntamente com minha boa amiga Jenny Dreyfus e com o meu dileto conterrâneo José Jansen Ferreira, fiz restaurar a estante, transferindo-a da Biblioteca Pública para o Museu, onde ocupa a melhor sala, com o merecido destaque. Sinal de que temos também conosco um alto testemunho do carinho argentino ao grande brasileiro.

Assinale-se ainda que, entre os grandes amigos de Gonçalves Dias, inclui-se um poeta argentino, D. Carlos Guido y Spano, autor de uma excelente crítica aos *Segundos cantos*, de nosso patrício.

Esse amigo argentino, impressionado com o tom veemente e ríspido do poema "Palinódia" teria levado Gonçalves Dias a escrever outro poema, "Retratação" em que suplica à sua amada, Ana Amélia Ferreira Vale:

> Perdoa as duras frases que me ouviste:
> Vê que inda sangra o coração ferido,
> Vê que inda luta moribundo em ânsias
> Entre as garras da morte.

E é para o mesmo poeta, também desterrado, que Gonçalves Dias escreve "A um poeta exilado":

> Também vaguei, Cantor, por clima estranho,
> Vi novos vales, novas serranias,
> Vi novos astros sobre mim luzindo;
> E eu só! e eu triste!

A amizade de D. Carlos Guido y Spano, abrindo espaço à divulgação da obra de Gonçalves Dias na Argentina, não conseguiu associar para sempre o nome de Gonçalves Dias à *Canção do exílio*, na memória de Jorge Luis Borges. A glória é assim mesmo. Já Jules Renard sussurrava, numa das reflexões de seu *Journal*:

– Todos nós seremos esquecidos.

Vale a pena lembrar aqui outro episódio, este a favor da memória do nome do poeta brasileiro. Quando um jovem mestre peruano, Ricardo Palma, de viagem para a América do Sul, embarcou no Havre, trazia para ler a bordo, ofertado por seu autor, a edição dos *Cantos* de Gonçalves Dias, impressa em Leipzig. Leu-lhe os versos com emoção, ao longo da comprida viagem. De volta ao Peru, tratou de divulgá-los. E toda uma corrente de poetas românticos ali se deixou seduzir pelos poemas de Gonçalves Dias. Sinal de que a glória tem também as suas surpresas e caprichos, que devemos aceitar e compreender.

Certa vez, no interior de Minas Gerais, uma pesquisadora meticulosa, D. Alexina de Magalhães, recolheu na tradição popular esta quadra perfeita:

> Nossa Senhora faz meia
> Com linha branca de luz:
> O novelo é a Lua Cheia,
> As meias são p'ra Jesus

Ora, essa quadra admirável, de autor anônimo, tem autor conhecido: o poeta português Antônio Nobre, e pode ser lida no *Só*, nas quadras às Raparigas de Coimbra.

Como os quatro versos saíram do livro para a tradição popular? Eis o segredo: foram eles musicados pelo guitarrista Hilário, que os cantou sentidamente, copiosamente, transferindo-os à memória do povo, sem que este guardasse o nome de seu autor.

Não sabe Jorge Luis Borges quem é o autor da *Canção do exílio*? Não nos espantemos por isso. O próprio Borges, um dia, será também esquecido – quando outras gerações vierem, com outro gosto, outras aspirações. A ronda da glória é mesmo assim. Guardar-lhe-ão certamente a prosa e o verso, por força da tenacidade com que as obras-primas afluem à tona de nossa consciência, em busca de outros instantes de luz.

Entretanto, tenho aqui à mão outro consolo melhor, no testemunho de outro maranhense, Aluísio Azevedo, numa página de reminiscências incluída no volume *Demônios*, em 1893.

Conta-nos o romancista que, na sua juventude, em São Luís, foi passar o domingo no sítio de um amigo, à margem do rio Anil. Na volta, ao cair da noite, viajando numa canoa, na companhia do dono do sítio e de uma jovem, viu o amigo, indignado, verberar o governo da província, que consentia no gasto de dinheiros públicos para erigir-se uma estátua ao poeta Gonçalves Dias:

– Para porem aquele boneco, em cima daquela palmeira, houve dinheiro; mas, para construírem o trapiche da Rampa Campos Melo, não há dinheiro. É por essas e por outras que o Maranhão não vai para a frente.

Debalde Aluísio argumentou que o boneco era um grande poeta.

E o outro, no mesmo impulso da indignação:

– Um poeta. Um poeta. E para que serve um poeta?

Nisto, à claridade do luar que vinha raiando, a jovem se pôs a cantar, numa bonita voz sentimental:

> Se queres saber os meios
> por que às vezes me arrebata
> nas asas do pensamento
> a poesia tão grata...

Fez-se silêncio. Um frêmito de emoção passou pelos passageiros da canoa. E o senhor indagou:

– De quem são esses versos?

E Aluísio, ao ver que ninguém sabia responder:

– Daquele poeta.

E extraiu esta conclusão, que bem pode ser aplicada ao pequeno episódio de Jorge Luis Borges: "O maior preito que se pode render a um poeta é repetir-lhe os versos, sem indagar quem os fez.".

# DE PAI PARA FILHO

*27 de janeiro de 1987*

O episódio, contado nas biografias de Alexandre Dumas, parece verdadeiro. Se não é verdadeiro, é pelo menos plausível por ajustar-se ao temperamento extrovertido do criador de *Os três mosqueteiros*.

Conta-se que, por ocasião da estreia de uma das peças de Alexandre Dumas Filho, o velho Alexandre Dumas, alto, gordo, ruidoso, batia palmas com tanto ardor, que um de seus amigos, com a mordacidade na ponta da língua, se voltou para ele, e perguntou-lhe:

– É o autor da peça?

E Alexandre Dumas, continuando a bater palmas:

– Não. Mas sou o autor do autor.

Que um pai aplauda o filho, nada mais natural. O inverso é que, normalmente, custa a acontecer. A geração mais nova, com outras motivações, outros objetivos, outra sensibilidade, tende a encontrar seus próprios valores, ajustados a uma nova concepção de arte e de vida, bem diversa da arte e da vida que marcaram a passagem da geração anterior.

Filho de poeta, e também grande poeta, Alberto da Costa e Silva vai passando a vida a zelar pela glória de seu pai. Embora tenha o seu espaço demarcado na história da poesia brasileira, da Costa e Silva não estaria tão presente, nessa mesma poesia, sem o cuidado de seu filho, que lhe reuniu, por duas vezes, toda a obra poética, em edições esmeradas, a que deu o zelo do confronto, no cotejo das edições em vida do autor, e mais o texto da introdução elucidativa, que abre caminho para o conhecimento de um dos mais altos poetas de língua portuguesa.

Quando o centenário de da Costa e Silva, ocorrido em 1985, foi comemorado em todo o Brasil deveu-se isto, em boa parte, a esse carinho de seu filho. Alberto da Costa e Silva, se não pode dizer, batendo palmas, como Alexandre Dumas, que é o autor do autor, compraz-se em proclamar, orgulhoso, de olhos úmidos, que o autor é seu pai. Junta à admiração a ternura. Ao desvanecimento o carinho filial.

Mas a verdade é que da Costa e Silva, caso houvesse vivido até o ano em que Alberto da Costa e Silva publicou o seu primeiro livro de poemas, *O parque*, 1957, teria direito a levantar-se, entusiasmado, para aplaudir o filho poeta. Daí em diante o jovem poeta vai seguir por dois caminhos: um, na carreira diplomática, culminada por sua investidura no posto de embaixador do Brasil em Lisboa; outro, na literatura, como um dos mais importantes poetas de sua geração, culminando com a publicação, em Milão, em 1986, de *As linhas da mão*, antologia de toda a sua obra, com estudo introdutório de Luciana Stegagno Picchio.

De modo expressivo e intencional, o volume abre com o mais famoso poema de da Costa e Silva, "Saudade", publicado pela primeira vez no livro *Sangue*, do grande poeta, em 1908. A seguir, vêm os poemas de Alberto da Costa e Silva, relativos ao período de 1950 a 1985. Como 1950 é o ano da morte de da Costa e Silva, a obra do filho como que continua a obra do pai, sem solução de continuidade: o rio de poemas, que começou a correr em 1908, prolonga-se no rio que lhe recolhe o veio lírico, e lhe dá prosseguimento, como a obedecer-lhe a linha de grandeza.

O poema "Elegia", de Alberto da Costa e Silva, corresponde, assim, à confissão desse prolongamento de torrente poética:

> Sofrer esta infância, esta morte, este início.
> As cousas não param. Elas fluem, inquietas,
> como velhos rios soluçantes. As flores
> que apenas sonhamos em frutos se tornaram.
> Sazonar, eis o destino. Porém, não esquecer
> a promessa das flores nas sementes dos frutos,
> o rosto de teu pai na face de teu filho

Luciana Stegagno Picchio chama a nossa atenção, no seu texto introdutório, para o fato de que, em Alberto da Costa e Silva, convergem dois ramos portugueses – um, pelo lado paterno; outro, pelo lado materno – e que unem o norte ao sul, na geografia da formação brasileira, e a que não são estranhos os elementos negro e índio, além de uma participação francesa que se entroncaria em Corneille.

Isso explicará certamente, na poesia de Alberto da Costa e Silva, certo requinte do verso, de espírito aristocrático, em harmonia com a motivação popular, transparente em vários de seus poemas.

Enquanto não se aclaram devidamente tais mistérios de ordem biológica, cumpre-nos reconhecer, como o próprio poeta:

> Quando provamos um fruto, acre ou doce,
> é nosso o seu sabor, é nosso este segredo
> que cada cousa oculta e nos recusa a posse
> e sob a polpa densa e a muralha da carne
> se abriga, defeso.

Onde aí se lê o fruto, convém ler a árvore, ou seja: o poeta, que nos dá o seu poema sem mostrar o que há de recôndito e privativo no seu próprio mistério. Mistério que não existe apenas para nós, como realidade objetiva, mas para o próprio poeta, como realidade subjetiva.

É interessante observar que a geração literária a que pertence o poeta de *As linhas da mão*, sucedendo também à geração modernista, desprendeu-se desta na vocação revolucionariamente renovadora, para ser essencialmente conservadora, quase clássica, no ajustamento do verso à lição de poesia que vem de fontes mais distantes e mais puras.

Nesse ponto, a poesia de Alberto da Costa e Silva nos dá a impressão de saltar uma geração literária, para ir buscar nos requintes da poesia simbolista – como ritmo, como poder de expressão, como conciliação da palavra oral e de seu significado – a verdadeira ascendência requintada. Vale dizer: para inserir-se no legado de arte da poesia de da Costa e Silva.

Não seria outra a lição de Manuel Bandeira, naquilo que a poesia do grande poeta exprime, não o impulso de uma geração beligerante, como seria a sua, mas o impulso de ordem individual. Contou-me o mestre de *A cinza das horas* (e eu registrei nossa conversa no meu *Diário da tarde*) que, após escrever, ainda moço, creio que em Clavadel, o seu soneto sobre Camões, enviou-o ao poeta português Eugênio de Castro, sem que o mestre de *Oaristos* houvesse acusado o seu recebimento.

Talvez que o grande poeta simbolista tenha querido exprimir com o seu silêncio a divergência entre a sua geração e a geração que vinha logo a seguir, ainda em busca de si mesma.

Alberto da Costa e Silva poderia ter recitado seus versos a da Costa e Silva, sem que este os aprovasse. Porque já trazia em si uma expressão própria, que era a continuidade na divergência, o prolongamento na singularidade. Na verdade as águas do mesmo rio de poesias já seguiam um curso próprio, espelhando outros céus, outros ramos e outros pássaros.

Jean Cocteau costumava dizer que, embora houvesse mudado de galho, nas sucessivas experiências de sua poesia, nunca mudara de árvore. A árvore era a mesma, os galhos é que eram diferentes, conservando a mesma seiva.

A antologia poética de Alberto da Costa e Silva, publicada há poucos meses em Milão, com seu texto original e sua tradução italiana, mostra-nos o itinerário do poeta, também fiel à lição de Cocteau.

# A LIÇÃO DE NELSON RODRIGUES

*12 de abril de 1988*

Quando um crítico teatral como Sábato Magaldi, com a responsabilidade de uma longa militância na apreciação de nossa literatura dramática, faz de um autor contemporâneo o objeto de seu julgamento definitivo, abrangendo-lhe toda a obra, é que esse autor e essa obra já passaram ao plano da consagração histórica.

Entretanto, mais do que o pretexto e o tema de um livro, Nelson Rodrigues é, hoje, para Sábato Magaldi, o tema central de uma tese de livre-docência, na Universidade de São Paulo.

O livro agora publicado – *Nelson Rodrigues:* dramaturgia e encenações – vem da tese universitária, sem ser a própria tese, por força da realidade mais ampla, que é o livro, como estudo de conjunto.

A circunstância de ter sido convidado pelo próprio Nelson Rodrigues, para prefaciar a sua obra dramática, numa edição da Nova Fronteira (ainda em curso de publicação), deu a Sábato Magaldi a motivação básica para empreender o grande ensaio crítico-histórico que essa obra dramática reclamava.

E é esse ensaio que eu gostaria de louvar, nesta oportunidade, para nele reconhecer o estudo que Nelson Rodrigues realmente merecia.

Taine, ao apreciar a vida e a obra de Dickens, na sua *Histoire de la littérature anglaise* [*História da literatura inglesa*], reconhece que uma das desvantagens de quem escreve sobre um autor vivo é que este está em condições de contraditar o seu crítico ou o seu biógrafo.

No caso de Nelson Rodrigues, Sábato Magaldi começou a estudar-lhe a obra ainda em vida do grande dramaturgo. Se veio a concluir o seu estudo depois da morte do escritor, nem por isso se alterou a sua compreensão global do legado literário do mestre de *Vestido de noiva*. E por esta razão singular: pertencia Nelson Rodrigues à linhagem dos escritores que dão ensejo, ainda em vida, a que lhe antecipemos a glória póstuma.

Até onde vai a claridade da memória, nesta volta ao meu mundo de lembranças, estou vendo o pintor Santa Rosa, na avenida Rio Branco, sobraçando um rolo de papel datilografado, e ele me diz, sem tirar do canto da boca o cigarrinho ornamental:

– Estou levando aqui uma obra-prima do teatro brasileiro. É *Vestido de noiva*, do Nelson Rodrigues. Li a peça, sem parar, ontem de noite, e vou fazer-lhe o cenário, para ser montada no Teatro Municipal.

Há outras primas que se impõem à nossa admiração de modo fulminante. Outras, esquivas, misteriosas, reclamam a coadjuvação do tempo. E há também aquelas que, mesmo com o passar do tempo, ainda permanecem enigmáticas, retraídas, à espera de um espírito afim, com predisposição especial e pessoal para lhes sentir o valor.

Góngora esperou três séculos para que um Alphonso Reyes, um Dâmaso Alonso, debruçados sobre o texto das *Soledades*, descobrissem ali a obra-prima. O tempo não bastou: foi preciso que houvesse olhos profundos, capazes de ir além da leitura superficial, para encontrarmos no subsolo, escondida, a pepita de ouro.

No caso de *Vestido de noiva*, o reconhecimento da obra-prima foi instantâneo. No entanto, a peça de Nelson Rodrigues estava longe de ser uma peça de fácil percepção. Reclamava a experiência de um verdadeiro leitor de teatro, capaz de ir além da primeira visão de seu texto, para surpreender-lhe os valores dramáticos na composição do espetáculo, de que esse texto seria apenas o esboço, o ponto de partida, e também a inspiração.

Santa Rosa, visual por excelência, como pintor, e homem de teatro, como cenógrafo, viu com rapidez, em *Vestido de noiva*, tudo quanto a peça significava na sua polivalência dramática. Daí o seu entusiasmo. Mais que isso: a sua excitação criadora. Aquele entusiasmo irreprimível que faz que o cenógrafo, o diretor, o intérprete de uma peça, o maquinista, o iluminador, até mesmo o ponto, assumam a condição de coautores, para que o texto teatral exista como realidade cênica, na emoção e na catarse dos espectadores.

Entretanto, para Nelson Rodrigues, *Vestido de noiva* era mais do que a obra-prima, o ponto culminante de seu gênio de criador literário. Ia ser a peça que criaria o próprio Nelson Rodrigues, dando-lhe, de repente, a posição preeminente e singular de grande figura do teatro brasileiro. A sua maior figura. Aquela que não se limitaria a criar uma peça, mas várias peças, uma sucessão de peças, todas elas marcadas pela implacabilidade trágica da vida.

Vem a propósito associar a figura de Nelson Rodrigues à figura de Pirandello. Pirandello partiu de uma experiência pessoal, que lhe dava a irrealidade na realidade, para chegar à verdade de cada um. Ou seja: uma realidade própria, urdida de surpresas espantosas, nas quais são os personagens que andam em busca de autor.

Nelson Rodrigues há de ter sido marcado, à hora de sua formação e de seu nascimento, por aquilo que Unamuno definia como o sentimento trágico da vida. A tragédia associou-se ao seu destino, como uma componente biográfica – desde a morte do pai até ao drama pessoal, quase a resvalar no desfecho da tragédia.

Ainda bem que o próprio Nelson Rodrigues encontrou na expressão literária, quer como teatrólogo, quer como romancista, ou como cronista de jornal, o processo de transferência que desloca para o romance, a crônica e a peça de teatro a tragédia íntima, recôndita e permanente que o escritor traz consigo, e que reclama a palavra escrita para exprimir-se, sem comprometer o próprio escritor.

Nesse ponto, Nelson Rodrigues não é apenas o nosso maior autor teatral – é também a personalidade que mais forte contingente de tragédia conseguiu trazer em si, à revelia do risco com que soube também marcar o seu caminho, sobretudo na crônica de jornal.

Quem lê a biografia de Pirandello, acompanhando a sucessão de partidas que o destino lhe pregou, não tarda a reconhecer que a obra e a vida do escritor se misturam, a ponto de não se poder discernir o que foi mais pirandelliano – se a vida, se a obra de Pirandello.

A chave do teatro de Nelson Rodrigues é também a vida de Nelson Rodrigues, na multiplicidade de situações a que ele soube contrapor o seu poder de criar literariamente.

O livro de Sábato Magaldi, conquanto mais uma visão crítica que uma síntese biográfica, nem por isso se exime da biografia para nos dar a síntese valorativa da obra do escritor. Passa a ser mesmo um texto fundamental, tanto para a história crítica do teatro brasileiro quanto para a explicação do próprio Nelson Rodrigues, na singularidade de sua patética aventura humana.

# A MENSAGEM DE
# FERNANDO PESSOA

*24 de junho de 1988*

Aos poucos, vagarosamente, vai Fernando Pessoa abrindo o seu caminho de grande poeta no público francês. Dir-se-á: não é sem tempo. Sim, de acordo: é assim mesmo a glória literária.

Esta, como se sabe, nada mais é do que o esquecimento adiado. Por mais que se iluda a vaidade dos poetas, e também a dos prosadores, sempre chega um momento em que muda o gosto, muda a moda, mudam os valores, enquanto se desfazem as glórias eternas, que não seriam tão eternas quanto supunham os seus devotos.

Convém não esquecer que Camões, o grande Camões, o imperecível Camões, chegou a passar maus pedaços, em Portugal, em data não muito distante, a despeito de tantos estudos sobre o poeta e os seus poemas.

Ao tempo das análises lógicas, nos cursos de segundo grau, quem deixou de odiar Vieira ou Gil Vicente, Bernardes e Camilo, e o próprio Camões? A repulsa que nos advinha na época da farda do ginásio, prosseguia com o adulto pelo resto da vida. Só o acaso da maturidade, revelando-nos a beleza insuspeitada dos textos repelidos, nos faz voltar atrás para por fim admirá-los.

Lembram-se do famoso diálogo de Gide e Claudel, em que Claudel teria perguntado ao mestre de *L'Immoraliste* se conhecia algum poeta que fosse mais chato que Virgílio?
E Gide, baixo:
– Bem, Homero.
A glória literária é sujeita a flutuações, quer de épocas, quer de indivíduos. Vejam a opinião de Goethe, nada lisonjeira, sobre Victor Hugo, nas *Conversações com Eckermann*. Dois gênios, cada qual com seu espaço, dissentindo sobre os valores recíprocos, como se esses valores trouxessem em si as variáveis do gosto e da compreensão.
Shakespeare, com toda a sua grandeza, não sensibiliza a inteligência de Tolstoi, que o pôs de lado, negando-lhe a preeminência.
Convém lembrar também que há escritores que são privativos de uma língua. Por mais que lhe ampliem o horizonte, transferindo-o a outras línguas, sempre será refratário a essa transferência, que lhe atenuará a grandeza. Eça de Queirós, a esse propósito, vale por um bom exemplo: é bem o escritor da língua portuguesa, no seu estilo, na sua ironia, e dela não poderá apartar-se, à revelia do cuidado e da competência com que tem sido traduzido. Sempre faltará, no contexto da tradução, algo que constitui a peculiaridade do escritor, na essência de sua singularidade.
No que concerne à poesia, mais difícil será a tradução. No verso, a língua tem uma sonoridade, um ritmo, um poder de expressão que se volatiza na mudança de idioma. A mudança altera-lhe a cadência, muda-lhe o poder de sugestão oral, desfigura-lhe a comunhão misteriosa da palavra com a sua expressividade auditiva, nos limites do poema.
Ora, Fernando Pessoa tem, em seu favor, como grande poeta, a universalidade de sua poesia. Podemos mesmo dizer que, em virtude da condição lusíada, há na sua poesia uma vocação imperial, que lhe amplia prodigiosamente o poder de comunhão humana.

A glória do mestre português, como realidade histórica, nos dá a impressão de ser uma glória póstuma. Conquanto, ainda em vida, lhe tenham reconhecido a grandeza, esse reconhecimento, na sua dimensão atual, é posterior à morte de Pessoa. Tem mesmo um marco de singular importância: o estudo que lhe consagrou João Gaspar Simões, ampliado na sua primeira grande biografia. Daí em diante sucedem-se os ensaios críticos em torno do poeta e de sua poesia, tudo colimando por lhe dar uma importância e um relevo que o aproximam do altiplano em que situamos Camões.

É sabido que Antônio Nobre, consciente do valor e da significação excepcional de sua poesia, confessou a um amigo, também escritor, Alberto d'Oliveira, seu companheiro de Coimbra:

– Daqui a cem anos, em matéria de poesia portuguesa, só se falará em mim e no Luís.

Esse Luís, nomeado com tanta intimidade, era Luís de Camões...

Entretanto, já quase transcorridos os cem anos (o grande livro de Antônio Nobre, *Só*, veio a lume em 1896), é Fernando Pessoa que parece compartir com Camões a eminência que o mestre simbolista vaticinava para si mesmo, com tanto desembaraço e convicção.

A publicação, este ano, de uma das obras capitais de Fernando Pessoa, *Mensagem*, em edição bilíngue, em Paris, sob os auspícios da Unesco, entre as obras representativas da humanidade, confirma plenamente a universalidade da poesia do mestre português.

No prefácio especialmente escrito para essa edição, o embaixador José Augusto Seabra acentua judiciosamente, com a sua autoridade de grande crítico e de profundo estudioso da obra de Fernando Pessoa, a importância da iniciativa: "Há livros que, pela sua universalidade, pertencem a todos os povos, tanto como a uma literatura, uma língua, uma pátria.". E conclui, linhas adiante: "Tal é o caso de *Mensagem*, texto emblemático entre todos, de um patriotismo universalista, aberto a interpretações e a significações infinitas.".

Para que um autor subsista, rompendo as camadas do tempo, torna-se necessário que sensibilize sucessivamente as gerações mais novas, único meio de alcançar a perdurabilidade excepcional. E é esse, precisamente, o caso de Fernando Pessoa, desde o momento em que seu legado de arte encontrou a ressonância necessária nos espíritos matinais.

Afrânio Peixoto costumava dizer que, para qualquer de nós, o grande poeta é aquele que nos encantou na juventude. O resto da vida ele a fará conosco, tanto pela circunstância de que é a nós mesmos que encontramos nas releituras quanto pelo fato de que há sempre um novo poema a nossa espera, a cada nova leitura de nosso poeta predileto.

Creio que podemos dizer, sem receio de erro, que *Mensagem* corresponde a *Os lusíadas*. *Os lusíadas* à maneira de Fernando Pessoa. Ou seja: uma visão do mundo, do ângulo de seus heróis portugueses. Cada um desses heróis é uma parcela de universalidade, sem deixar de ser genuinamente lusíada. Ou por isso mesmo. Tal há de ser o sentido do poema, como unidade histórica e como unidade de composição poética.

É também o embaixador Seabra quem nos elucida, a propósito do título do poema. Este, que teria sido primitivamente "Portugal", foi mudado para "Mensagem", – mas não com o sentido usual desta palavra, e sim com o sentido secreto de sintagma latino de que derivaria anagramaticamente: *mens agitat molem*. Ou seja: é o espírito que move a matéria.

Transposto para a língua francesa, o poema de Fernando Pessoa retoma a sua viagem natural pelas sete partidas do mundo. Traz consigo o seu mistério. Com esta singularidade a mais: a transparência verbal, que nos leva irresistivelmente a sucessivas leituras.

Porque os grandes poetas reinauguram o mundo, sempre que nós, como leitores, nos reencontramos com os seus enigmas, para ter a perene ilusão de que afinal os deciframos.

## BIBLIOTECA ÍNTIMA

"IGUAL AO PRAZER DE COMPRAR LIVROS DURANTE O DIA, CONHEÇO APENAS ESTE: O DE LÊ-LOS PELA MADRUGADA."

# UMA CHAVE LITERÁRIA

*1955*

Conta Sarmiento, em *Mi Defensa*, que, nos seus verdes anos, ao tempo em que trabalhava numa casa de comércio, se aproveitava da circunstância de ser escassa a freguesia da loja para encher o tempo com leituras.

Um beata, animada de boa intenção, procurou, por esses dias, a mãe do futuro mestre de *Facundo* e de *Recuerdos de Província* [*Lembranças da província*], para dizer-lhe, numa intriga de velha:

– Seu filho vai acabar libertino.

– E por que, senhora?

– Porque já faz um ano que todos os dias, a qualquer hora que passo por aqui, sempre o encontro lendo, e não hão de ser bons livros os que tanto o entretêm.

Ao ler esse episódio, lembrei-me do que ocorreu comigo, em 1935, na Biblioteca Pública de São Luís do Maranhão, quando ali passei minhas férias, vivamente deslumbrado, como criança em loja de brinquedos, com os 3 mil volumes da biblioteca particular de Humberto de Campos, recentemente adquirida pelo estado do Maranhão à família do grande cronista e acadêmico.

Correia de Araújo, diretor da Casa, por mais de uma vez mandou verificar, na minha mesa, o que era que eu estava lendo. E não contente das informações prestadas por seus subalternos veio ele próprio, uma noite, espiar por trás de meus ombros o livro que me prendia a atenção:

— Eu jurava — disse-me ele, rindo, num abraço afetuoso — que estavas agarrado, aí no teu canto, com *A carne*, *O cortiço* ou *As noites da virgem*. E vejo estás com as *Promenades Litteraires*, de Remy de Gourmont. Larga isso, menino! Vai ler romances!

Correia de Araújo, grande poeta e grande companheiro, envelheceu boêmio. A direção da Biblioteca Pública não lhe deu gravidade nem sisudez. Por seu feitio expansivo e jovial, ele gostaria de me haver encontrado, não com um livro de ensaios, mas com um romance de linha fescenina, para zombar de minha adolescência, numa vaia literária em termos.

Mal sabia ele que, nessas leituras de juventude, eu estava encontrando os caminhos de minha formação literária.

Devo a Humberto de Campos a lição póstuma que recolhi, entre 1934 e 1935, nos volumes de sua biblioteca particular. E se algo consegui realizar, no sentido de conciliar o meu futuro com o sonho desse tempo, tudo me veio do encontro com esses livros do ensaísta de *Carvalhos* e *Roseiras*.

Humberto me ensinou a fazer da leitura literária uma fonte de estudo, mais do que um motivo de recreação. Cada volume que lhe passou por baixo dos olhos míopes e atentos, o escritor soube anotá-lo, estabelecendo correlações e reparos. À margem do texto, escrevia a palavra que recolheria, no seu fichário meticuloso, a leitura meditada. Um colchete feito a lápis, marcando o trecho de seu lembrete, ajustava-se ao cabeçalho da ficha, com uma exatidão de arquivista.

Obrigado a aprender sozinho, Humberto não lia: estudava os textos, mesmo nas obras de ficção. E nisto residiu o segredo de seus apropósitos, nas páginas que lhe fluíam da pena límpida. Suas leituras não se perdiam na areia movediça da memória: eram vigas sólidas, plantadas firmemente em seu fichário de escritor.

Guardei essa lição para o resto da vida. E nunca mais pude pôr meus olhos num livro sem ter na mão um lápis para ir deixando, no caminho percorrido, as marcas de minha passagem.

É possível que, com esse passo vagaroso, eu tenha andado menos. Mas posso afirmar que, nas estradas por onde andei, tive tempo de olhar as árvores e de ouvir os pássaros que cantam no alto das ramagens...

# UMA HISTÓRIA UM TANTO FANTÁSTICA

*6 de dezembro de 1955*

*S*empre que alguém, nas rodas em que me encontro, se lembra de narrar um caso fantástico, retiro da memória o que se passou comigo, aqui no Rio de Janeiro, ali na rua São José, na Livraria do Carlos Ribeiro – e deixo os meus ouvintes espantados, na mudez provisória das boas emoções.

E vamos ver se, hoje, aqui no papel, consigo passar adiante a crispação desse arrepio, a fim de que os leitores possam concluir, como Hamlet a Horácio, que há mais coisas no céu e na terra do que sonha a nossa filosofia.

Como na velha cantiga, devo dizer, para começo de conversa, que eu conto o caso como o caso foi.

Por esse tempo eu andava às voltas com umas pesquisas literárias sobre as fontes de Antônio Nobre. Boa parte do *Só*, do grande poeta português, eu havia conseguido deslindar, no mistério de suas raízes, através da tradução portuguesa do *Hamlet*, do rei D. Luís. E lograra decifrar alguns de seus enigmas – a começar pelo título do livro, que Nobre explicara assim:

Só é o poeta-nato, o lua, o santo, o cobra!

Mergulhando nas matrizes líricas da língua portuguesa, eu havia descoberto, através de confrontações pacientes, os contatos de Antônio Nobre com a poesia tradicional. E de tudo ia fazendo um pequeno ensaio, que depois aglutinei em volume.

Mas havia um ponto que vivamente me interessava e para o qual, por mais que investigasse, nada conseguira encontrar, como documento literário.

E a esta altura eu vos peço, à maneira de Machado de Assis num de seus contos, que redobreis de atenção.

Antônio Lopes da Cunha, meu professor de literatura, me havia falado, numa das aulas do Liceu Maranhense, em São Luís, de um estremecimento de relações entre Guerra Junqueiro e Antônio Nobre, porque o primeiro atribuía influência de *Os simples* no *Só*, não obstante a circunstância de terem sido os dois livros publicados no mesmo ano, um em Lisboa, outro em Paris.

Onde descobrir, para essa alusão do mestre, um testemunho ou uma referência escrita, que eu pudesse aproveitar no meu trabalho?

Era numa terça-feira, ao fim da tarde.

Na rua São José, quase em frente à Galeria Cruzeiro, encontro-me com um velho amigo e conterrâneo, também discípulo de Antônio Lopes, de nome Antonio Oliveira – grande companheiro, coração imenso, grande alma, e interessado por velhos livros e assuntos literários.

Pergunto-lhe se conhecia alguma coisa sobre o problema que me preocupava e se tinha lembrança de alusão de Antônio Nobre. E ouço que nada sabia.

E como a tarde fosse vadia, descemos os dois a rua longa, na visita habitual às livrarias de segunda mão.

Na loja do Carlos Ribeiro, dou com os olhos numa fileira de livros velhos, acabados de chegar. E estendo o braço para apanhar, nessa fileira, o *Horto*, de Auta de Souza, numa bela encadernação vermelha. E abro o livro, para ler ao meu companheiro uma frase de Olavo Bilac no prefácio ao volume.

Nesse instante, vejo entre as folhas um recorte do *Jornal do Comércio*. Um recorte amarelecido pelo tempo. Trato de desdobrá-lo, com uma ponta de curiosidade.

E o que me salta do papel antigo é uma entrevista de Joaquim Leitão com Guerra Junqueiro, contendo exatamente todos os dados de que eu necessitava para o meu trabalho. E trazia esta data, no alto da página: 22 de maio de 1924.

Fiquei arrepiado e mudo.

E ainda hoje é assim que fico, sempre que, na arrumação de meus alfarrábios, encontro esse recorte.

Não vos parece que no céu e na terra há, em verdade, mais coisas do que sonha a nossa vã filosofia?

# UM MILAGRE DE CAMÕES

*3 de março de 1956*

Numa pequena monografia sobre o Real Gabinete Português de Leitura, que a *Revista do Serviço Público* divulgou em julho de 1955, conta o sr. Artur Faria o episódio pitoresco de devoção religiosa que assistiu numa das vezes em que, consulente da soberba biblioteca, ali se encontrava na companhia dos velhos livros.

Verdadeiro templo literário em rigoroso estilo manuelino, o Real Gabinete Português de Leitura transmite, ao primeiro relance, uma impressão de catedral, nas linhas severas de sua frontaria de pedra.

Ao transpor-se o átrio do edifício, deixando para trás a pequena grade de ferro que confina com a calçada da rua e subindo os quatro degraus da pequena escada de acesso ao prédio, mais se acentua a impressão de que, abandonando o adro, estamos, agora, no interior da igreja: o amplo salão que se rasga diante de nosso olhar é uma nave eclesiástica, com os bustos de poetas e prosadores tomando o lugar das imagens e, ainda, com as altas estantes semelhando vitrais no colorido quente das encadernações antigas.

Numa hora de pouco movimento, assomou ao salão uma senhora, que se fazia acompanhar de dois garotos. De passo inquieto, acercou-se do busto de Camões. E logo se ajoelhou, ladeada pelas crianças. Assim prosternada, em profundo recolhimento, permaneceu durante alguns minutos. E a seguir, visivelmente aliviada pela oração, voltou a levantar-se, segurou em cada mão um dos meninos e abandonou o Real Gabinete Português de Leitura, de passo lépido e confiante, sem perceber, no transe de sua devoção, que se havia equivocado de santo e de lugar.

Dizia Eça de Queirós, em certo passo da *Correspondência de Fradique Mendes*, que duas mãos postas com legítima fé serão sempre tocantes, mesmo que se ergam para um santo tão afetado e postiço como São Simeão Stilita.

A mulher que penetrou no Real Gabinete Português de Leitura, supondo que estava numa igreja, e prosternou-se diante de Camões, certa de que se ajoelhava perante a imagem de um santo, elevou a alma ao céu, não obstante os equívocos em que laborou ao compasso de sua aflição.

Por acaso não teria ela notado que, em vez do resplendor dos bem-aventurados, há na cabeça do poeta uma coroa de louros? E nem ao menos reparou que era cego de um olho, ao contrário do que ocorre com a generalidade dos santos, que têm perfeito os órgãos da visão?

A resposta a essas perguntas pode ser dada por este trecho de Lemaitre no famoso artigo em que zombou de Renan na Sorbonne: "Felizmente se vê o que se quer, quando se olha com os olhos da fé, e a pobre humanidade tem, apesar de tudo, a bossa da veneração.".

A mulher aflita viu um santo no Poeta, por força de sua angústia e de sua devoção. E abriu-lhe a alma atormentada, pedindo o seu amparo diante de Deus.

Se não falham as lendas e tradições, as esculturas sabem também guardar o calor das vibrações humanas, como os santos que a nossa fé coloca nos altares.

Em 1670, em Charing-Cross, a estátua de Carlos I, à passagem do cortejo fúnebre de um dos desafetos do monarca, moveu a cabeça, em sinal de desagrado. E ainda no mesmo século, doze anos antes, na Bolsa de Londres, a estátua de Guilherme, o Conquistador, ainda fizera melhor, porque havia sacudido a espada, com o braço erguido, num gesto singular de valentia póstuma.

Camões, no alto de seu pedestal de pedra, no Real Gabinete Português de Leitura, bem pode ter dito à dama que se ajoelhou diante de seu busto, apenas para que ela o ouvisse, num doce milagre sem testemunhas, um dos poemas de seu tesouro lírico.

Por exemplo: aquele madrigal palaciano, escrito a uma dama que rezava por umas contas. E que diz assim:

> Peço-vos que me digais,
> Se as orações que rezastes,
> Se são pelos que matastes,
> Se por vós, que assim matais?
> Se são por vós, são perdidas,
> Que qual será a oração
> Que seja satisfação,
> Senhora, de tantas vidas?

# INSÔNIA DA MADRUGADA

*18 de agosto de 1956*

*I*gual ao prazer de comprar livros durante o dia, conheço apenas este: o de lê-los pela madrugada.

Vai esta frase na cabeça da crônica para explicação de minhas fugas, nestes últimos tempos: umas, para entrar nas livrarias; outras, para mergulhar os olhos nas folhas dos livros precipitadamente abertos.

Felizmente, para a segunda dessas evasões, Deus me deu, desde cedo, as insônias da madrugada.

Eu conto aqui como me chegam essas vigílias antigas e o que significam para mim.

Quando me deito, deixo sempre na mesa de cabeceira os livros que ando lendo. Coloco-os por baixo da lâmpada, na posição de sentinelas literários. E eles formam o que eu chamo a "munição da madrugada".

Nunca experimentei desses sonos profundos, que nos levam da vida para bem longe. Meu sono é um passeio de arredores: ao menor rumor, eis-me restituído à casa e à cama.

Às três da madrugada (às vezes mais cedo, quando Deus é servido), dou comigo a perfurar a escuridão da alcova com os olhos acesos. É em vão que ensaio dormir. Dir-se-ia que as primeiras achas de uma caldeira interior entram a comburir-se. Em poucos instantes, sinto que não poderei tornar ao sono. E principiam as ideias, as imagens, as lembranças, formigando-me a consciência – até que, resoluto, na compenetração de que não dormirei mais, acendo a lâmpada, ergo a cabeça por sobre o travesseiro, empunho um dos livros e principio a leitura.

No silêncio da alcova, o tique-taque do relógio tem a impertinência de um grilo metálico.

Aos poucos, instalo-me nos textos que vão passando sob meus olhos. Contos, poesias, romances, ensaios... Quanta coisa tenho lido, nas minhas insônias teimosas!

Recordo-me haver encontrado, numa velha história da filosofia, a notícia de que Aristóteles, para aumentar as horas de estudo, costumava deitar-se com uma bola de cristal presa na mão. Quando a bola lhe caía dos dedos, no princípio do sono, o filósofo imediatamente despertava e tornava a apanhá-la.

Com este tormento, conseguia dormir pouco e estudar demais.

Jamais segui a lição do filósofo para as vigílias que sempre tive e muito contra a minha vontade. Elas me chegaram, ainda na adolescência. E comigo continuam, nesta fase da maturidade. Não me queixo nem me rebelo. Porque encontrei na leitura a retificação desse desacerto. Leio e me consolo. Não raro me deslumbro. E assim tenho lido muito, deste pouco que sei.

Pela manhã, quando a claridade do dia se insinua por baixo da porta e pela frincha das janelas, apago a lâmpada, cerro os livros, demoro algum tempo na inspeção interior do que acabo de aprender. Então acontece o que não devia suceder: cai-me da mão o livro, e eu vou devagar pelo sono cauteloso, numa fuga instantânea.

E é a ducha fria, daí a pouco, que realmente me desperta para o dia de trabalho.

# ANO-NOVO

*1º de janeiro de 1957*

Para mim, que geralmente durmo pouco, o Ano-Novo começou bem. Eu estava cochilando, com a cabeça apoiada em venerável e soporífero texto clássico, quando me entrou pela sala, despertando-me com estrondo, o Ano que hoje nasceu. Digo que começou bem porque principiou por me restituir ao meu natural, com estes olhos abertos, estes sentidos alertados, esta curiosidade de ouvir e ver.

Lá fora, na noite alta, a algazarra se alastrava, com o dobre dos sinos, a fuzilaria dos foguetes, o soar das buzinas e sirenes, a vibração das músicas festivas, o alarido das multidões.

Caminhei até à janela para estender os olhos sobre a rua iluminada. E logo elevei ao céu, com a simplicidade de meu feitio, para dizer a Deus, num movimento do coração:

– Graças te sejam dadas, Senhor, porque me trouxeste até este instante, com a bondade da tua proteção. Não tenho queixas – tenho graças a te dar. Durante trezentos e sessenta e seis dias, no ano bissexto que lá se vai, nunca deixei de estar na minha mesa de estudo e na minha mesa de trabalho. Dividi o meu tempo entre as minhas obrigações de ordem pública e os meus deveres de escritor. Nos dias certos, escrevi o meu artigo de jornal. Nas horas certas, sempre fui encontrado no desempenho de meus encargos. Dei sentido a uma advertência de Stendhal, porque não fiz estrondar um tiro de pistola no concerto confundindo a política na literatura. Se tenho inimigos, foi mais por eles, que me enxergaram na minha humildade, do que por mim, que não lhes dei muita atenção.

Procuro concentrar-me, num balanço de meus atos e de minhas horas, e posso concluir que não passou por um espírito, nestes doze meses, o fel dos ódios mesquinhos nem o impulso das vinganças miúdas.

De Berlioz se conta que, depois de algum tempo no céu, na suprema graça dos bem-aventurados, terminou por pedir ao Senhor, num suspiro de desalento:

– Basta de ouvir harpa, meu Deus!

Eu não tive aquele prêmio nem me impacientei com as minhas horas. Procurei enxugar as lágrimas que estiveram ao alcance de meu lenço. E apertei lealmente as mãos que mereciam o meu cumprimento. Não saí do Ano Velho aos pulos, como quem deseja tirar de todo o corpo a poeira da estrada que acabou de percorrer. Nem entrei o Ano-Novo com a cara amarrada.

A companheira querida, de quem depende a ordem que reina à minha volta, confesso aquela dívida que Raul Brandão colocou no pórtico de um dos volumes de suas *Memórias*: "Quero dizer-te que te devo o melhor da vida.".

Na noite velha, dou uns passos pela sala, apanho da estante um de meus poetas e inauguro assim o meu Ano-Novo: num canto, com um livro. E quero apenas que seja num canto e com um livro que ele me deixe, quando tiver de ir embora, daqui a doze meses, convertido em Ano Velho.

# A CONVERSÃO DE MARTINS FONTES

*3 de agosto de 1961*

Martins Fontes, em conversa com Alberto de Oliveira, confessou não ter o menor entusiasmo por Machado de Assis. Achava-o frio, sem alma, sem vida.

Dias depois, em visita ao mestre, pediu-lhe que recitasse os seus novos versos. Novos, retrucou Alberto de Oliveira, no momento não os tinha, mas tinha, em compensação, excelente prosa.

E Martins Fontes, ruidoso:

— Tua?

— Se fosse minha, não a chamava de excelente.

— De quem então?

— Sabe-lo-ás depois.

E apanhando um volume da estante, sem deixar que o outro lhe visse o título e o autor, Alberto de Oliveira pôs-se a ler, na sua bela voz acostumada às harmonias do verso:

— "Monsenhor Caldas interrompeu a narração do desconhecido — 'Dá licença? É só um instante.' Levantou-se, foi ao interior da casa, chamou o preto velho que o servia, e disse-lhe em voz baixa: — 'João, vai ali à estação de urbanos, fala de minha parte ao comandante, e pede-lhe que venha cá com um ou dois homens, para livrar-me de um sujeito doido. Anda, vai depressa.' E voltando à sala: – 'Pronto, disse ele: podemos continuar.'"

Martins Fontes, entusiasmado, não se continha na cadeira:
– Bravos! Belíssimos! Um primor! É Bilac!
E mudando de opinião:
– Não é Bilac! É Coelho Neto! Não! É Eça de Queirós! Não, não pode ser! Falta-lhe a ordem direta na construção da frase!

E mais nervoso e impaciente:
– Pelo amor de Deus, mestre, diga-me de quem é essa página! É sublime! É incomparável! Olhe como estão geladas as minhas mãos! Veja como o meu coração bate em desordem! Por favor, diga logo quem é! Diga de uma vez, senão eu rebento: de quem é isso?

E Alberto, interpondo o indicador nas folhas do volume, e a sorrir para o alvoroçado companheiro:
– É um conto de Machado de Assis, "A Segunda Vida".
– Mas é sublime!

E Alberto de Oliveira, concluindo a lição:
– Outro dia disseste-me que o Machado é um escritor frio. A frieza não é dele, é tua. Agora, com a leitura que te fiz, estás curado: podes compreender na sua grandeza o mestre de *Brás Cubas*.

## DOIS FANTASMAS
## NA BIBLIOTECA

*25 de outubro de 1962*

Um leitor extremamente cortês, após a leitura da crônica por mim publicada nesta coluna sobre os fantasmas da Casa do Trem, perguntou-me, pelo telefone, numa voz evidentemente deste mundo, se eu não conhecia fantasmas em outras repartições públicas, aqui mesmo no Rio de Janeiro.

Respondi-lhe que, de momento, não me lembrava de assombrações, além daquelas constantes de minha crônica:

– Mas deve haver outras – acrescentei. – Em casa velha, com um pouco de escuridão, há sempre rato e fantasma.

E só depois é que me recordei de dois fantasmas de nossa Biblioteca Nacional: um, de carne e osso, criado pelas circunstâncias; outro, inventado por mim, para assustar um leitor dorminhoco.

Fui eu que estabeleci na Biblioteca a sua vigilância noturna. Receando que a casa, com as suas instalações elétricas em mau estado, pudesse pegar fogo, fiz que um funcionário passasse a morar ali, com o compromisso de vistoriá-la todas as noites.

E uma noite ia o vigia, com a sua lanterna em punho, subindo a escada que sai do vestíbulo para os pavimentos superiores, quando de repente o cone de luz apanhou lá no alto – era quase meia-noite – a figura esgalgada de uma velha, com um vasto chapéu à cabeça, braços caídos ao longo do corpo, roupa escorrida, uma enorme bolsa pendurada na mão direita.

O primeiro impulso do vigia foi atirar-se à rua, num repelão pânico, os cabelos em pé. Mas a consciência do dever falou mais alto. E ele, empunhando o revólver, com que deveria defender a Biblioteca contra a eventualidade de algum ladrão, levou a arma à altura do rosto, disposto a apertar o gatilho.

Com espanto seu, o fantasma, ante a ameaça do revólver, começou a descer a escada, passo a passo.

Refletindo que de nada adiantava uma bala contra um fantasma, o vigia retraiu um passo para o pé da escada, lívido. E foi a sua salvação. Porque, à medida que a velha descia, ele reconheceu na figura uma doida que, durante o dia, costumava sentar num dos bancos do jardim da Biblioteca.

O outro fantasma é uma invenção minha, de que não tenho arrependimento.

Logo que se instalaram umas boas poltronas de couro no salão de leitura, ali apareceu um senhor gordo, de bom aspecto, interessado em ler um romancista moderno. Armado do livro, espichava-se numa poltrona, tendo o cuidado de afrouxar o laço da gravata e tirar os sapatos. E mal abria o volume, ferrava no sono. E que sono! Um sono espalhado, acompanhado da respectiva zoada: um ronco sibilante, que o vento da avenida Rio Branco parecia ajudar.

Todos os dias, à mesma hora, a cena se repetia. À noite, à hora de fechar a casa, ainda o homem lá estava, dormindo à grande. E era uma luta para despertá-lo. Afinal, estremunhando, punha-se ao fresco. E no dia seguinte estava de volta, para pedir o mesmo livro e espalhar-se na mesma poltrona.

Uma noite, resolvemos prendê-lo no salão. De madrugada, quando ele despertou, ouviu vozes, como Joana D'Arc. E, espantado, ia cair fora, mas se viu fechado e no escuro.

Na manhã seguinte, quando o vigia abriu a porta, o homem saltou dali, muito branco, ainda suando em bicas com o pavor dos gritos que o tinham assustado.

E passou a dormir em casa, deixando em paz o salão da Biblioteca, a poltrona de couro e o romance nacional.

# MEMÓRIAS DA BIBLIOTECA NACIONAL

*19 de junho de 1979*

A pouco mais de um mês, para assistir ao ato da posse de Plínio Doyle como diretor da Biblioteca Nacional, voltei ao gabinete que foi meu há mais de trinta anos, na velha livraria da avenida Rio Branco. Como no soneto de Luís Guimarães Júnior, um gênio carinhoso e amigo me recebeu à entrada do prédio.

E, passo a passo, caminhou comigo.

Não digo que ali chorasse em cada canto uma saudade, como no verso do poeta. Mas sempre esbarrei com algumas recordações profundas, que me fizeram retroceder no tempo, para dar comigo ali, ainda na casa dos vinte anos, como assessor de meu mestre e amigo Rodolfo Garcia.

Pois foi como tal que entrei na Biblioteca Nacional, depois de ter ministrado um curso sobre organização e administração de bibliotecas, nos Cursos de Administração do DASP. Cheguei pela mão de Afrânio Peixoto, que já havia publicado um livro meu na coleção que teria seu nome, na Academia Brasileira de Letras. E estou vendo mestre Garcia, com uma lente e um cachimbo, na mesma sala onde está

hoje Plínio Doyle. Debruçado sobre um manuscrito, que ele próprio decifrava e copiava, Garcia deixou o seu trabalho, e veio apertar-me a mão:
— Quer vir para cá? Ótimo! E gosta de livros? Melhor ainda.

Pertencendo ao corpo de funcionários do Ministério, como Técnico de Educação (por concurso de títulos e provas, no qual não havia feito má figura), contei com a colaboração de Carlos Drummond de Andrade, então na chefia do Gabinete do ministro Gustavo Capanema, para me transferir para a Biblioteca.

O gabinete de Rodolfo Garcia era um pouco mais para trás na mesma ala em que está hoje o gabinete de Plínio Doyle. A mesa de trabalho, a mesma. As mesmas as estantes onde se perfilam os altos volumes da coleção dos *Anais da BN*, por trás da mesa. Não sei se ainda são as mesmas as poltronas ao pé das janelas. O que posso assegurar é que o busto de meu conterrâneo Gonçalves Dias — que pertenceu à coleção de M. Nogueira da Silva — fui eu que o coloquei ali, em cima de uma das estantes, ao tempo em que também me coube dirigir a Biblioteca.

Aquele gabinete, que ficou fechado ao público durante tantos anos, era então escancarado aos que chegavam. Erudito, com o saber na ponta da língua, Garcia estava ali à nossa disposição. Erguia o olhar do livro e do manuscrito e perguntava, olhando-o, o que desejava o visitante.

Estou vendo a senhora de andar martelado que ali chegou, meio trombuda, para lhe indagar de chofre que fazenda Dom João VI havia comprado no estado do Rio, assim que chegou ao Brasil.

E Mestre Garcia, com bom humor:
— Minha senhora, nunca vi tanto anacronismo junto. Primeiro, Dom João VI nunca veio ao Brasil. Quem veio foi o príncipe regente. Também não comprou fazenda no estado do Rio, porque não existia estado do Rio.

E a senhora, já um tanto confusa:

– Na província do Rio de Janeiro...
– Também não existia: era a capitania do Rio de Janeiro.
Tendo traçado as linhas gerais da reforma da Biblioteca Nacional, acabei por dirigi-la, no período de 1948 a 1951. Mas devo o cargo, não a qualquer aspiração de ordem pessoal, e sim às notas más que meu antecessor, um bibliógrafo paulista, tinha posto no meu Boletim de Merecimento, como funcionário da casa. Embora secreto esse documento, dele tive notícia por aviso de uma boa amiga e antiga secretária, D. Jurema de Araújo Clifton. E como eu era assíduo, e competente, e bom companheiro, só tive um meio de cortar o mal pela raiz, antes que o boletim influísse na próxima promoção a que eu tinha direito: tirei o bibliógrafo, que eu próprio levara para lá, e assumi a direção da casa, ainda no período fagueiro dos vinte anos.

O presidente Vargas, quando retornou à Presidência da República, teria tido o cuidado de recomendar ao seu ministro da Educação que me tirasse da Biblioteca. E eu a deixei, realmente, logo no começo de seu novo governo. Por sinal que, seis meses depois de minha saída, foram publicados dois volumes dos *Anais da BN*, correspondentes ainda à minha administração. Logo os mandei ao presidente, com uma carta em que lhe dizia: "Possa Vossa Excelência ver, nesta minha ressurreição bibliográfica, algo à feição do Cid da tradição espanhola, o qual, depois de morto, ainda ganhava batalhas.".

Em consequência dessa carta, distinguiu-me ele com os seus votos, três anos depois, quando me apresentei à Academia Brasileira.

Vargas tinha de mim uma queixa: atribuía-me a autoria dos discursos que, proferidos no Senado em 1946, o levaram a recolher-se ao exílio voluntário de São Borja. O jornalista J. E. de Macedo Soares havia sido o responsável por essa murmuração, no artigo que então publicou, na sua coluna do *Diário Carioca*.

Já diretor da Biblioteca Nacional, recebi, certa vez, a visita de um grupo de parlamentares, aos quais eu pedira apoio para reformar a velha livraria. Entre eles estava Raul Pila. Este, assim que o grupo chegou, atraiu-me para uma janela, e perguntou-me:

– Diga-me uma coisa, só para mim: foi mesmo o senhor que escreveu os discursos que levaram o Getúlio a voltar a São Borja?

Num relance imaginei a resposta que o deixaria na dúvida. E respondi, enquanto ele levava a mão à orelha para ouvir melhor:

– Deputado, se eu tivesse escrito esses discursos, o meu dever era negar. Mas não fui eu que os escrevi.

\* \* \*

Recordo o fato anedótico porque faz parte de meu mundo de reminiscência, no momento em que volto a olhar a mesma janela sobre a rua. Logo outras saudades me refluem à tona da consciência. A de Santa Rosa, que me ajudou a reformar a apresentação material das publicações da casa. Sem ele, eu não teria feito o *Álbum de Theremin*, com que iniciei a divulgação de peças raras de nosso patrimônio iconográfico.

No vestíbulo da BN, ainda estão as vitrinas que Geraldo Gunther confeccionou, na minha administração, para as nossas exposições. Devo-lhe também as vitrinas do Museu da República, no Palácio do Catete. E também todo o mobiliário da Biblioteca Pública de São Luís, que me coube organizar e superintender no governo de Sebastião Archer.

# VISITA À CASA LELO

*17 de março de 1981*

*L*uís Viana Filho, que terá em breve um de seus livros, a biografia de José de Alencar, lançado em Portugal pela Casa Lelo, chamou-me a atenção para o fato de que a tradicional editora portuense está comemorando neste momento um século de existência.

Ora, a Casa Lelo está profundamente associada, desde as suas origens, à cultura brasileira, e tanto pelos mestres portugueses que publicou, disseminando-os na vasta área do antigo mundo imperial, quanto pelos mestres brasileiros, que associou aos mestres lusitanos, como integrantes do mesmo universo intelectual.

A data, como se vê, também nos pertence. Uma grande editora é sempre um serviço público, sobretudo quando faz de sua atividade contínua uma missão superior, no plano da cultura literária.

Na evolução do livro brasileiro, devemos considerar três etapas muito nítidas e marcantes: uma, em que nossos livros vinham da França, e mesmo da Alemanha (a melhor edição de Gonçalves Dias chegou a ser a de Leipzig); outra, em que nossas edições eram feitas em Portugal, e por fim uma nova etapa, mais próxima de nós, e a que temos de associar o nome de Monteiro Lobato, caracterizada pela crescente indústria nacional de nossos livros.

Às pequenas editoras, anteriores a essa última fase, constituíam ilhas ocasionais, de produção reduzida. Por vezes, embora publicando no Brasil, em centros como Rio, São Paulo, Bahia, Pernambuco e Maranhão, essas editoras estavam associadas a iniciativas estrangeiras, como a Garnier e a Francisco Alves.

Machado de Assis foi impresso na França; Coelho Neto, em Portugal; Graciliano Ramos, Jorge Amado, José Lins do Rego, Érico Veríssimo, Rachel de Queiroz, no Brasil. Convém acentuar que o primeiro romance de Lima Barreto, as *Recordações do escrivão Isaías Caminha*, saiu, de início, em Lisboa, em 1909. Mas ainda bem que o *Triste fim de Policarpo Quaresma*, de pitoresco sopro nacionalista, já foi publicado no Rio de Janeiro, em 1915.

Monteiro Lobato, que se contrapôs ao Modernismo de 1922, na verdade é um de seus valores, porquanto com ele verdadeiramente começa o grande surto do livro brasileiro, contemporâneo assim de nossa mais retumbante insurreição literária.

Coelho Neto, que ficaria como a figura representativa da tradição literária que o Modernismo queria superar e suplantar, teve a sua obra, em grande parte, editada, ou reeditada, em Portugal, pela Casa Lelo. Dos cento e poucos volumes que lhe compõem a vasta obra de romancista, contista, teatrólogo, memorialista, novelista, conferencista, cerca de quarenta foram distribuídos pelo mundo de língua portuguesa nas inconfundíveis edições da casa portuense. Acrescente-se ainda que, para os dois volumes do *Dicionário Lelo universal*, o mestre brasileiro deu a sua colaboração regular, que o associa naturalmente à autoria do grande empreendimento.

Por gentileza da própria Casa Lelo – que tive oportunidade de visitar numa de minhas viagens a Portugal – recebi alguns dos pronunciamentos suscitados pelo transcurso do primeiro centenário da editora, e vejo agora, por essas manifestações de regozijo, que não se deu à contribuição de

Coelho Neto o necessário relevo. Na verdade, ao apreciarmos o seu vasto acervo polêmico de arte literária, logo reconheceremos que o melhor do grande escritor, no romance, na novela, no conto, na crônica, na página de recordações, está associado à Casa Lelo.

Outros brasileiros foram igualmente ali editados, e eu recordo, de relance, Vicente de Carvalho, João do Rio, Araripe Júnior, Sílvio Romero, Afrânio Peixoto, Luís Murat, para apenas citar alguns. Nenhum deles ocupou mais espaço que o romancista de *Rei negro*, dando mesmo a impressão, por essa circunstância, nas lutas nacionalistas do Modernismo, de ser mais português que brasileiro, a despeito do acervo regionalista de alguns de seus grandes livros, notadamente *Sertão, treva e banzo*.

Há alguns anos, quando me inclinei aos reencontros comigo mesmo, no repasse de emoções esmaecidas, tratei de recolher às minhas estantes muitos dos velhos livros que me ajudaram a descobrir, na fase da adolescência, esta vocação de escritor. E aos poucos andei a reunir antigos exemplares de alguns mestres de língua portuguesa editados pela Casa Lelo. O Eça de Queirós que tenho hoje em minha estante é absolutamente igual ao que me caiu às mãos em São Luís, nos anos trinta – com o romancista de perfil, na capa de percalina verde. E assim o Camilo de algumas raridades bibliográficas, como *A brasileira de Prazins*, *A corja*, o *Eusébio Macário*, além das *Noites de insônia* e do *Cancioneiro alegre*.

Em 1969, ao visitar em Paris, em companhia de Jorge Amado, a editora Calmann Levy, recebi de seu então proprietário, J. Calmann Levy, o volume das *Lettres inédites de Gustave Flaubert à son Éditeur Michel Lévy* [*Cartas inéditas de Gustave Flaubert a seu editor Michel Lévy*], organizado por Jacques Suffel, em tiragem limitada.

Ora, uma grande editora, como a Casa Lelo, é um estuário de documentos literários, tanto no acervo de originais dos livros que publicou quanto no acervo de cartas que se ligam a esse acervo e que foram trocados pelos autores e pelo editor, ao longo da mútua colaboração.

Pergunto-me agora, a título de sugestão comemorativa, se não seria o caso de abrir a Casa Lelo, a partir deste ano, todo o seu vasto espólio de documentos epistolares, para codificá-los em livro, a fim de que ficássemos conhecendo o longo diálogo – por vezes fundamental e curiosíssimo – com alguns de seus editados mais ilustres. O tempo, a despeito das grandes datas comemorativas, destas não se compadece, se não acudimos, na hora própria, com as iniciativas culturais capazes de prolongá-las pelo tempo adiante. E é bem possível que, no vasto amontoado de papéis esquecidos, aflorem testemunhos, retificações, esclarecimentos, que nos permitirão aprimorar alguns dos documentos básicos da cultura de língua portuguesa.

Poucas organizações hão de ter patrimônio mais rico do que a Casa Lelo. E foi essa a impressão que me ficou, quando penetrei na sua sede, na rua das Carmelitas, 144, e tive a sensação de que me achava num pequeno templo barroco, em cujos pilares sobressaíam os baixos-relevos de Eça de Queirós, Camilo Castelo Branco, Antero de Quental, Tomás Ribeiro, Guerra Junqueiro e Teófilo Braga. Naquela igreja literária, as arcas antigas estariam atulhadas de documentos preciosos. E pude ver uns três ou quatro que me foram então mostrados, e que ainda conservavam, no fino talho de letra e na espaçosa folha de papel, um pouco do riso e da graça de Eça de Queirós.

# IMAGENS DO SABADOYLE

*10 de junho de 1986*

As histórias da Academia Francesa são unânimes em reconhecer que a instituição nasceu das reuniões semanais em casa de Valentin Conrard, em Paris, ao tempo de Richelieu.

Antes de ser um grupo de altas figuras, atraídas e identificadas pelo gosto das letras, a Academia nada mais foi do que um grupo de amigos que se compraziam em falar de literatura e de política, todas as segundas-feiras, à tarde, na casa de outro amigo, no Centro da cidade.

Durante quatro anos eles ali estavam, ou para ouvir os escritos dos companheiros, ou para ler os próprios escritos, numa atmosfera de convívio cordial. Aplaudiam-se mutuamente, mutuamente se estimulavam, até que o cardeal Richelieu, tomando conhecimento das reuniões, achou por bem reunir os mesmos amigos sob a proteção do Estado, em local privativo, e a que deu, em nome do rei, o mobiliário respectivo, notadamente as poltronas que os equipaririam, na unidade de quarenta lugares, sem distinção de nobres, sacerdotes e plebeus.

Nossa Academia Brasileira teve origem parecida. Nasceu das reuniões afetuosas na redação da *Revista Brasileira*, ao tempo em que José Veríssimo a dirigia, e a que Machado de Assis emprestava a autoridade de seu grande nome e a cordialidade de seu espírito associativo.

O resto veio por si, como derivação natural, menos por atenção do Estado para com os homens de letras do que dos empenhos dos homens de letras junto ao Estado, com o concurso prestimoso e diligente de dois outros amigos: Lúcio de Mendonça e Medeiros e Albuquerque.

A Academia, se não tivesse sido fundada em 1897, por esse processo, poderia ter agora a mesmo origem da Academia Francesa, desde que o Estado aproveitasse, com esse objetivo superior, as reuniões de amigos e companheiros que se realizam todos os sábados, no Rio de Janeiro, em casa de Plínio Doyle. Se a partir de 1964 essas reuniões adquiriram regularidade notória, ampliando sensivelmente o número de seus frequentadores, a verdade é que vinham de mais longe, amalgamadas sobretudo pela amizade de Carlos Drummond de Andrade e Plínio Doyle.

Realmente, antes dessa data, já Drummond e Plínio se visitavam, e com o mesmo pretexto da boa conversa literária, que frequentemente se nutre de livros velhos e revistas velhas. Plínio possuía os livros e as revistas; Drummond, a curiosidade estudiosa.

O adjetivo e o substantivo, assim reunidos, definem uma faceta do espírito de Drummond e exprimem no grande poeta o pendor para se debruçar sobre textos antigos, com método, com ordem. Foi certamente essa afinidade que aproximou o escritor e o bibliófilo, com a circunstância de que Plínio, além de colecionar obras raras, coleciona também amigos raros, com igual cuidado e seleção.

Se a Academia Brasileira houvesse nascido agora, tendo por ponto de partida as reuniões do Sabadoyle, Drummond tão esquivo às Academias, dificilmente escaparia dessa, por força de sua condição de sabadoyliano. E muitos dos que aspiram à Casa de Machado de Assis, como Homero Homem e Joaquim Inojosa, resvalariam de uma para outra, sem visitas acadêmicas. Outros, que nunca deixaram transparecer essa aspiração, e que também a merecem, como o meu querido amigo Laudo Camargo, teriam a glória adequada, graças às tardes literárias da casa de Plínio Doyle, assim como os amigos de Valentin Conrard passaram a membros da Academia Francesa, por um simples piparote oficial dos poderes de Richelieu.

Razão assistiu assim a Homero Senna, quando chamou a si o cuidado de escrever a crônica do Sabadoyle, na sua excelente *História de uma confraria literária*, que eu li recentemente, ao compasso evocativo das saudades do Brasil, na sala em que instalei esta mesa, rodeado de livros que me restituem minha terra e minha gente.

A pré-história do Sabadoyle é a pequena história da vagarosa formação de uma biblioteca particular. Essa formação se faz com a colaboração de duas vertentes: de um lado, o gosto dos livros; do outro lado, o feliz encontro dos livros, que coincidem com esse gosto, ajustados à curiosidade e às tendências de nosso espírito.

Conquanto as letras dominem o acervo fundamental da biblioteca de Plínio Doyle, a coleção se amplia seguindo a direção dos autores básicos que aí figuram. Como deixar de ter as obras de Miguel Couto e de Oswaldo Cruz, se ambos pertenceram à Academia Brasileira?

Dizia Afonso Lopes Vieira, grande poeta, grande erudito português, que nós, os que amamos os livros, temos uma sensualidade gráfica na ponta dos dedos. Antes que os olhos leiam, já a mão tateou o volume, sentiu-lhe a encadernação e o papel, enquanto o espírito se alvoroça, adivinhando o que ali vai encontrar.

Estou convencido de que há um anjo da guarda que protege os bibliófilos, e aqui conto um caso ilustrativo.

Quando eu andava a escrever o meu estudo sobre o Abbé de Saint Réal, faltava-me encontrar um de seus livros, publicado na Holanda no século XVIII. Como encontrá-lo, se a Biblioteca Nacional de Paris não o possuía? Outras bibliotecas importantes, igualmente pesquisadas, também não o tinham. Para meu trabalho, o livro era indispensável, com a atração de seu próprio título: *L'Esprit de Saint Réal*.

Uma tarde, vou eu pela calçada do Instituto de França, no Quai Conty, quando fechou o sinal do tráfego. Como que me convidava a seguir pela orla do cais, na vadiação estudiosa das caixas de metal dos buquinistas. Atravesso a rua, e que é que vejo? Aberto diante de mim o suspirado volume. Cheguei a pensar numa alucinação. Depois, peguei o volume, senti-o nas mãos, certifiquei-me de que era mesmo ele, e só eu sei a emoção com que o trouxe comigo, na corrida do táxi para o meu hotel.

Plínio Doyle sabe o que é essa emoção específica. Boa parte de seus livros e de suas revistas deu-lhe o prazer tátil e silencioso, que é feito de cautelas e aleluias, ora com uma edição rara, de que só se conhecem uns tantos exemplares, e que de repente vem ao nosso encontro, quase a nos dar a impressão de que ela é que nos descobre e não nós a ela, nesse momento único: ora com o número do jornal ou da revista que subitamente completa a nossa coleção, e é descoberto por acaso na pilha de papéis velhos.

Há bibliófilos para os quais a biblioteca é o harém, rigorosamente fechado, sem dar direito ao acesso de estranhos. Outros, mais liberais, permitem acesso restrito, com a condição de que os livros, ou melhor, as odaliscas não saiam de sua reclusão.

Plínio é bibliófilo do segundo tipo. Zeloso, mas cordato; cauteloso, mas liberal. Aos poucos, permitiu que suas raridades bibliográficas fossem consultadas. E isso fez que os amigos acorressem, parte pelos livros, parte pela cordialidade do dono da livraria, e assim se compôs pelo hábito e a frequência o Sabadoyle.

Olho as fotografias que ilustram o livro de Homero Senna. Vejo ali amigos desaparecidos: Péricles Madureira de Pinho, Pedro Nava, Alvarus, Raul Bopp... Felizmente, rijo, amparado à sua bengala, ali está o querido Plínio, atencioso, sorridente e benemérito. O Brasil cultural lhe deve muito. Muitos livros não teriam sido escritos por outras penas, sem seus livros. E o gosto de Plínio é dar aos companheiros a colaboração afetuosa – sem nada pedir nem reclamar, a não ser a alegria de ver que, aos sábados, eles se comprazem com seus livros e os seus biscoitos.

# DEPOIMENTO DE
# UM ROMANCISTA

*14 de outubro de 1986*

*E*u tive oportunidade de contar, no texto introdutório da edição Aguilar de meus romances e novelas, um pequeno episódio da vida de dom Miguel de Unamuno, que vale a pena repetir neste artigo, tanto para lhe dar um bom começo quanto para justificá-lo.

Um jornalista, ao ver o mestre espanhol discorrer derramadamente sobre fatos e ocorrências de sua vida, perguntou-lhe se julgava lícito a um escritor falar de si mesmo.

E Unamuno, com rapidez:

– É nosso dever. Eu não faço outra coisa. Se falo dos outros, ou é por distração ou por crise de modéstia.

Nunca cheguei a tanto. Não. Louvado seja Deus. Mas, de vez em quando, se falamos dos outros, por que não falaremos de nós próprios, como pretendo fazer agora? Unamuno, que tinha sempre quem falasse por ele, ou sobre ele, e era além do mais homem de gênio, deu o bom exemplo, que se estende aos escritores menores, mais necessitados naturalmente de justificativas e explicações.

A edição de minhas obras de ficção, na parte relativa aos romances e às novelas, dá pretexto a que eu me apresente, na unidade compacta de três volumes em papel-bíblia, para uma visão de conjunto da obra que realizei. Boa? Má? Não posso concluir. O que posso afirmar é que dei aos textos ali reunidos o melhor de mim próprio, na coerência de minha vocação de escritor.

A vida de um escritor, já na fase de sua coordenação definitiva, implica a formação de um nome, de uma obra e de um público. Só assim essa vida se completa na unidade de uma parábola. Modesta embora, construí minha obra, aliciei meu público, creio ter feito meu nome.

Há quem alcance os três objetivos rapidamente. São os eleitos da fortuna, que fazem um nome, uma obra e um público ainda no começo da vida literária. Comigo não foi assim. Andei devagar, para sentir que pisava em chão seguro, a cada novo passo. Sem jamais me dissociar de minha humildade natural, entendi que tudo aquilo que tem condições de nos levar adiante de nós mesmos é uma dádiva que se inclui no conjunto de nossos mistérios.

Para firmar meu nome, lentamente, seguramente, contei com a coadjuvação eficaz deste jornal, da *Manchete*, de todos os jornais e revistas em que escrevi, até hoje, ao longo de meio século. Sem esquecer os jornais de província, sobretudo aquele que eu próprio fundei, aos dezessete anos, e que durou um ano, com o meu nome no alto e esta vaidosa indicação: redator-chefe. Sim, isso mesmo. E com artigo na primeira página, impresso em negrito, e assinado.

Para realizar minha obra, estou em débito com todos os meus editores, desde os Irmãos Pongetti, que me acolheram nas oficinas da rua Mem de Sá, na Lapa, até o mais recente, fora do Brasil, na pessoa de M. Charles Henri Flammarion, diretor da Casa Flammarion, e que teve a paciência e a bondade de suportar todos os meus reclamos e cuidados na fixação do texto exato de *Les tambours noirs*, título com que aparecerão em Paris daqui a alguns meses *Os tambores de São Luís*.

Não me posso esquecer, antes devo avivar bem a lembrança, de que foi Jorge Amado quem me fez amigo de José de Barros Martins, de modo que, em 1959, não podendo José Olympio publicar imediatamente a segunda edição de *A décima noite*, por se ter esgotado a primeira em menos de um mês, foi Martins o editor das sucessivas edições desse romance, além dos outros que a seguir lhe levei.

Como José Olympio, grande amigo, grande editor, nunca deixou de me chamar para voltar à sua casa, voltei com *Os tambores de São Luís*, no momento em que Martins interrompeu o seu caminho editorial. Até que, uma tarde, em Petrópolis, Carlos Lacerda apareceu em meu apartamento, acompanhado por Luís Forjaz Trigueiros, e me levou para a Nova Fronteira.

Sérgio e Sebastião Lacerda, continuadores da obra de Carlos Lacerda na Nova Fronteira, quiseram que eu ali permanecesse, como amigo, como editado, e foram eles que, pela primeira vez, há quase dez anos, pensaram em codificar minha obra seleta num único volume da Nova Aguilar. Wellington Moreira Franco, mais adiante, ampliou com eles esse programa. Daí os três volumes com que, agora, me perfilo nas estantes alheias. Para ser lido? Para ser julgado.

Na verdade, pensando melhor, não sou eu apenas que me apresento aos meus leitores. Sou eu próprio que me vejo no espelho dessas 4 mil páginas compactas, síntese de toda uma vida consagrada às letras, e que unem, na harmonia de um conjunto, minha maturidade de hoje à minha adolescência mais distante.

Jean-Jacques Rousseau dizia que, ao comparecer diante de Deus, no Juízo Final, levaria consigo as suas *Confissões*. Eu, em situação análoga, me veria um tanto atrapalhado, sem mãos para todos os meus livros. Ainda bem que eu próprio reconheço, fiel à minha simplicidade, que um deles chegará até lá, visto que serão desfeitos em pó pelo caminho.

Cedo, nas minhas primeiras leituras barresianas, aprendi que, em nossos impulsos no sentido da perfeição, basta-nos, por vezes, o entusiasmo pelo irrealizável.

Vai aqui, portanto, sem exagero, o reconhecimento de que sonhei, desde cedo, com a realização de uma obra que pudesse valer pela unidade de seu conjunto. Pondo a modéstia de lado, foi isso que fiz. Dei aos meus romances e novelas a coerência da unidade, como construção literária. E logo me apresso em acrescentar que me julgo aquém daquilo que pensei construir. Eu quis fazer melhor. Muito melhor. Afinal de contas, fiz o que foi possível. Afinal de contas, ergui o monumento. Tosco. Rude. Mas meu. E se algum mérito me resta é o de ter as espáduas feridas, e sangrando, com as lajes de pedra que fui buscar na pedreira, e as trouxe até aqui, com esforço, com obstinação.

Quando decidi reunir minha obra romanesca, não hesitei em lhe dar também unidade estilística, refundindo todos os livros que não correspondessem ao meu rigor atual. Um dos romances, *Janelas fechadas*, foi alterado de tal modo, sem prejuízo de seu tema narrativo e de seus personagens, que só restaram, da primeira edição, unicamente seis linhas – as duas iniciais e as quatro finais. Pus a casa abaixo, ergui outra; só conservei os antigos moradores, assim como os vi, assim como me apareceram.

Outro cuidado que tive: o de não me repetir. Cada livro seria um ser à parte, embora situado, o mais das vezes, na mesma geografia maranhense. O mapa que acompanha o volume, iniciativa de meu amigo Rudy Pitágoras Alves, faz-nos ver que ocupei com os meus romances todos os espaços de São Luís, e ainda saltei para a cidade de Alcântara, igualmente abrangida no mesmo conjunto, e de uma vez.

Ao todo, mais de 3 mil personagens. Alguns, retirados da vida real; os outros, de minha imaginação. Conheci-os, a todos, um por um, graças ao processo misterioso que nos faz realmente ver e ouvir os seres que inventamos. Vi a cor de seus olhos, ouvi o som de suas vozes.

Moço ainda, procurei um dia o meu amigo Osvaldo de Souza e Silva, então diretor de *A ilustração brasileira*, e já pai de nosso hoje embaixador Celso de Souza e Silva, e lhe disse que, desejando comprar uma escrivaninha para meus trabalhos, tinha o desejo mas não tinha dinheiro.

E Osvaldo:

– Não tem porque não quer. Vá escrever um livro para crianças, traga-me o livro pronto, e compre a escrivaninha.

Ora, a primeira mesa de trabalho que eu tive, ainda adolescente, foi feita com estas mãos, à base de caixotes de madeira. Trago na mão direita o talho do formão com que então me cortei. E de que me orgulho, ainda hoje.

A nova mesa, já no Rio de Janeiro, foi mais fácil conseguir. Atravessei a noite escrevendo, com a máquina sobre a mesa da sala de jantar. Na manhã seguinte voltei ao escritório de Osvaldo de Souza e Silva, na rua Senador Dantas, com os originais de *A viagem fantástica*.

Quase toda a minha obra de romancista foi escrita na mesa que então comprei na rua do Catete. A mesma mesa que tenho hoje. É natural que, neste momento, olhando a obra realizada, eu me lembrasse dela. Reconhecidamente.

# LIVREIROS E EDITORES

*24 de julho de 1990*

Quem se dispuser a retomar a pena com que Erneste Senna tratou de editores e de livreiros, em seu livro sobre *O velho comércio do Rio de Janeiro*, terá de fixar-se na rua do Ouvidor e na rua São José, se quiser chegar até o meado deste século.

Na rua do Ouvidor, nos anos 30, situavam-se algumas das mais famosas livrarias da cidade, no trecho que vai da rua 1º de Março ao largo de São Francisco, lado direito. Ali estavam a Francisco Alves, a Civilização Brasileira, a José Olympio, a Guanabara, a Casa Jackson, e mais uma loja de louças e artigos do Oriente, em que sempre se encontravam as boas edições inglesas. Cada qual com a sua especialidade. Do livro didático às últimas novidades vindas de Paris.

Do mesmo lado, entrando pela direita, na rua Gonçalves Dias, encontrei os derradeiros alentos da casa do Braz Lauria, de onde ainda consegui trazer preciosas edições espanholas, notadamente as relativas ao movimento de 1898, com Unamuno, Baroja, Valle Inclan e Benavente, sem esquecer os clássicos, como Cervantes, alguns deles lastreados pelos estudos e notas elucidativas de dom Rodrigues Marin.

Se a rua do Ouvidor se especializara em livros novos, a de São José, três quarteirões adiante, no espaço compreendido entre a avenida Rio Branco e a rua 1º de Março, tinha a preferência do livro usado, nos dois lados da rua. Dava gosto ir de uma ponta à outra, em zigue-zague, revolvendo raridades, ora de um lado, ora de outro, sem esquecer o precioso acervo dos novos livros italianos, quase na esquina da avenida Rio Branco.

A rigor, o Centro da cidade, entre 1930 e 1950, como que fervilhava de livros, alguns na calçada da rua, em pilhas, como nas portas da Livraria Freitas Bastos, no largo da Carioca, onde fiz o meu primeiro e único crediário para comprar, novato na cidade, o meu Proust, o meu Balzac, o meu Flaubert e o meu Stendhal, transformados assim em meus companheiros de quarto de pensão, ao tempo em que, estudante e projeto de escritor, morei (ou demorei) no Catete, na rua Correia Dutra, quase em frente à pensão em que residia Graciliano Ramos.

Ao longo de outras décadas sucessivas, as livrarias do Centro da cidade, uma por uma, foram expulsas pela inflação. Os bancos vieram vindo, com seus grandes edifícios, e correram dali livros e autores, porque também nós, escritores, nos comprazíamos em perambular por aqueles recantos, fazendo ponto na José Olympio, na Civilização Brasileira e na Francisco Alves, cada qual com um núcleo próprio, que está a pedir também o seu memorialista e o seu historiador, com uma pena que junte o grande escritor e o repórter, como é o caso de meu querido e sempre admirado Francisco de Assis Barbosa.

Agora, pergunto-me:

– A que propósito vem aqui tanto suspiro, neste revolver de lembranças diletas?

É que, há poucos dias, fui chamado por meu velho amigo Abraão Koogan ao seu apartamento da avenida Atlântica para assistir à entrega do título de membro do Pen Clube do Brasil, para que fora recentemente escolhido, juntamente com Sérgio Lacerda e Alfredo Machado.

Marcos Almir Madeira, presidente do Pen Clube, por mera cortesia, justificou a eleição, já que o óbvio tem também a sua oportunidade adequada: recordou os títulos de Koogan, como um dos grandes editores do país, depois de acentuar que a organização, desde as suas origens, tem um espaço definido para os editores, razão por que já ali estavam, igualmente por seus altos serviços à cultura, dois outros editores, todos eles precedidos por José Olympio, mais aclamado do que votado.

A Livraria Guanabara, na rua do Ouvidor dos anos 30, é obra de Koogan, juntamente com um cunhado. Não só a livraria, também a editora. Daí a emoção com que, agradecendo o título que lhe era entregue, proferiu estas palavras evocativas, com transparente emoção: "Foi em março de 1930 que fundamos – meu cunhado Nathan Waissman e eu – a editora Guanabara, uma casa que, fato pouco comum entre nós, se ampliou, ramificou e floresceu ao longo de três gerações, e hoje apresenta notável acervo de realizações. Em minha carreira abordei diversos campos editoriais. Comecei com literatura, publicando Zweig, Freud, Gorki, Flaubert, Malraux, Afrânio Peixoto, Pedro Calmon, Antônio Austregésilo; dediquei-me à edição de livros de medicina e depois, com a editora Delta, de livros de referência – dicionários e enciclopédias.".

Se Koogan, como editor, pôs em minhas mãos, em cuidadas traduções, Zweig, Freud e Gorki, devo aqui reconhecer que foi sobretudo o livreiro que me abriu caminho para outros mestres. Como que me reencontro a compulsar as novidades que ele mandava vir da Europa, no bom tempo em que a cultura impressa parecia constituir uma capilaridade internacional, mais generosa e eficaz. E por que não confessar aqui que foi num dos livros do prof. Antônio Austregésilo, na edição da Guanabara, que encontrei a tranquilidade (de que já então necessitava) para conviver com as minhas insônias?

Há alguns anos, ao ler o livro em que Robert Laffont nos conta sua experiência de grande editor, cheguei à conclusão de que, se nós, escritores, somos os autores de nossos textos, são eles, os editores, os verdadeiros autores de nossos livros.

Sim, sim, é verdade: porque toda a realização do texto como livro impresso é obra deles, começando pela responsabilidade financeira da iniciativa. Tipo: papel, formato, revisão, capa, apresentação, distribuição, comercialização, tudo se transfere para o nosso editor, no momento em que lhe confiamos nossos originais, incluindo naturalmente o prejuízo, se a edição não for bem-sucedida.

Veja-se aqui, na derradeira página do livro de Laffont, o resumo do que ficara a dever à sua experiência de editor: "Não fui comprado nem comprei ninguém. Sou livre para escolher meus amigos e evitar aqueles que me pesam. Ajudei a viver um bom número de autores, de colaboradores e de técnicos do livro, levando a alguns milhares de leitores as oportunidades de evasão, de reflexão, de enriquecimento, e talvez de indignação.".

É preciso que eles, editores, acreditem em nós para nos editarem, e que nós, por nosso lado, acreditemos neles, para lhes entregarmos nossos textos. Sócios da aventura, o mais das vezes. E solidários. Unidos pelo mesmo sonho. Ou, como reconhecia José Olympio – autênticos românticos do livro.

Vejam aqui, entre muitas outras, esta experiência de Robert Laffont com um retumbante insucesso editorial: "Eu tinha por Churchill uma admiração que me levou a publicar, à falta de suas Memórias, um *Marlborough* em quatro volumes, tão admirável quanto pouco vendável, e bastante pesado para um jovem editor. Para compensar o fracasso, o embaixador da Grã-Bretanha, *sir* Duff Cooper, de quem eu já havia publicado um belo livro, *O rei Davi*, prometeu-me apresentar ao primeiro-ministro por ocasião de sua vinda a Paris. Por essa ocasião, uma grande recepção foi dada na

Embaixada. Fui convidado. A concorrência era grande: para estar certo de poder ser encontrado no momento propício, o embaixador me aconselhou ficar num canto. Fiquei ali, sem me ousar mexer, durante mais de duas horas. Por fim, fui levado a um pequeno aposento íntimo onde o embaixador e Winston Churchill estavam sentados, silenciosos, em torno de uma mesa repleta de copos de uísque mais ou menos vazios. Churchill, muito vermelho. 'Excelência', lhe disse Duff Cooper, 'fico muito feliz em lhe apresentar o jovem editor de seu *Marlborough*'. Esperei um cumprimento. Iria eu receber um beijo no rosto, uma dedicatória ou um copo? '*Brhh brhh*', resmungou Churchill, erguendo um pouco a mão sem apertar a minha. A entrevista estava terminada. As duas onomatopeias me custaram muito caro.".

Não seria o primeiro autor, nem o último a reagir assim, superior, distante, quase agressivo. Laffont recolheu em Louis Ferdinand Celine este desabafo irritado: "Nada mais desprezível que um editor.".

Seria a regra? De modo algum. Companheiros de viagem, isto sim. Quem tiver dúvidas, informe-se sobre a vida de José Olympio. Eu, com a minha longa experiência, só posso dizer que neles sempre tive amigos, e dos maiores. Sem eles, muitos dos meus livros não teriam sido escritos. Desde o saudoso Pongetti. Continuado pelo José Olympio e pelo José de Barros Martins. Hoje, rematado por Sérgio e Sebastião Lacerda, continuadores de seu pai, Carlos Lacerda, que me foi buscar para que figurasse no catálogo de sua casa e integrasse o seu Conselho Editorial.

Há fidelidade editorial como há fidelidade conjugal. Sou a favor das duas. E dei-me bem.

# MESTRE MACHADO DE ASSIS

"NESSE DIZER E NÃO DIZER ESTÁ O ESCRITOR, SENHOR DA PALAVRA E DO SILÊNCIO, COM SUA ARTE, COM SEU PODER DE COMUNICAÇÃO."

# CAMILO E MACHADO DE ASSIS

*21 de fevereiro de 1956*

Nas *Memórias póstumas*, quando o narrador pretende omitir, na biografia do personagem, certo trecho fastidioso de infância, faz ao leitor este convite: "Unamos agora os pés e demos um salto por cima da escola, a enfadonha escola, onde aprendi a ler, escrever, contar, dar cacholetas, apanhá-las, e ira fazer diabruras, ora nos morros, ora nas praias, onde quer que fosse propício a ociosos.".

Numa das *Novelas do Minho* – a que tem por título "O comendador" – Camilo Castelo Branco se vale de igual recurso, ao dizer: "Vinte anos volvem-se tão depressa que eu, neste salto que o leitor vai dar, não me despenderei a encher-lhe de frases o passadiço. O melhor é fechar os olhos e saltar.".

A identidade de recurso é flagrante no confronto das duas passagens. Machado parece ter obedecido, aí, à influência da leitura de Camilo.

O episódio de "O que fazem mulheres", em que o náufrago do rio Douro é salvo por um barqueiro e termina recompensando o salvador com moedas de cobre, revela-nos pelo menos dois pontos capitais que serão encontrados no episódio do almocreve, das *Memórias póstumas de Brás Cubas*.

A introdução de *Coração, cabeça e estômago* contém expressões que poderiam estar (e algumas em verdade estão), no prefácio das *Memórias póstumas*, como quando Camilo alude às memórias de seu personagem ou à simpatia que esse "defunto amigo granjeou postumamente na república das letras.".

Nessa mesma obra camiliana, vamos encontrar um dos elementos germinativos da teoria de Humanitas, que é a linha filosófica das *Memórias póstumas* e do *Quincas Borba*.

Um simples confronto esclarecerá de modo objetivo essa contaminação literária.

Em *Coração, cabeça e estômago*, escreve Camilo, a propósito de seu personagem Silvestre da Silva: "Um filósofo não deve aceitar no seu vocabulário a palavra morte, senão convencionalmente. Não há morte.".

No *Quincas Borba*, é essa a opinião do filósofo de Machado de Assis, que por vezes se socorre das palavras de seu *alter ego* camiliano: "Não há morte. O encontro das duas expansões, ou a expansão de duas formas, pode determinar a supressão de uma delas: mas, rigorosamente, não há morte, há vida, porque a supressão de uma é a condição da sobrevivência da outra, e a destruição não atinge o princípio universal e comum.".

No capítulo CXXIII do *Dom Casmurro*, ao descrever a cena do saimento do corpo de Escobar, escreveu Machado: "Enfim, chegou a hora da encomendação e da partida. Sancha quis despedir-se do marido, e o desespero daquele lance consternou a todos. Muitos homens choravam também, as mulheres todas. Só Capitu, amparando a viúva, parecia vencer-se a si mesma. Consolava a outra, queria arrancá-la dali. A confusão era geral.".

Essa derradeira frase, que Álvaro Moreyra aproveitou como legenda de um hebdomadário de literatura que marcou a sua hora na imprensa do país, bem pode ser um eco das leituras camilianas de Machado de Assis, se considerarmos que, na sua capacidade de apreensão do texto alheio, conforme demonstrou R. Magalhães Júnior num dos capítulos de *Machado de Assis desconhecido*, o mestre deturpava frequentemente as citações de seu agrado. Ou então as desfigurava, após incorporá-las a seu próprio patrimônio.

Estaria nesse caso servindo de curioso exemplo do poder de transfiguração machadiana, a frase que Álvaro Moreyra escolheu como lema do semanário *Dom Casmurro*.

No pequeno romance *A morgada de Romariz*, que integra as *Novelas do Minho*, bem que poderemos situar o ponto de origem dessa frase, erguendo a ponta de um pequeno mistério de estilística literária, neste trecho camiliano: "Vi esta morgada, há três anos, em Braga, no teatro de S. Geraldo. Estava em cena *Santo Antônio*, o taumaturgo. A comoção era geral.".

# LEITURAS DE MACHADO DE ASSIS – I

*10 de março de 1956*

Sempre que penetramos na área das leituras que Machado de Assis empreendeu (ou poderia ter empreendido), vamos colhendo, no correr dessas jornadas literárias, a surpresa de alguns reencontros flagrantes, que confirmam a capacidade de assimilação, ou de contágio, de nosso primeiro escritor.

Mário de Alencar publicou na *Revista da Academia Brasileira* curioso documentário de Machado como leitor meticuloso. Entre os papéis do mestre recolhidos ao Arquivo da Academia, estão as folhas avulsas em que ele anotou o que foi achando interessante nos grandes mestres clássicos da língua portuguesa, em matéria de estilo e de língua, sob o ponto de vista da dicção ou da gramática.

"Ouvi-lhe uma vez (é Mário de Alencar quem conta, aludindo ao romancista de *Quincas Borba*) que eram muitas essas notas, mas que em grande parte as tinha já rasgado ou perdido, e igual destino haviam de ter as restantes."

Mais do que nos afirma o ensaísta de *Alguns escritos*, Machado de Assis não se limitou, nas anotações hoje guardadas no Arquivo Acadêmico, a curiosidades de língua e estilo, nos clássicos portugueses: copiou lances de moralista, excertos de observações agudas, trechos seletos de conceitos imprevistos e sobretudo associações incomuns de palavras.

Por exemplo: no segundo volume de *Luz e calor*, do padre Manuel Bernardes, p. 250, o que chamou a atenção de Machado de Assis foi o emprego original da palavra desabrochado, neste trecho: "Andar com o peito desabrochado.".. Mas no *Últimos fins*, do mesmo mestre da literatura ascética, é um lance de moralista que o seduz, à p. 97: "Bem arbitrado estava, porque desde que Eva se pôs a conversar com a serpente parece que se pegou um não sei quê de serpente a todo este sexo.".

O leitor atento, que parecia examinar o direito e o avesso das frases, não se restringia ao cuidado da cópia, no calepino literário: estabelecia cotejos e recorrências numa dimensão a mais do ato de ler. Assim, ao copiar outro lance do padre Manuel Bernardes, quando este compara o burburinho de um auditório às folhas de um arvoredo que se inquieta com o vento, escreve logo adiante: "Imagem semelhante se encontra em Homero e Camões.".

Em Filinto Elísio, reteve Machado, entre outros excertos, este verso, dos *Mártires*:

    Fogem dos poleás ao toque impuro.

O verso, posto adiante da palavra *poleá*, que lhe serve de título à abonação, parece corresponder ao primeiro encontro de Machado de Assis com o vocábulo. E aí temos, possivelmente, uma das raízes remotas de "A mosca azul" nesta quadra:

    Um poleá que a viu, espantado e tristonho,
    Um poleá lhe perguntou:
    – Mosca, esse refulgir, que mais parece sonho,
    Dize, quem foi que t'o ensinou?

O poleá dos versos machadianos não deixa de ter aquele "toque impuro", com que o poeta das *Ocidentais* o encontrou no verso de Filinto Elísio. Tanto assim que, tomando a mosca azul,

> Dissecou-a, a tal ponto, e com tal arte, que ela,
> Rota, baça, nojenta, vil,
> Sucumbiu; e com isto esvaiu-se-lhe aquela
> Visão fantástica e sutil.

# LEITURAS DE MACHADO
# DE ASSIS – II

*13 de março de 1956*

A. T'Serstevens, no livro admirável em que lança o seu derradeiro olhar à mocidade, alude a um tipo comum de leitor: aquele que lê na ponta dos dedos, com ar distante, como se o texto estivesse impresso em braile.

Mas não é esse, evidentemente, o tipo comum de leitor, mais desdenhoso do texto do que nele interessado, como se a página impressa constituísse um motivo natural de tédio. Oscar Wilde voluntariamente se inscreveu nessa categoria, quando afirmou que, ao desejar ler um bom livro, cuidava logo de escrevê-lo...

Plínio, o Jovem, a quem Anatole France acoimou de imbecil num dos ensaios da *Vie Litteraire* [*Vida literária*], é o exemplo oposto do leitor: sabe-se que, empenhado na leitura de um orador grego, não deu ele atenção à circunstância de que, enquanto seus olhos acompanhavam as orações do tribuno ateniense, o Vesúvio sepultava cinco cidades sob camadas de cinza.

Flaubert, que tinha em alta dose a paixão da leitura, invejava os homens do século XVII, porque sabiam latim e liam devagar. E a esse propósito, o velho Emile Faguet, no manual em que pretendeu ensinar a arte de ler em poucas lições, não se cansa de insistir na recomendação de que a verdadeira leitura é a que se faz com lentidão. Ele próprio, no entanto, recorda o exemplo de Beyle, que percorria mais os textos do que lia, embora terminasse por deter-se no ponto essencial e curioso do livro.

Machado de Assis poderia ter servido a Emile Faguet como um excelente modelo do bom leitor.

Machado lia devagar. E lia tomando nota, como quem passeia armado de lápis e papel para fazer os desenhos da paisagem, nos seus pontos mais pitorescos.

Do que leu assim, com a meditação a acompanhar os olhos, o romancista de *Quincas Borba* assimilou o essencial, por vezes chegando a ponto de apropriar-se do alheio, não se sabe se em plena consciência ou se por esse esquecimento traiçoeiro que dá desembaraço no salão da festa às casacas alugadas...

Em dois lances de suas notas de leitura, registrou ele o emprego de *emprestada* e *empréstimo*, colhido na prosa do padre Manuel Bernardes, quando alude a "palavras emprestadas da língua latina" e quando afirma que, não sendo este mundo a nossa verdadeira Pátria, aqui "vivemos de empréstimo".

No *Quincas Borba* – indaguemos agora – no trecho em que Machado de Assis descreve Rubião, já em pleno delírio, a esforçar-se para "sacudir de si a personalidade emprestada", não haverá um eco da leitura meditada do padre Manuel Bernardes?

Entre os clássicos portugueses, Machado parece ter dado especial atenção a João de Barros, a ajuizarmos do número copioso de notas de leitura encontradas nos seus papéis do Arquivo da Academia.

Na velhice, ao escrever o *Memorial de Aires*, o narrador das *Décadas* tornou-lhe ao bico da pena, na tinta desta evocação: "Quando eu lia clássicos, lembra-me que achei em

João de Barros certa resposta de um rei africano aos navegadores portugueses que o convidaram a dar-lhes ali um pedaço de terra para um pouco de amigos. Respondeu-lhes o rei que era melhor ficarem amigos de longe; amigos ao pé seriam como aquele penedo contíguo ao mar, que batia nele com violência.".

No *Dom Casmurro*, socorre-se Machado de Assis do mesmo lance de João de Barros, para terminar contrariando o clássico português, com esta observação: "Seguramente há inimigos contíguos, mas também há amigos de perto e do peito.".

# LEITURAS DE MACHADO
# DE ASSIS – III

*17 de março de 1956*

No livro em que demonstrou o acerto de Bonaparte, ao considerar a si mesmo como pertencente à melhor raça dos Césares, que é aquela que constrói, Loui Madelin teve oportunidade de aludir a um episódio de caserna, da vida do genial soldado, que iria incluir, quinze anos depois, na elaboração do Código Civil napoleônico.

Recolhido à prisão, em Ardennes, por vinte e quatro horas, sem direito de trazer um livro que o pudesse distrair, o jovem Bonaparte encontrou na cela um grosso *in-folio* coberto de poeira: o *Digesto* de Justiniano.

À falta de outro livro, atirou-se o prisioneiro à leitura daquele corpo de leis. E o resultado é que, daí a quinze anos, ao discutir-se, no Conselho de Estado, o Código Civil, Napoleão surpreendeu Cambacèrés e mais vinte eminentes jurisconsultos, com o seu conhecimento exato do direito romano, que aprendera casualmente na prisão de Ardennes.

Essa ressurreição da leitura, num milagre da memória obediente, é um dos traços do gênio de Bonaparte.

Em Machado de Assis, a memória não restituía os textos, como no caso de Napoleão: transfigurava-os, sem deixar de guardar os indícios claros da matriz literária.

Entre as notas de leitura do criador de *Quincas Borba*, que Mário de Alencar publicou nos primeiros números da *Revista da Academia Brasileira*, figura este trecho do padre Manuel Bernardes: "A nau para fazer viagem há de ter lastro e há de ter velas. Tudo lastro, ir-se-á ao fundo; tudo velas, correrá tormenta. Também a alma fez sua viagem neste mundo, porque também o mundo é mar.".

As palavras *lastro, mar, alma*, além da ideia nuclear de viagem, no seu sentido moral, irrompem da pena de Machado de Assis, num dos *Contos fluminenses*, nesta frase de moralista: "O ridículo é uma espécie de lastro da alma, quando esta entra no mar da vida; algumas fazem toda a navegação, sem outra espécie de carregamento.".

A máxima em que La Rochefoucauld observa que "a gravidade é um mistério do corpo inventado para dissimular os defeitos do espírito" deixou sulco profundo na memória de Machado de Assis. Com o correr do tempo, da mocidade à velhice, ele a veio transfigurando.

Nas *Histórias da meia-noite*, escritas ainda na imaturidade literária, a máxima do moralista francês aparece nesta alusão machadiana: "A gravidade não é nem o peso da reflexão, nem a seriedade do espírito, mas unicamente certo mistério do corpo, como lhe chama La Rochefoucauld.".

Na "Teoria do medalhão", dos *Papéis avulsos*, esse mesmo pensamento retorna à frase de Machado de Assis, já agora distendida, numa transfiguração que lhe omite o nome do autor: "O sábio que disse: 'a gravidade é um mistério do corpo', definiu a compostura do medalhão. Não confundas essa gravidade com aquela outra que, embora resida no aspecto, é um puro reflexo ou emanação do espírito; essa é do corpo, tão somente do corpo, um sinal da natureza ou um jeito da vida.".

R. Magalhães Júnior dedica um capítulo especial de seu admirável *Machado de Assis desconhecido* às deturpações de frases alheias, em que incorria, com alguma frequência, o romancista de *Dom Casmurro*.

Essa deturpações devem ser levadas à conta do processo de reelaboração mental a que Machado de Assis submetia as suas leituras. Como aquele bibliômano, do capítulo LXXII das *Memórias póstumas*, parece que o mestre, diante dos livros de sua predileção, lia, relia, treslia, desengonçava as palavras, sacava uma sílaba, depois outra, mais outra, e as restantes, para examiná-las por dentro e por fora, por todos os lados, contra a luz, com o intuito de achar-lhes o despropósito.

Ao fim de uma leitura assim a ideia estranha naturalmente se incorporava ao acervo das vivências machadianas. E por aí se explicam as coincidências frequentes que aproximam o texto de Machado de Assis do texto de seus autores prediletos. Em matéria de ideias e frases, esse patriarca literário não pilhava: adotava as filhas alheias.

# A POESIA DO NATAL

*22 de janeiro de 1957*

Ao prefaciar, em 1952, a edição francesa do *Dictionnaire des Oeuvres*, de Bompianni, André Maurois teve oportunidade de observar que "uma conversação em Paris, em nosso tempo, não será inteiramente inteligível para quem não conheça as obras do romancista americano Melville, ou as do poeta espanhol Garcia Lorca ou do poeta brasileiro Machado de Assis".

Não obstante figurar, assim, no prefácio do livro monumental, nosso Machado de Assis não figura em seu texto, ao menos com o verbete de um título de livro ou o nome de um personagem, na exaustiva dissecação de 16 mil obras, de que se compõe aquela admirável enciclopédia de conhecimentos literários.

Mas não é para fazer esse reparo que tomamos como ponto de partida, na oportunidade desta crônica, o texto de André Maurois. Mas para observar que o nosso Machado, contista genial, romancista extraordinário e poeta razoável, é lembrado pelo biógrafo de Byron precisamente no seu título menos significativo.

Entretanto, manda a verdade que aqui se consigne que foi como poeta que Machado de Assis andou citado nos últimos dias de 1956, quando um dos nossos vespertinos indagou a escritores e homens públicos quais os mais belos poemas brasileiros de Natal.

Não obstante a copiosa literatura natalina de feição poética de que andamos bem sortidos, o *Soneto do Natal* do velho Machado teve a preferência dos entrevistados:

> Um homem – era aquela noite amiga,
> Noite cristã, berço do Nazareno,
> Ao relembrar os dias de pequeno,
> E a viva dança, e a lépida cantiga,
>
> Quis transportar ao verso doce e ameno
> As sensações de sua idade antiga,
> Naquela mesma velha noite amiga,
> Noite cristã, berço do Nazareno.
>
> Escolheu o soneto... A folha branca
> Pede-lhe a inspiração; mas, frouxa e manca,
> A pena não acode ao verso seu.
>
> E em vão lutando contra o metro adverso,
> Só lhe saiu este pequeno verso:
> "Mudaria o Natal ou mudei eu?"

Não há dúvida de que o soneto, no seu desenvolvimento, na sua simplicidade e no seu desfecho, traz a marca da pequena obra-prima que o tempo resguarda e vai polindo.

Mas não há nesses catorze versos a poesia do Natal e sim a expressão resignada da hora do desencanto, quando tudo à nossa volta perde a beleza antiga e o que fica dentro de nós é a tristeza desse aniquilamento.

Machado pôs o travor de seu pessimismo no seu soneto de Natal. E soube diluir esse travor na graça da expressão com tanta habilidade e arte que todos nós o lembramos como uma pequena joia de poesia natalina – embora ele constitua, em verdade, a ausência dessa poesia, no desencanto do velho poeta...

# AS PRIMAS DE SAPUCAIA

*2 de fevereiro de 1957*

Entre os grandes contos de Machado de Assis, há um, nas *Histórias sem data*, que me dá a impressão da página inacabada, sem o devido retoque e o seu verniz, embora se inclua na categoria das obras perfeitas do grande escritor.

Direi melhor: não lhe faltará o retoque ou o verniz, mas um novo lance, um novo episódio, uma nova cena, que lhe daria, no Rio de Janeiro de nosso tempo, uma sensação a mais de atualidade e vigor.

Refiro-me ao conto "Primas de Sapucaia", que Machado tirou do tinteiro de sua maturidade com a pena da galhofa e o matiz da melancolia, na fase dos grandes livros que nos deram, no esplendor da nomeada definitiva, a medida ampla de seu gênio literário.

O conto começa por um espécie de "moral da fábula", posta no início da narrativa em lugar de vir no fim, que seria o seu sítio próprio: "Há umas ocasiões oportunas e fugitivas, em que o acaso nos inflige duas ou três primas de Sapucaia; outras vezes, ao contrário, as primas de Sapucaia são antes um benefício do que um infortúnio.".

Essas primas de Sapucaia – Claudina e Rosa – tinham vindo de seu pedacinho de província, para passar o carnaval no Rio, hospedando-se na residência dos parentes da capital.

E aí ficaram depois das festas, constrangendo e dando trabalho aos donos da casa, com essa naturalidade pesada e preguiçosa dos que confundem a amabilidade urbana com a hospitalidade rural.

Por dois meses já lá estavam. E diz o narrador, com uma ponta de enfado: "Era eu que as acompanhava a toda parte, missas, teatros, rua do Ouvidor, porque minha mãe, com o seu reumático, mal podia mover-se dentro de casa, e elas não sabiam andar sós.".

Em certo trecho do conto, o narrador está saindo da missa, na companhia das indefectíveis primas, quando avista, num relance de rua, um criatura de sua paixão. Quer segui-la, num impulso do coração – mas as duas primas de Sapucaia, que estão a seu lado, não lhe permitem a suspirada liberdade de movimentos.

Machado de Assis sugere que lhe calculemos o enfado das primas fortuitas. "Não será difícil calculá-lo – diz ele – "porque estas primas de Sapucaia tomam todas as formas, e o leitor, se não as teve de um modo, teve-as de outro. Umas vezes copiam o ar confidencial de um cavalheiro informado da última crise do Ministério, de todas as causas aparentes ou secretas, dissensões novas ou antigas, interesses agravados, conspiração, crise. Outras vezes enfronham-se na figura daquele eterno cidadão que afirma de um modo ponderoso e abotoado que não há leis sem costume, *nist lege sine moribus*. Outras, afivelam a máscara de um Dangeau de esquina, que nos conta miudamente as fitas e rendas que esta, aquela, aqueloutra dama levara ao baile ou ao teatro. E durante esse tempo a Ocasião passa, vagarosa, cabisbaixa, apoiando-se no chapelinho de sol: passa, dobra a esquina, e adeus..."

Lembrei essa página de Machado de Assis a um amigo que há três meses tem em casa, vindas do Norte para um passeio ao Rio, as suas "primas de Sapucaia". E ele me observou, com o ar amarfanhado dos que dormem mal:

— Mas o pior dessas primas fortuitas não é a obrigação de acompanhá-las: é o espaço que nos tomam dentro de casa. Desde que elas chegaram que eu durmo na sala, numa cama de abrir e fechar. Mas já estou resolvido a me mudar de apartamento.
— Para um maior? — perguntei.
— Para um menor — de sala e cozinha! Só assim terei a desculpa de não as hospedar, por absoluta falta de espaço!

E é esse o lance que falta à página de Machado de Assis. O mestre não previu que a vida subiria e que a cidade se converteria no aglomerado do que hoje é. As primas de Sapucaia não somente nos enfadam com o dever de acompanhá-las: perturbam-nos o equilíbrio doméstico, sem se dar conta de que, na geografia dos apartamentos, cada um de nós dispõe apenas de seu espaço essencial.

# UMA PROFECIA DE MACHADO DE ASSIS

*26 de março de 1960*

Machado de Assis profetizou que em 1950 um senhor magro e grisalho se inclinaria sobre o capítulo LXXI das *Memórias póstumas* para descobrir-lhe o senão do livro. "Olhai: daqui a setenta anos" – escreveu o romancista, em 1890 – "um sujeito magro, amarelo, grisalho, que não ama nenhuma outra coisa além dos livros, inclina-se sobre a página anterior, a ver se lhe descobre o despropósito; lê, relê, treslê, desengonça as palavras, saca uma sílaba, depois outra, mais outra, e as restantes, examina-as por dentro e por fora, por todos os lados, contra a luz, espaneja-as, esfrega-as no joelho, lava-as, e nada; não acha o despropósito."

Não se exige uma profecia que seja rigorosamente exata. Todos nós nos contentamos com a simples aproximação da verdade, sempre que um profeta adianta a imaginação curiosa para o futuro e lê por alto, em tradução libérrima, o que ali está à nossa espera.

Daí não ser exagero afirmarmos aqui, à luz do trecho machadiano acima transcrito, que o mestre adivinhou a figura esguia do nosso querido e grande Augusto Meyer debruçado nas páginas das *Memórias póstumas*, a esmiuçar-lhe o pensamento na volúpia da boa leitura.

Perdoa-se a Machado de Assis, dada a distância no tempo, ter posto amarelo onde devia ter escrito corado, na descrição da figura. No mais, a página está certa, sobretudo quando alude à paixão dos livros, que é o traço dominante da personalidade de Augusto Meyer, e ainda quando no-lo mostra a ir e vir pelas linhas impressas.

No meu modo de ver, é Meyer o nosso maior analista de Machado de Assis, seu intérprete por excelência, com o domínio total do tema e a graça particular em exprimir sua visão pessoal do gênio machadiano. Coloco-o, ainda, na primeira linha do ensaio brasileiro e nele vejo um mestre perfeito, como estilo, como cultura, como dignidade de pensamento.

Devemos a Carlos Ribeiro a reedição dos livros de Augusto Meyer em termos de obras completas, de que já saíram o volume das *Poesias* e o livro sobre Machado de Assis, e a que hoje se acrescenta o volume da *Prosa dos pagos*.

A universalidade do gosto literário de Augusto Meyer não apagou de seu espírito o encantamento das paisagens e figuras da terra natal. Por isso, o devoto de Goethe ou Shakespeare, é também devoto de Alcides Maia e Simões Lopes Neto. Podemos dizer, mesmo, que, para os gênios de longes terras, guarda Augusto Meyer a sua admiração deslumbrada, enquanto que, para os talentos de seu rincão, tem ele a ponte de poesia que o leva a amá-los e entendê-los de coração aberto e reconhecido.

Reli a *Prosa dos pagos,* nos capítulos da primeira edição, e li os capítulos novos que engordaram de muito o pequeno livro que eu já tinha na minha estante entre as obras de meu agrado. E saí dessa viagem com a certeza de que também Augusto Meyer, imitando seu mestre Machado de Assis, poderá prever o leitor do futuro debruçado nos seus livros, sob o encantamento de um estilo que alcançou o seu requinte de perfeita depuração e se abre ao nosso aplauso em trechos como este: "Eu tive a sorte de ler os *Contos gauchescos* numa velha casa de estância, com as janelas abertas sobre os horizontes limpos da campanha.".

E em vão esse leitor do futuro, como o bibliômano das *Memórias póstumas*, há de buscar o despropósito. Meyer, a exemplo de Machado de Assis, não deixa senão em seus livros.

# UMA TRILOGIA DA LEVIANDADE FEMININA

*1º de fevereiro de 1964*

Que me conste ainda ninguém se lembrou de reunir, na unidade de uma trilogia conscientemente elaborada, os romances que Machado de Assis publicou em 1881, 1891 e 1899, ou seja: *Memórias póstumas de Brás Cubas, Quincas Borba* e *Dom Camurro*. Faço-o eu, na brevidade deste comentário, e é bem possível que os machadianos não me levem a mal.

Dito isto, no tom gracioso que o mestre escolheu para dar começo à narração do delírio de Brás Cubas, passo a contar a minha descoberta, valendo-me da ênfase alvissareira que o romancista empresta ao narrador, ao nos dar notícia da sua invenção de um emplastro anti-hipocondríaco, destinado a aliviar as tristezas da humanidade.

Cotejando-se aqueles três romances da maturidade machadiana, chega-se à conclusão de que eles se harmonizam numa perfeita trilogia – a trilogia da leviandade feminina, tema central de cada um deles.

As *Memórias póstumas*, redigidas na primeira pessoa, contam-nos o adultério de Virgília, que engana o marido com o Narrador. É, assim, a traição conjugal, vista do ângulo do amante.

Dez anos depois, publica Machado de Assis o *Quincas Borba*, associando-o ao anterior por uma personagem comum: a que dá título ao livro. Diz o romancista, no início do romance: "Este Quincas Borba, se acaso me fizeste o favor de ler as *Memórias póstumas de Brás Cubas*, é aquele mesmo náufrago da existência, que ali aparece, mendigo, herdeiro inopinado, e inventor de uma filosofia. Aqui o tens agora em Barbacena.".

A verdade, porém, é que a ligação dos dois livros, por esse fio é extremamente frágil. O que os aproxima, na realidade, é o tema comum da leviandade feminina, apreciado por outro ângulo – o ângulo de isenção do romancista, que escreve o seu romance na terceira pessoa, sem se identificar assim, de modo profundo, com o drama da narrativa, o que lhe permite pintar sem paixão o comportamento leviano de Sofia, mulher de Cristiano Palha.

A Sofia do *Quincas Borba* pertence a essa casta de mulheres que só enganam o marido com os olhos. E a mais não chega, com efeito, o seu namoro oferecido com o Rubião, personagem principal do romance.

O tema da leviandade feminina volve à pena de Machado de Assis daí a nove anos, quando publica o *Dom Casmurro*. O romancista retoma aí o tom direto da primeira pessoa de que se utilizara nas *Memórias póstumas*. O adultério é apreciado nesse livro sob o ângulo do marido enganado. Não tem, por isso mesmo, aquela nota de vitória feliz com que Brás Cubas contou os seus encontros com Virgília: repassa-o o demorado amargor com que Bentinho, já velho, narrou devagar a traição de Capitu.

José Veríssimo, saudando o livro por ocasião de seu aparecimento, reconheceu no *Dom Casmurro* o "irmão gêmeo, posto que com grandes diferenças de feições, senão de índole, de *Brás Cubas*".

Entre os dois livros, compostos com uma diferença de quase duas décadas, há um traço a mais, que o crítico não observou. É que o título do segundo já estava no primeiro.

Realmente, no capítulo XCIII das *Memórias póstumas*, Sabina, irmã de Brás Cubas, chama este de casmurro, quando ele se esquiva de casar com Nhã-loló. E é também assim que um poeta chama Bentinho, quando este, cabeceando de cansaço e velhice, não lhe dá atenção aos versos: "No dia seguinte entrou a dizer de mim nomes feios, e acabou alcunhando-me *Dom Casmurro*.".

Identificados pelo tema, os três livros ainda se associam, como se viu, por claros elos formais, confirmativos da unidade que lhes orientou o mistério e a consciência da elaboração romanesca.

# OS MISTÉRIOS DE "CAPITU"

*27 de junho de 1968*

O estudo minucioso e paciente que Eugênio Gomes consagrou à apreciação de *O enigma de Capitu* tem esta originalidade inicial: é a primeira vez, em nossa literatura, que um personagem de ficção constitui objeto de um livro de crítica.

Antes de Eugênio Gomes, Aluísio de Carvalho Filho aflorara o tema, com seu espírito de jurista e advogado, nas páginas de um folheto, *O processo penal de Capitu*.

A principal figura feminina da galeria de Machado de Assis, com "seus olhos de cigana oblíqua e dissimulada", sai assim das páginas do *Dom Casmurro* e entra na vida real, para ser analisada nos seus mistérios – os mistérios que lhe deu o romancista com as meias-tintas de seu estilo.

Num pequeno livro que publicou há dez anos, *Souvenirs et Confidences d'un Ecrivain*, Jules Romains teve oportunidade de observar que, enquanto as criaturas humanas nascem, vivem e morrem, os personagens de ficção recompõem o seu destino diante de cada leitor. O fluxo vital que os anima se refaz na leitura, e daí a perenidade do Dom Quixote e de Madame Bovary.

No meu *Pequeno anedotário da Academia Brasileira*, recordei que Machado de Assis, encontrando o visconde de

Taunay a ler um romance na redação da *Revista Brasileira*, viu-lhe o livro, fez um ar de desagrado.
– Não gosta? – pergunto-lhe Taunay.
– Não – confirmou Machado de Assis.
E explicando-se:
– Detesto o escritor que me diz tudo.

A circunstância de não dizer tudo, quando escrevia os seus romances, é que faz de Machado de Assis o mestre lido e estudado, sem que seus textos, após sucessivas releituras, se esgotem de significação. Sempre resta alguma coisa para outras meditações.

É isso que explica o livro de Eugênio Gomes sobre Capitu. A personagem mais enigmática do velho romancista continua dissimulada e esquiva como ele a criou. Inocente? Culpada?

Creio ter dado, há algum tempo, nesta mesma coluna, a minha contribuição de leitor à elucidação do enigma.

– Na obra romanesca de Machado de Assis, *Memórias póstumas de Brás Cubas*, o *Quincas Borba* e o *Dom Casmurro* constituem uma trilogia da leviandade feminina, apreciada no quadro do problema do adultério.

Nas *Memórias póstumas*, romance escrito na primeira pessoa, o adultério é visto do ângulo do amante. No *Dom Casmurro*, também escrito na primeira pessoa, o adultério é visto do ângulo do marido enganado. No *Quincas Borba*, escrito na terceira pessoa, Sofia, mulher de Cristiano Palha, só engana o marido com os olhos: no momento em que deveria entregar-se, muda de ideia, pois apenas gosta de "ser vista, muito vista, para recreio e estímulo dos outros".

À luz desse entendimento, Capitu enganou o amigo de infância que o destino lhe deu para marido.

O livro de Eugênio Gomes não se limita a apreciar a figura do romance nos seus mistérios. É toda uma análise exaustiva do processo de criação romanesca em Machado de Assis.

De onde se conclui que, desta vez, é a própria Capitu que termina enganada. Seu analista a põe de lado, como esquecido dela – e deixa que a sua pena de crítico e ensaísta admirável se distraia na fascinação do romancista, quase que nos dando, com seu livro, uma exaustiva apreciação dos enigmas de Machado de Assis.

# ANTES DA MISSA DO GALO

*24 de dezembro de 1974*

Como estamos quase à hora da Missa do Galo, que Machado de Assis celebrou numa se suas obras-primas, não será fora de propósito falarmos, hoje, aqui, do mestre das *Páginas recolhidas*. Ele próprio, numa de suas crônicas deste período, deu-nos o bom exemplo, comentando o livro de um companheiro, *Flor de sangue*, de Valentim Magalhães.
Sendo assim, falemos também de um livro – sobre Machado de Assis. Com esta diferença: que o romance de Valentim Magalhães era um mau livro, ao passo que *Machado de Assis: a pirâmide e o trapézio*, de Raymundo Faoro, passa a figurar, desde logo, entre os grandes estudos fundamentais sobre o romancista de *Quincas Borba*.
Cada geração, ao defrontar-se com um grande escritor do passado, nele terá de encontrar a substância de novos valores, para que se confirme, mais uma vez, a grandeza desse escritor.
Já hoje se pode reconhecer, com o testemunho de três gerações sucessivas, que é esse, precisamente, o caso de Machado de Assis. Ele começou por impor-se aos seus contemporâneos, ainda na juventude. E não tinha completado trinta anos quando José de Alencar, que o precedera na vida e na reputação literária, lhe atribuiu o primeiro lugar da crítica

brasileira, na carta famosa em que lhe apresentou e recomendou Castro Alves.

Não lhe faltou sequer, ainda em vida, a controvérsia retumbante, a propósito dos valores e dos merecimentos de sua obra: de um lado, com o livro que Sílvio Romero lhe consagrou, no mesmo ano da instalação da Academia Brasileira, e em que sensivelmente lhe contestava a proclamada preeminência; de outro lado, com o pequeno livro admirável em que Lafayette Rodrigues Pereira (Labieno), *Vindiciae*, invalidou as arguições apaixonadas do grande crítico e historiador literário.

Tão copiosa é, agora, a bibliografia sobre a vida e a obra de Machado de Assis, que não haverá exagero em admitir que ela constitui a mais vasta que se publicou sobre um autor brasileiro, no campo da literatura. No seu conjunto, essa bibliografia tem as dimensões de uma biblioteca – se levarmos também em conta os estudos e ensaios dispersos em jornais e revistas, tanto nacionais quanto estrangeiros. Isto confirma o juízo de José Veríssimo, quando, em 1915, ao encerrar a sua *História da literatura brasileira*, lhe deu como coroamento o estudo da obra machadiana, não hesitando em afirmar: "Chegamos agora ao escritor que é a mais alta expressão do nosso gênio literário, a mais eminente figura de nossa literatura, Joaquim Maria Machado de Assis.".

E quando se pensa, após tantas reflexões e tantas pesquisas, que não haveria mais nada a dizer sobre o velho tema, surgem novas contribuições para o seu conhecimento ainda mais profundo. Augusto Meyer, por isso mesmo, chamou de bruxo o romancista – o bruxo de Cosme Velho. Sinal de que não se exauriram, no passar das gerações, as fontes que compõem, com as suas várias vertentes, o incomparável manancial machadiano.

A propósito do cap. LXXI das *Memórias póstumas de Brás Cubas*, imaginou o romancista que, volvidos setenta anos, um bibliômano se inclinaria sobre a página do livro, todo entregue à função de decifrar-lhe uma frase obscura.

Não apenas a frase obscura, e sim todo o contexto da obra de Machado de Assis. Tem sido esse o trabalho da crítica, e sempre com resultados positivos. A rigor toda releitura nos dá um novo Machado de Assis, com algo que nos havia escapado na leitura anterior, a despeito de termos à nossa frente um texto extremamente claro, sem rebuscamentos de linguagem, nem ênfases ou palavras procuradas.

Raymundo Faoro, historiador, sociólogo, homem de letras, debruçou-se sobre o texto machadiano, para nos dar também a sua visão do universo do mestre das *Várias histórias*, em confronto com o meio século de vida brasileira que neste se reflete e condensa: "Discernir o perfil da hora transeunte nos caracteres, desvendar, atrás do papel teatral, as funções sociais e espirituais – este o caminho tentado para reconquistar, no Machado de Assis impresso, não o homem e a época, mas o homem e a época que se criaram na tinta e não na vida real.".

Antes de Raymundo Faoro, Astrojildo Pereira definira Machado de Assis como o romancista do Segundo Reinado (*Interpretações*, Rio, 1934) e concluíra pela existência de "uma consonância íntima e profunda" entre o labor literário do mestre e "o sentido da evolução política e social do Brasil", dando assim razão a Labieno quando escreveu que o mestre de *Quincas Borba* "luta, pensa e escreve como um homem de seu tempo".

Raymundo Faoro vê de um novo ângulo essa comunhão de Machado de Assis. Para ele, o que há na obra machadiana é a estilização da sociedade, ou seja: "a redução da realidade exterior à vontade humana, com formas e modelos artificialmente fixados. E acrescenta: "Machado de Assis não desconhecia nem negava a armadura social. Descreveu-a mais de uma vez, percebendo-a entremeada do sentimento de pesar e assombro. O que lhe faltava, e isto o enquadra na linha dos moralistas, era a compreensão da realidade social, como totalidade, nascida nas relações exteriores e impregnada na vida interior.".

Viria a propósito lembrar aqui o famoso espelho stendhaliano, que também se ajustava ao ofício do romancista, no caso de Machado de Assis, visto que Stendhal, como se sabe, figurava entre os seus mestres. Se Machado estilizava a sociedade do Segundo Reinado, para lhe dar a dimensão da obra de arte romanesca, também a captava e refletia, consoante a lição stendhaliana: "Sim senhor, um romance é um espelho ao longo de um caminho. Ora reflete aos vossos olhos o azul dos céus, ora a lama dos atoleiros da estrada." (*Le Rouge et le Noir* [*O vermelho e o negro*], cap. XIX).

Através da estilização da sociedade brasileira do Segundo Reinado, e que era, em síntese, a redução de sua imagem, nos limites do conto, da novela e do romance, Machado de Assis antecipa-se aos que, no século XX, nos dariam, parceladamente, uma visão sociológica da realidade nacional. Confrontando a palavra do escritor com o testemunho dessa realidade, Raymundo Faoro desenvolve e fundamenta o seu grande livro, que tem a solidez das construções definitivas. Apoiado em M. A. Abrams, chegaria ao espelho stendhaliano: "O historiador e o romancista, perdidos nos territórios de suas perspectivas e perplexidades, armam-se do espelho, para captar e refletir a realidade.".

Já em 1925, um dos mestres da sociologia brasileira, Oliveira Viana, recorria a Machado de Assis, para definir, com uma fantasia do romancista, a peculiaridade de seus estudos: "Esta pesquisa das causas primeiras poderia me levar, de inferência em inferência, muito longe, porque a lógica do historiador é como aquele hipopótamo de uma fantasia de Machado de Assis: tem a fome do infinito e tende a procurar a origem dos séculos." (*O ocaso do Império*, S. Paulo, 1933).

O livro de Raymundo Faoro vem provar-nos agora que a obra machadiana guarda também no seu contexto a própria substância com que haveriam de trabalhar historiadores e sociólogos, à hora da recomposição fiel da sociedade brasileira, na segunda metade do século XIX.

# UMA CENA ERÓTICA EM MACHADO DE ASSIS

*10 de maio de 1983*

 *R*elendo recentemente os *Papéis avulsos*, para conferir um texto desse livro, aconteceu-me o que habitualmente ocorre nos meus regressos ao pequeno mundo de Machado de Assis: em vez de ater-me ao objeto de minha pesquisa, andei a ler um trecho aqui, outro ali, outro mais adiante, levado pela sedução da prosa do velho feiticeiro literário. De repente, nas seduções desse passeio, travei as sobrancelhas, redobrando de atenção. Seria possível o que eu estava lendo? E por que, até agora, ninguém atentara para a página erótica de Machado de Assis, no livro de 1882?
 Porque o que eu tinha diante de mim, espantado, era uma cena de homossexualismo feminino, transparente, perfeita, habilmente concatenada, sem deixar dúvida alguma quanto à sua natureza.
 Creio mesmo que, em nossas letras, é a primeira dessa espécie, antecedendo de alguns anos uma outra, mais explícita e completa, que Aluísio Azevedo deixou em *O cortiço*, publicado em 1890.
 Vem a propósito lembrar aqui que, há alguns anos, dois excelentes humoristas, J. Thurber e E. B. White, num livro lançado em Paris pelas edições Du Seuil, *La Quadrature du*

*Sexe* [*A quadratura do sexo*], acentuaram ser muito importante, aos moços de hoje, quando tiverem de dar aulas de educação sexual a seus pais, o cuidado no emprego das palavras. E isto para evitar que, empregando uma palavra mais viva, deixem angustiadas as pessoas idosas.

A título de exemplo, lembraram os dois escritores que a palavra erótica é um desses vocábulos perigosos, visto que as pessoas mais velhas (estou a me louvar em *La Quadrature du Sexe*) são inclinadas a supor que, em lugar de *erótica*, o filho quis dizer *exótica*.

"Digo isto, com o recato próprio de meus cabelos brancos (relevem-me esta sisudez risonha), para acentuar que estou a referir-me, não a uma cena exótica em Machado de Assis, mas sim a uma cena *erótica*.

Em Machado de Assis? No Machado de Assis que, em 1878, escrevendo sobre *O primo Basílio*, pedia contas a Eça de Queirós pelas cenas ousadas de seu romance? Sim, é verdade. No mesmo Machado de Assis.

Na crítica veemente ao livro do confrade português, o mestre de *Iaiá Garcia* vai a ponto de censurar, no romance anterior de Eça, *O crime do padre Amaro*, a "reprodução fotográfica de coisas mínimas e ignóbeis". E observa no tom de censura candente, indo mais adiante na condenação do realismo do *O primo Basílio*: "Com tais preocupações de escola, não admira que a pena do autor chegue ao extremo de correr o reposteiro conjugal; que nos talhe as suas mulheres pelos aspectos e rejeitos da concupiscência; que escreva reminiscências e alusões de um erotismo que Proudhon chamaria onissexual e onímodo; que, no meio das tribulações que assaltam a heroína, não lhe infunda no coração, em relação ao esposo, as esperanças de um sentimento superior, mas somente os cálculos da sensualidade e os ímpetos da concubina; que nos dê as cenas repugnantes do *Paraíso*; que não esqueça sequer os desenhos torpes de um corredor de teatro.".

Ora, a despeito dessa censura ao realismo de Eça de Queirós, Machado de Assis – conforme acentuaram alguns de seus críticos e analistas – não conseguiu reprimir, na criação literária, os indícios de sua sensualidade veemente. Peregrino Júnior, que figura entre esses analistas, com um livro minudente sobre *Doença e constituição de Machado de Assis* (Editora José Olympio, Rio, 1938), vai ainda mais longe na apreciação do escritor, porque o define como um "lascivo cerebral", como subconsciente "povoado de recalques e complexos".

Dessa lascívia machadiana (a expressão é de Peregrino), os exemplos mais significativos seriam o conto "Uns braços", nas *Várias histórias*, e o capítulo "O penteado", no *Dom Casmurro*, além de alguns poemas de juventude, notadamente aquele em que diz:

> Eras pálida. E os cabelos
> Aéreos, soltos novelos,
> Sobre as espáduas caíam...
> Os olhos, meio cerrados
> De volúpia e de ternura
> Entre lágrimas luziam...
> E os braços entrelaçados,
> Como cingindo a ventura,
> Ao teu seio me cingiam...

Até aí, nada de mais. Machado de Assis seguia o estilo de seu tempo, próprio da poesia romântica. Suspiros, apertos, desmaios, como elementos do erotismo literário, tinham trânsito natural na poesia, no romance, no conto e no teatro.

O próprio Machado de Assis, acusado de ter sido excessivo na sua crítica a Eça de Queirós, quando condenou as cenas e alusões que considerou "menos próprias do decoro literário", rechaçou o exemplo do *Cântico dos cânticos*, invocado por um de seus opositores, e acrescentou: "Nem era preciso ir à Palestina. Tínheis a *Lisístrata*; e, se a *Lisístrata* parecesse obscena demais, podíeis argumentar com algumas frases de Shakespeare e certas locuções de Gil Vicente e Camões. Mas o argumento, se tivesse diferente origem, não teria diferente valor.". E concluía: "A razão disto, se não fosse óbvia, podíamos apadrinhá-la com Macaulay: é que há termos delicados num século e grosseiros no século seguinte. Acrescentarei que noutros casos a razão pode ser simplesmente tolerância do gosto.".

Ao tempo de Machado de Assis, caberia nessa "tolerância do gosto" uma cena de homossexualismo feminino?

E é essa cena que, na transparência da palavra bem conduzida, o mestre nos apresenta, num dos contos dos *Papéis avulsos*.

Vamos à cena. O episódio está no conto "D. Benedita". Esta D. Benedita, separada do marido, que se mandou para o Pará como desembargador, reúne alguns amigos, no dia de seu aniversário. Está fazendo 42 anos, mas há quem lhe dê 29.

Em meio ao burburinho da casa cheia, eis como o Narrador nos mostra a sua personagem: "D. Benedita fala, como as suas visitas, mas não fala para todas, senão para uma, que está sentada ao pé dela. Essa é uma senhora gorda, simpática, muito risonha, mãe de um bacharel de vinte e dois anos, o Leandrinho, que está sentado defronte delas. D. Benedita não se contenta de falar à senhora gorda, *tem uma das mãos desta entre as suas*; e não se contenta de lhe ter presa a mão, *fita-lhe uns olhos namorados, vivamente namorados*.".

A cena gradativamente se acentua, a propósito desses *olhos vivamente namorados*: "Não os fita, note-se bem, de um modo persistente e longo, mas *inquieto, miúdo, repetido, instantâneo*.".

Prossegue Machado de Assis: "Em todo caso, *há muita ternura naquele gesto*; e dado que não a houvesse, não se perderia nada, porque D. Benedita repete com a boca a D. Maria dos Anjos tudo o que com os olhos lhe tem dito: – que está encantada, que considera uma fortuna conhecê-la, que é muito simpática, muito digna, que traz o coração nos olhos, etc., etc., etc.".

Atente-se bem para o fato de que, além da declaração explícita, o Narrador recorre ao *etc.* repetido, a que associa, transparentemente, o tom da inflexão de malícia, dando mais vida intencional à cena amorosa.

Voltemos a Machado de Assis, atentando agora para a alusão clara ao ciúme de outra amiga de D. Benedita: "Uma de suas amigas diz-lhe, rindo, que está com *ciúmes*. – Que arrebente! – responde ela, rindo também. E voltando-se para a outra: – Não acha? *Ninguém deve meter-se com a nossa vida.*".

Agora, o remate da cena: "E aí tornavam as finezas, os encarecimentos, os risos, as ofertas, mais isto, mais aquilo – um projeto de passeio, outro de teatro, e promessas de muitas visitas, *tudo com tamanha expansão e calor, que a outra palpitava de alegria e reconhecimento.*".

Convém acentuar que, a pretexto da emoção de um brinde, o Narrador retira D. Benedita de cena, levando-a para outro aposento, na companhia de D. Maria dos Anjos.

E vejam o remate do episódio, mais adiante: "D. Benedita voltou nesse momento pelo braço de D. Maria dos Anjos. *Trazia um sorriso envergonhado*; pediu desculpas da interrupção, e sentou-se com a recente amiga (D. Maria dos Anjos), *agradecendo-lhe o cuidado que lhe deu, pegando-lhe outra vez na mão.*". Atente-se para o diálogo das duas, logo a seguir: "– Vejo que me quer bem, disse ela. – A senhora merece, disse D. Maria dos Anjos. – Mereço?, inquiriu ela entre desvanecida e modesta.".

Por fim, eis o que diz Machado de Assis, insistindo na feição amorosa do episódio, quando D. Benedita assume um ar modesto: "E declarou que não, que a outra é que era boa, um anjo, um verdadeiro anjo; palavra que ela *sublinhou com o mesmo olhar namorado, não persistente e longo, mas inquieto e repetido.*".

A cena erótica aí está, sem subterfúgios, transparente, muito clara. O que atualiza o velho Machado de Assis, numa hora em que tudo é permitido.

# UMA LIÇÃO DE ESTILO

*18 de abril de 1989*

Enganam-se os que pensam que, nas recordações dos outros, encontramos apenas essas recordações.

Não, não é bem assim, sobretudo se obedecemos à atração de uma nova leitura. Porque a verdade é que nós próprios nos transferimos ao texto alheio enquanto nossos olhos os percorrem. Daí esta surpresa: voltamos a encontrar a nós mesmos, com uns laivos das emoções que a primeira leitura suscitou em nós.

Um destes dias, reli a página de Machado de Assis sobre o velho Senado, e logo dei por mim, na casa de meus pais, em São Luís, com os meus longínquos dezoito anos, a ler, encantado, essa mesma página, na edição Garnier do livro quase póstumo em que o mestre a enfeixou, *Páginas recolhidas*.

É oportuno assinalar o quanto realizou a pena de Machado de Assis quando deslizou no papel sob o impulso da memória. Primeiro, o grande romance com que se iniciaria a fase solar de sua maturidade, *Memórias póstumas de Brás Cubas*; depois, aquele com que encenaria, de modo evocativo, essa mesma fase, recolhendo a poesia do passado, *Memorial de Aires*.

Ano após ano, andei coordenando aos poucos, ao longo de sucessivas leituras, nos velhos livros machadianos, o volume que há de valer como o complemento natural do livro que publiquei há alguns anos e que talvez haja contribuído para dar um toque a mais de humanidade ao velho romancista, *O presidente Machado de Assis*. Neste, com o testemunho de seus papéis epistolares, pude recompor o Machado amigo de seus amigos, afetuoso, solícito, prestativo, bem diferente do Machado de Assis que parece longe de nós, por trás do *pince-nez*, no retrato pintado por Bernardelli.

Não foi difícil coordenar, com a recolta dos trechos evocativos de Machado de Assis, nas suas crônicas, nos seus contos, nos seus romances, nas suas cartas, o volume que chamei de *Memórias póstumas de Machado de Assis*. Ver-se-á, por esse livro do próprio Machado, o quanto o tom evocativo foi o tom de sua pena literária. Tudo lhe serve de pretexto para ir buscar no passado as saudades de si mesmo.

A página sobre o velho Senado, longe de ser uma exceção, ou um texto singular, é o tom dominante da pena machadiana. Veja-se, como exemplo, a nota intimista, muito pessoal, com que atiça as lembranças, a propósito de umas litografias de Sisson, uma visão do Senado de 1860: "Nesse ano entrara eu para a imprensa. Uma noite, como saíssemos do Teatro Ginásio, Quintino Bocaiúva e eu fomos tomar chá. Bocaiúva era então uma figura gentil de rapaz, delgado, tez macia, fino bigode e olhos serenos. Já então tinha os gestos lentos de hoje, e um pouco daquele ar *distant* que Taine achou em Merimée. Disseram uma coisa análoga de Challemel-Lacour, que alguém ultimamente definia como *très republicain de conviction et très aristocrate de temperament*\*
O nosso Bocaiúva era só a segunda parte, mas já então liberal bastante para dar um republicano convicto. Ao chá conversamos primeiramente de letras, e pouco depois de política, matéria introduzida por ele, o que me espantou bastante; não era uso pessoal nas nossas práticas.".

---

\* muito aristocrata de convicção e muito aristocrata de temperamento.

Hoje, o chá teria sido diferente: teriam falado sobretudo de política e excepcionalmente de letras, mesmo considerando que eram poetas e prosadores que se reuniam, atraídos pelo convívio da amizade.

A cautela de Machado de Assis, esquivando-se, retraindo-se, vem na sequência da evocação: "Nem é exato dizer que conversávamos de política, eu antes respondia às perguntas que Bocaiúva me ia fazendo, como se quisesse conhecer minhas opiniões. Provavelmente não as teria fixas nem determinadas; mas, quaisquer que fossem, creio que as exprimi na proporção e com a precisão apenas adequadas ao que ele me ia oferecer.".

A página de Machado de Assis, lida devagar, com o propósito de recolher, do homem e do escritor, a imagem exata, sem perder de vista o que está também nas entrelinhas, diz mais do que ficou escrito, e é o próprio escritor que nos ajuda a ir adiante captando-lhe o que não quis escrever.

Assim, quando nos fala de um caso de amor do senador Eusébio de Queirós. A rigor, parece-nos que o fato, sob forma de murmuração, escaparia ao feitio e à vigilância de Machado de Assis. Mas é ele próprio que se encarrega de nos abrir os olhos, dizendo claramente o que não disse.

Vale a pena volver a esse texto: "Eusébio de Queirós era justamente respeitado dos seus e dos contrários. Não tinha a figura esbelta de um Paranhos, mas ligava-se-lhe uma história particular célebre, dessas que a crônica social e política de outros países escolhe e examina, mas que os nossos costumes – aliás demasiado soltos na palestra – não consentem inserir no escrito.".

Aguçada a curiosidade do leitor, ao dar a entender a murmuração da cidade, o mestre insinua em vez de pôr no papel, e o faz de modo que a murmuração se torna transparente: "De resto, pouco valeria repetir agora o que se divulgava então, não podendo pôr aqui a própria e extremada beleza

da pessoa que as ruas e salas desta cidade viram tantas vezes.".
E Machado de Assis remata, quase a dizer-lhe o nome: "Era alta e robusta; não me ficaram outros pormenores.".

Nesse dizer e não dizer está o escritor, senhor da palavra e do silêncio, com a sua arte, com seu poder de comunicação. Para a barba passa-piolho de Eusébio de Queirós, acha ele a expressão nova, que diz tudo magistralmente: – barba em forma de colar.

A velhice de Itanhaém não escapou ao comentário machadiano, e é tão astucioso esse comentário, que mais parece um jogo de bilhar, com o taco a bater na bola que vai bater noutra bola e empurrará uma terceira bola: "A figura de Itanhaém era uma razão visível contra a vitaliciedade do Senado, mas é também certo que a vitaliciedade dava àquela casa uma consciência de duração perpétua, que parecia ler-se no rosto e no trato de seus membros. Tinham um ar de família, que se dispersava durante a estação calmosa, para ir às águas e outras diversões, e que se reunia depois, em prazo certo, anos e anos. Alguns não tornavam mais, e outros novos apareciam; mas também nas famílias se morre e nasce. Dissentiam sempre, mas é próprio das famílias numerosas brigarem, fazerem as pazes e tornarem a brigar; parece até que é a melhor prova de estar dentro da humanidade.".

O retrato do velho senador, teimando com a idade, não poderia ser mais perfeito, no florilégio de velhos, que era então o Senado: "Os senadores compareciam regularmente ao trabalho. Era raro não haver sessão por falta de *quorum*. Uma particularidade do tempo e que muitos vinham em carruagem própria, como Zacarias, Monte Alegre, Abrantes, Caxias e outros, começando pelo mais velho, que era o marquês de Itanhaém. A idade deste fazia-o menos assíduo, mas ainda assim era-o mais do que cabia esperar dele. Mal se podia apear do carro, e subir as escadas; arrastava os pés até a cadeira, que ficava do lado direito da mesa. Era seco e mirrado, usava cabeleira e trazia óculos fortes. Nas cerimônias de abertura e encerramento, agravava o aspecto com a farda de senador. Se usasse barba, poderia disfarçar o chupado e engelhado dos tecidos, a cara rapada acentuava-lhe a decrepitude.".

Daumier, com seu traço forte, com seu instinto da caricatura, não teria feito melhor desenho do que esse, de Itanhaém, na pena de Machado de Assis.

# SOBRE O AUTOR

***Josué de Souza Montello*** nasceu em São Luís do Maranhão a 21 de agosto de 1917. Desde cedo confirmaria sua tendência literária ao se destacar como um dos mais aplicados alunos do Liceu Maranhense e fundar o periódico *A Mocidade*, onde publicou seus primeiros textos. Aos quinze anos, passou a colaborar também em jornais de sua cidade, como *A Tribuna*, *O Imparcial* e *Folha do Povo*.

No Liceu, além de desempenhar múltiplas funções no periódico *A Mocidade*, de "redator-chefe, secretário, diretor-gerente e diretor-tesoureiro" – como diria numa crônica –, assume também o posto de presidente do Centro Estudantil, dando mostras de liderança e de espírito empreendedor. O jovem Josué, no despertar da vida, já sinalizava seu percurso no campo das realizações, tanto na esfera pública quanto na literatura.

Antes de completar dezenove anos, deixa a cidade natal, onde vivia em companhia dos pais – Antônio Bernardo Montello e Mância de Souza Montello – e dos sete irmãos, deslocando-se para Belém do Pará. Continua os estudos nesta cidade, e segue publicando textos em jornais, dentre estes, *O Estado do Pará*. No mesmo ano, em dezembro de 1936, faria sua grande travessia pelo mar, rumo à cidade do Rio de Janeiro, onde passaria a residir até o fim da vida, excetuando-se os anos em que se ausentou do Brasil por exigência de convites diplomáticos ou da prática docente.

No Rio, assume o primeiro emprego como redator de uma publicação financeira, enquanto prossegue com suas colaborações, principalmente na *Careta* e em *O Malho*, assim como contribui em semanários literários da então capital federal. Passa a se dedicar ao magistério e conquista a almejada estabilidade financeira ao ser aprovado em concurso de provas e títulos para Técnico em Educação, defendendo tese sobre a arte dramática.

Lança, em 1941, o romance *Janelas fechadas*, marcando sua estreia no gênero que o consagraria como um dos grandes escritores de seu tempo. O livro seria o primeiro dos 27 romances que viria a publicar ao longo da carreira.

Coroando sua intensa dedicação à literatura, é eleito membro da Academia Brasileira de Letras em 1954, ocupando a cadeira 29, na sucessão de Cláudio de Sousa. Aos 36 anos, torna-se um dos mais jovens imortais da Casa de Machado de Assis, e, posteriormente, tendo convivido por mais de cinquenta anos na ABL, seria reconhecido como um dos maiores decanos da instituição.

Exerce diversos cargos importantes em sua carreira pública, entre os quais: diretor dos cursos da Biblioteca Nacional; diretor-geral da Biblioteca Nacional; diretor do Serviço Nacional do Teatro do Ministério da Educação; secretário-geral do estado do Maranhão; subchefe da Casa Civil da Presidência da República, no governo de Juscelino Kubitschek; diretor do Museu Histórico Nacional; fundador e primeiro diretor do Museu da República; presidente do Conselho Federal de Cultura; conselheiro cultural da Embaixada do Brasil em Paris; embaixador do Brasil junto à Unesco; e, finalmente, presidente da Academia Brasileira de Letras.

Desempenha também a função de professor de Língua Portuguesa, em universidades na Espanha e em Portugal, assim como leciona na cátedra de Estudos Brasileiros, no Peru. Por sua dedicação ao magistério, recebe dois títulos de

Doutor *Honoris Causa*: um deles pela Universidade de Lima, e o outro pela Universidade do Maranhão, da qual também seria professor e reitor.

Contudo, a responsabilidade dos cargos assumidos não o impede de continuar produzindo intensamente, desde romances, passando pelas crônicas, ensaios, novelas, textos dramáticos e literatura infantojuvenil, além de outros livros sobre História e Educação. Acerca de sua intensa atividade, desde a juventude, no desempenho de tantas funções no Brasil e no exterior, Montello diria:

A circunstância de ter vivido várias vidas, nos postos que exerci, nas cidades em que morei, nas mudanças de caminho, com novas experiências importantes, novos amigos e companheiros, como escritor, como jornalista, como professor, como diplomata, escrevendo artigos, peças de teatro, teses, monografias, e publicando romances, contos, novelas, ensaios, estudos históricos, polêmicas, sempre pude permanecer fiel a mim mesmo.

Essa marca de fidelidade na obra e na vida, de fato, permite-nos reconhecer em Montello o homem de sua província, que, mesmo tendo deixado tão cedo a terra natal, soube levá-la consigo por onde passou. Apesar do espírito empreendedor, da incansável lida e de tantas mudanças no caminho, o escritor confessaria que a expansão do seu gênio contradizia o homem recolhido que sempre foi, que convivia mais com "os livros e o papel da escrita do que com os companheiros de geração".

Em "Roteiro de caminhantes", texto de abertura dos *Diários*, faria um resumo de sua longa carreira, já com o olhar do homem maduro que sente a vida se abreviar. Mesmo assim, Josué Montello manteria acesa a chama da devoção literária, no recôndito de seu lar, cercado pelos livros e pelo afeto e dedicação da esposa Yvonne:

Nada mais sou do que escritor. Escritor pela graça de Deus. Não me seduziram outros títulos. Não busquei outras recompensas. E se tivesse de reviver esta vida, queria vivê-la com igual pendor. [...].
Já descendo a outra encosta da vida, nada mais aspiro do que a este canto, esta folha de papel, esta caneta, estes livros e à luz desta mesma lâmpada, enquanto ouço perto de mim os passos da companheira perfeita, outra dádiva de Deus.

Diante da vasta obra que nos deixou, desde o início da carreira até sua morte em 15 de março de 2006, não há como negar que Josué Montello tenha, de fato, vivido muitas vidas, mas todas convergiriam para um único desígnio: o de escrever. Aos olhos do escritor, na mesma acepção machadiana, o mundo seria esse grande livro de que muitos leem apenas um capítulo, enquanto poucos, como ele, dispõem-se a ler o livro inteiro. A mais importante missão do autor é, sem dúvida, traduzir em palavras tudo aquilo que seu gênio conseguiu absorver da leitura do mundo.

# BIBLIOGRAFIA

## Romance

*Janelas fechadas.* Rio de Janeiro: Pongetti, 1941. (2. ed. Rio de Janeiro: Nova Fronteira, 1982).

*A luz da estrela morta.* Rio de Janeiro: José Olympio, 1948. (5. ed. Rio de Janeiro: Nova Fronteira, 1995).

*Labirinto de espelhos.* Rio de Janeiro: José Olympio, 1952. (4. ed. Rio de Janeiro: Nova Fronteira, 1995).

*A décima noite.* Rio de Janeiro: José Olympio, 1959. (6. ed. Rio de Janeiro: Nova Fronteira, 1982).

*Os degraus do paraíso.* São Paulo: Martins, 1965. (6. ed. Rio de Janeiro: Nova Fronteira, 1994).

*Cais da sagração.* São Paulo: Martins, 1971. (9. ed. Rio de Janeiro: Nova Fronteira, 1996).

*Os tambores de São Luís.* Rio de Janeiro: José Olympio/INL, 1975. (6. ed. Rio de Janeiro: Nova Fronteira, 1991).

*Noite sobre Alcântara.* Rio de Janeiro: José Olympio, 1978. (4. ed. Rio de Janeiro: Nova Fronteira, 1996).

*A coroa de areia.* Rio de Janeiro: José Olympio, 1979. (2. ed. Rio de Janeiro: Nova Fronteira, 1984).

*O silêncio da confissão.* Rio de Janeiro: Nova Fronteira, 1980. (3. ed. Rio de Janeiro: Nova Fronteira, 1983).

*Largo do Desterro.* Rio de Janeiro: Nova Fronteira, 1981. (2. ed. Rio de Janeiro: Nova Fronteira, 1982).

*Aleluia.* Rio de Janeiro: Nova Fronteira, 1982. (5. ed. Rio de Janeiro: Nova Fronteira, 1991).

*Pedra viva.* Rio de Janeiro: Nova Fronteira, 1983. (2. ed. Rio de Janeiro: Nova Fronteira, 1984).

*Uma varanda sobre o silêncio.* Rio de Janeiro: Nova Fronteira, 1984. (4. ed. Rio de Janeiro: Nova Fronteira, 1993).

*Perto da meia-noite.* Rio de Janeiro: Nova Fronteira, 1985. (2. ed. Rio de Janeiro: Nova Fronteira, 1990).

*Antes que os pássaros acordem.* Rio de Janeiro: Nova Fronteira, 1987. (2. ed. Rio de Janeiro: Nova Fronteira, 1995).

*A última convidada.* Rio de Janeiro: Nova Fronteira, 1989. (2. ed. Rio de Janeiro: Nova Fronteira, 1990).

*Um beiral para os bem-te-vis.* Rio de Janeiro: Nova Fronteira, 1989. (2. ed. Rio de Janeiro: Nova Fronteira, 1990).

*O camarote vazio.* Rio de Janeiro: Nova Fronteira, 1990. (3. ed. Rio de Janeiro: Nova Fronteira, 1995).

*O baile da despedida.* Rio de Janeiro: Nova Fronteira, 1992. (6. ed. Rio de Janeiro: Nova Fronteira, 1994).

*A viagem sem regresso.* Rio de Janeiro: Nova Fronteira, 1993.

*Uma sombra na parede.* Rio de Janeiro: Nova Fronteira, 1995.

A mulher proibida. In: *Romances escolhidos.* Rio de Janeiro: Nova Fronteira, 1996.

*Enquanto o tempo não passa.* Rio de Janeiro: Nova Fronteira, 1996.

*Sempre serás lembrada.* Rio de Janeiro: Nova Fronteira, 2000.

*A mais bela noiva de Vila Rica.* Rio de Janeiro: Nova Fronteira, 2001.

**Estudos sobre Machado de Assis**

"O conto brasileiro: de Machado de Assis a Monteiro Lobato". In: MONTELLO, Josué. *Caminho da fonte.* Rio de Janeiro: INL, 1959, p. 279-365. (2. ed. Rio de Janeiro: Edições de Ouro, 1967).

*O presidente Machado de Assis.* São Paulo: Martins, 1961. (2. ed. Edição para cegos – gravação em cassetes do livro falado, São Paulo: Fundação para o Livro do Cego no Brasil, 1978).

*Machado de Assis:* estudo introdutório e antologia. Lisboa: Editorial Verbo, 1972.

*Memórias póstumas de Machado de Assis.* Rio de Janeiro: Nova Fronteira, 1997.

*Os inimigos de Machado de Assis.* Rio de Janeiro: Nova Fronteira, 1998.

"O cronista Machado de Assis". Conferência proferida na ABL, na abertura do Ciclo Machado de Assis – cronista e poeta, 2000.

**Crônica**

*Os bonecos indultados.* Rio de Janeiro: A Casa do Livro, 1973.

**Novela**

*O fio da meada.* Rio de Janeiro: O Cruzeiro, 1955.

*Duas vezes perdida.* São Paulo: Martins, 1966.

*Numa véspera de Natal*. Rio de Janeiro: Gráfica Tupy, 1967.

"Um rosto de menina". In: *Uma tarde, outra tarde*. São Paulo: Martins, 1968, p. 11-40. (4. ed. São Paulo: Difel, 1983).

*Uma tarde, outra tarde*. São Paulo: Martins, 1968. (2. ed. São Paulo: Martins, 1971).

*A indesejada aposentadoria*. Brasília: Ebrasa/Ed. de Brasília, 1972.

*Glorinha*. São Paulo: Clube do Livro, 1977.

**Romances e novelas editados em Portugal**

*Um rosto de menina*. Lisboa: Difel, 1984.

*A coroa de areia*. Lisboa: Livros do Brasil, 1987.

*Os tambores de São Luís*. Lisboa: Livros do Brasil, 1990.

*Largo do Desterro*. Lisboa: Livros do Brasil, 1993.

**Teatro**

*Escola da saudade*: comédia em 3 atos. São Luís: Imprensa Oficial do Maranhão, 1946.

*O verdugo*: drama em 1 ato. Rio de Janeiro: Gráfica Olímpica, 1954.

*A miragem*: comédia em 3 atos. Rio de Janeiro: José Olympio, 1959.

*Através do olho mágico*. Rio de Janeiro: Serv. Nac. do Teatro, 1959.

*A baronesa*: comédia em 3 atos. Rio de Janeiro: José Olympio, 1960.

*Um apartamento no céu*. Rio de Janeiro: Edições Consultor, 1995.

## Diário

*Diário da manhã.* Rio de Janeiro: Nova Fronteira, 1984.

*Diário da tarde.* Rio de Janeiro: Nova Fronteira, 1988.

*Diário do entardecer.* Rio de Janeiro: Nova Fronteira,1991.

*Diário da noite iluminada.* Rio de Janeiro: Nova Fronteira, 1994.

## Ensaio

*Gonçalves Dias.* Rio de Janeiro: publicações da Academia Brasileira de Letras, 1942.

*Histórias da vida literária.* Rio de Janeiro: Nosso Livro Ed., 1944.

*O Hamlet de Antônio Nobre.* Rio de Janeiro: Ser. Doc./MEC, 1949.

*Cervantes e o moinho de vento.* Rio de Janeiro: Gráfica Tupy, 1950.

*Viagem ao mundo do Dom Quixote.* Fortaleza: Universidade Federal do Ceará, 1953.

*Fontes tradicionais de Antônio Nobre.* Rio de Janeiro: Serv. Doc./MEC, 1953.

*Ricardo Palma, clássico da América.* Rio de Janeiro: Gráfica Olímpica, 1954.

*Artur Azevedo e a arte do conto.* Rio de Janeiro: Liv. São José, 1956.

*Estampas literárias.* Rio de Janeiro: Organização Simões, 1956.

*A oratória atual do Brasil.* Rio de Janeiro: Serv. Doc./DASP, 1959.

*Caminho da fonte*. Rio de Janeiro: INL, 1959.

*Santos de casa*. Fortaleza: Imprensa Universitária do Ceará, 1966.

*Uma afinidade de Manuel Bandeira:* Vicente de Carvalho. Fortaleza: Imprensa Universitária do Ceará, 1967.

"Marcas literárias da comunidade luso-brasileira". Lisboa: Comissão Executiva do V Centenário de Nascimento de Pedro Álvares Cabral, 1968. In: *Separata do Boletim da Academia Internacional de Cultura Portuguesa*. Lisboa, n. 4, 1968.

*Uma palavra depois de outra*. Rio de Janeiro: INL, 1969.

*Un maître oublié de Stendhal*. Paris: Éditions Seghers, 1970.

*Estante giratória*. Rio de Janeiro: Liv. São José, 1971.

"A transição da cultura brasileira". In: *Revista do Arquivo Municipal de São Paulo*. São Paulo: 1973, n. 185 a 200.

"O estilo de Rui Barbosa". In: ___. (et al.) *Rui, o parlamentar*. Salvador: ABC Gráfica, 1978, p. 5-20.

"Entre o jogo de armar e o *best-seller*". In:___. (et al.). *Para entender os anos 70*. Rio de Janeiro: Bloch, 1980, p.111-119.

*Lanterna vermelha*. São Luís: Academia Maranhense, 1985.

*Janela de mirante*. São Luís: SIGE, 1993.

*O Modernismo na Academia:* testemunhos e documentos. Rio de Janeiro: ABL, 1994. (Coleção Afrânio Peixoto).

*Fachada de azulejo*. São Luís: AML, 1996.

*O tempo devolvido:* cenas e figuras da História do Brasil. Rio de Janeiro: ABL, 1996. (Coleção Afrânio Peixoto).

*Baú da juventude*. São Luís: Academia Maranhense de Letras, 1997.

*O Juscelino Kubitschek de minhas recordações.* Rio de Janeiro: Nova Fronteira, 1999.

**História**

*História dos homens de nossa história.* (et al.). Belém: Oficinas Gráficas do Inst. Lauro Sodré, 1936.

*Os holandeses no Maranhão.* Rio de Janeiro: DIP, 1945. (2. ed. Rio de Janeiro: Serv. Doc./MEC, 1946).

*História da Independência do Brasil.* (Introdução, planejamento e direção geral da obra). Rio de Janeiro: A Casa do Livro, 1972, 4 vols.

*Pedro I e a Independência do Brasil à luz da correspondência epistolar.* Rio de Janeiro: Associação Comercial, 1980.

**História Literária**

*Pequeno anedotário da Academia Brasileira.* São Paulo: Martins, 1974. (2. ed. Rio de Janeiro: Francisco Alves, 1980).

*Aluísio Azevedo e a polêmica d'O mulato.* Rio de Janeiro: José Olympio. Brasília: INL, 1975.

*A polêmica de Tobias Barreto com os padres do Maranhão.* Rio de Janeiro: José Olympio. Brasília: INL, 1978.

*A Academia Brasileira entre o Silogeu e o Petit Trianon.* Rio de Janeiro: ABL, 1997.

*Primeiras notícias da Academia Brasileira de Letras.* Rio de Janeiro: ABL, 1997.

## Literatura infantojuvenil

*O tesouro de Dom José.* Rio de Janeiro: O Malho, 1944. (Biblioteca Infantil d'*O Tico-Tico*).

*As aventuras do Calunga.* Rio de Janeiro: O Malho, 1945. (Biblioteca Infantil d'*O Tico-Tico*).

*O bicho do circo.* Rio de Janeiro: O Malho, 1945. (Biblioteca Infantil d'*O Tico-Tico*).

*A viagem fantástica.* Rio de Janeiro: O Malho, 1946. (Biblioteca Infantil d'*O Tico-Tico*).

*Conversa do Tio Juca.* Rio de Janeiro: O Malho, 1947 a 1948.

*A cabeça de ouro.* Rio de Janeiro: O Malho, 1949. (Biblioteca Infantil d'*O Tico-Tico*).

*As três carruagens e outras histórias.* São Paulo: LISA; Brasília: INL, 1979.

*Fofão, Antena e o vira-lata inteligente.* Rio de Janeiro: José Olympio, 1980.

*O carrasco que era santo.* Rio de Janeiro: Nova Fronteira, 1994.

*A formiguinha que aprendeu a dançar.* Rio de Janeiro: Consultor, 1997.

# BIOGRAFIA DO SELECIONADOR

**Flávia Vieira da Silva do Amparo** nasceu na cidade do Rio de Janeiro, em 11 de novembro de 1974. Formou-se em Letras, em 1996, pela Universidade do Estado do Rio de Janeiro. É doutora em Letras Vernáculas pela Universidade Federal do Rio de Janeiro, onde desenvolveu pesquisa sobre a poesia e a prosa de Machado de Assis.

Ainda sobre a obra de Machado, escreveu o ensaio "O legado de Prometeu", agraciado com o segundo lugar no concurso de redação para professores, promovido pela *Folha Dirigida*, em parceria com a Academia Brasileira de Letras.

Atualmente é professora adjunta de Literatura Brasileira da Universidade Federal Fluminense e leciona Literatura e Língua Portuguesa no Colégio Pedro II, no Rio de Janeiro.

# ÍNDICE

O retorno do cronista .................................... 7

MEMÓRIAS

Memórias ........................................................ 17
Carmem Miranda e eu ................................. 19
O amigo que eu perdi .................................. 22
Dois episódios da idade madura ................ 25
Trinta anos depois – I .................................. 28
Uma senhora ................................................. 31
As memórias de Kubitschek ....................... 34
Canção para o Café Amarelinho ................ 38
Parêntese pessoal ......................................... 42
Reencontro do primeiro romance .............. 46
Cenas da província ...................................... 51
O jornal da juventude .................................. 57
Trinta anos depois – II ................................. 61
Confissões de um romancista ..................... 65
Entre a verdade e a imaginação ................. 70
Ao som dos tambores .................................. 75

# HISTÓRIAS DA ACADEMIA

| | |
|---|---|
| Candidato à Academia | 83 |
| O "jeton" da liberdade | 85 |
| As mulatas do senador | 87 |
| O segredo dos belos versos | 90 |
| Uma história de carnaval | 92 |
| Uma visita de candidato | 94 |
| A coragem de Euclides da Cunha | 97 |
| Os velhos da Academia | 100 |
| A hora dos jovens | 103 |
| Lima Barreto na Academia | 108 |
| A propósito da Academia | 114 |
| Os noventa anos de Austregésilo de Athayde | 119 |

## ÓBICES DO OFÍCIO

| | |
|---|---|
| A questão ortográfica | 127 |
| No país da memória alheia | 130 |
| Em louvor de um sabiá | 133 |
| Os cochilos de Homero | 136 |
| O lugar-comum | 138 |
| O susto do poeta | 140 |
| Médico à força | 143 |
| Um vestido de baile | 145 |
| A camisola do ditador | 148 |
| De mestre a discípulo | 151 |
| Política e Letras | 154 |

Confissão de um romancista ............................................. 157
Um fenômeno novo: o iletrismo ...................................... 162

### AMIGOS DE SEMPRE

Receita de felicidade ........................................................ 169
R. Magalhães Júnior ........................................................ 172
Aventuras de Lêdo Ivo ..................................................... 175
Uma experiência africana ................................................ 177
Grande Rosa: saudades .................................................... 180
Minhas saudades de Carlos Lacerda ................................ 182
Uma revelação de Vargas Llosa ....................................... 187
A vida merecida: Afonso Arinos ..................................... 192
No centenário de Manuel Bandeira ................................. 196
Saudade de Orígenes Lessa .............................................. 200
Drummond ....................................................................... 204
Imagens de Álvaro Moreyra ............................................. 209

### HOMENS E LIVROS

Presença de Eça de Queirós ............................................. 217
Uma página modelar sobre Dante ................................... 219
Um modelo de companheiro ........................................... 222
O caminho de Clarice ...................................................... 225
O nome dos personagens ................................................. 229
O retrato de Graciliano Ramos ....................................... 234
Um grande poeta entre a rima e a solução .................... 238
Entre a curiosidade e o testemunho ................................ 243
Cartas de Mário de Andrade ........................................... 249

Em companhia de Monteiro Lobato ............... 254
O monumento à crítica ............................. 259
A tocaia de Jorge Amado ........................... 264
Novos caminhos para o romance ................. 268
Onde canta o sabiá ................................. 272
De pai para filho .................................. 276
A lição de Nelson Rodrigues ...................... 281
A mensagem de Fernando Pessoa ................. 285

## BIBLIOTECA ÍNTIMA

Uma chave literária ................................ 291
Uma história um tanto fantástica ................ 294
Um milagre de Camões ............................ 297
Insônia da madrugada ............................. 300
Ano-Novo ........................................... 302
A conversão de Martins Fontes ................... 304
Dois fantasmas na Biblioteca ..................... 306
Memórias da Biblioteca Nacional ................. 309
Visita à Casa Lelo ................................. 313
Imagens do Sabadoyle ............................. 317
Depoimento de um romancista .................... 322
Livreiros e editores ................................ 327

## MESTRE MACHADO DE ASSIS

Camilo e Machado de Assis ....................... 335
Leituras de Machado de Assis – I ................ 338
Leituras de Machado de Assis – II ............... 341

Leituras de Machado de Assis – III .................................... 344

A poesia do Natal ................................................................ 347

As primas de Sapucaia ...................................................... 349

Uma profecia de Machado de Assis ................................. 352

Uma trilogia da leviandade feminina ............................... 355

Os mistérios de "Capitu" ................................................... 358

Antes da Missa do Galo .................................................... 361

Uma cena erótica em Machado de Assis ........................ 365

Uma lição de estilo ............................................................ 370

Sobre o autor ..................................................................... 375

Bibliografia ......................................................................... 379

Biografia do selecionador ................................................. 387

# COLEÇÃO MELHORES CONTOS

*ANÍBAL MACHADO*
Seleção e prefácio de Antonio Dimas

*LYGIA FAGUNDES TELLES*
Seleção e prefácio de Eduardo Portella

*BRENO ACCIOLY*
Seleção e prefácio de Ricardo Ramos

*MARQUES REBELO*
Seleção e prefácio de Ary Quintella

*MOACYR SCLIAR*
Seleção e prefácio de Regina Zilbermann

*MACHADO DE ASSIS*
Seleção e prefácio de Domício Proença Filho

*HERBERTO SALES*
Seleção e prefácio de Judith Grossmann

*RUBEM BRAGA*
Seleção e prefácio de Davi Arrigucci Jr.

*LIMA BARRETO*
Seleção e prefácio de Francisco de Assis Barbosa

*JOÃO ANTÔNIO*
Seleção e prefácio de Antônio Hohlfeldt

*EÇA DE QUEIRÓS*
Seleção e prefácio de Herberto Sales

*MÁRIO DE ANDRADE*
Seleção e prefácio de Telê Ancona Lopez

*LUIZ VILELA*
Seleção e prefácio de Wilson Martins

*J. J. VEIGA*
Seleção e prefácio de J. Aderaldo Castello

*JOÃO DO RIO*
Seleção e prefácio de Helena Parente Cunha

*IGNÁCIO DE LOYOLA BRANDÃO*
Seleção e prefácio de Deonísio da Silva

*LÊDO IVO*
Seleção e prefácio de Afrânio Coutinho

*RICARDO RAMOS*
Seleção e prefácio de Bella Jozef

*MARCOS REY*
Seleção e prefácio de Fábio Lucas

*SIMÕES LOPES NETO*
Seleção e prefácio de Dionísio Toledo

*HERMILO BORBA FILHO*
Seleção e prefácio de Silvio Roberto de Oliveira

*BERNARDO ÉLIS*
Seleção e prefácio de Gilberto Mendonça Teles

*AUTRAN DOURADO*
Seleção e prefácio de João Luiz Lafetá

*JOEL SILVEIRA*
Seleção e prefácio de Lêdo Ivo

*JOÃO ALPHONSUS*
Seleção e prefácio de Afonso Henriques Neto

*ARTUR AZEVEDO*
Seleção e prefácio de Antonio Martins de Araujo

*RIBEIRO COUTO*
Seleção e prefácio de Alberto Venancio Filho

*OSMAN LINS*
Seleção e prefácio de Sandra Nitrini

*ORÍGENES LESSA*
Seleção e prefácio de Glória Pondé

*DOMINGOS PELLEGRINI*
Seleção e prefácio de Miguel Sanches Neto

*CAIO FERNANDO ABREU*
Seleção e prefácio de Marcelo Secron Bessa

*EDLA VAN STEEN*
Seleção e prefácio de Antonio Carlos Secchin

*FAUSTO WOLFF*
Seleção e prefácio de André Seffrin

*AURÉLIO BUARQUE DE HOLANDA*
Seleção e prefácio de Luciano Rosa

ALUÍSIO AZEVEDO
Seleção e prefácio de Ubiratan Machado

SALIM MIGUEL
Seleção e prefácio de Regina Dalcastagnè

ARY QUINTELLA*
Seleção e prefácio de Monica Rector

HÉLIO PÓLVORA*
Seleção e prefácio de André Seffrin

WALMIR AYALA*
Seleção e prefácio de Maria da Glória Bordini

HUMBERTO DE CAMPOS*

*PRELO

# COLEÇÃO MELHORES CRÔNICAS

**MACHADO DE ASSIS**
Seleção e prefácio de Salete de Almeida Cara

**JOSÉ DE ALENCAR**
Seleção e prefácio de João Roberto Faria

**MANUEL BANDEIRA**
Seleção e prefácio de Eduardo Coelho

**AFFONSO ROMANO DE SANT'ANNA**
Seleção e prefácio de Letícia Malard

**JOSÉ CASTELLO**
Seleção e prefácio de Leyla Perrone-Moisés

**MARQUES REBELO**
Seleção e prefácio de Renato Cordeiro Gomes

**CECÍLIA MEIRELES**
Seleção e prefácio de Leodegário A. de Azevedo Filho

**LÊDO IVO**
Seleção e prefácio de Gilberto Mendonça Teles

**IGNÁCIO DE LOYOLA BRANDÃO**
Seleção e prefácio de Cecilia Almeida Salles

**MOACYR SCLIAR**
Seleção e prefácio de Luís Augusto Fischer

**ZUENIR VENTURA**
Seleção e prefácio de José Carlos de Azeredo

**RACHEL DE QUEIROZ**
Seleção e prefácio de Heloisa Buarque de Hollanda

**FERREIRA GULLAR**
Seleção e prefácio de Augusto Sérgio Bastos

**LIMA BARRETO**
Seleção e prefácio de Beatriz Resende

**OLAVO BILAC**
Seleção e prefácio de Ubiratan Machado

**ROBERTO DRUMMOND**
Seleção e prefácio de Carlos Herculano Lopes

SÉRGIO MILLIET
Seleção e prefácio de Regina Campos

IVAN ANGELO
Seleção e prefácio de Humberto Werneck

AUSTREGÉSILO DE ATHAYDE
Seleção e prefácio de Murilo Melo Filho

HUMBERTO DE CAMPOS
Seleção e prefácio de Gilberto Araújo

JOÃO DO RIO
Seleção e prefácio de Edmundo Bouças e Fred Góes

COELHO NETO
Seleção e prefácio de Ubiratan Machado

JOSUÉ MONTELLO
Seleção e prefácio de Flávia Vieira da Silva do Amparo

ODYLO COSTA FILHO*
Seleção e prefácio de Cecilia Costa

GUSTAVO CORÇÃO*
Seleção e prefácio de Luiz Paulo Horta

ÁLVARO MOREYRA*
Seleção e prefácio de Mario Moreyra

RAUL POMPEIA*
Seleção e prefácio de Claudio Murilo Leal

RODOLDO KONDER*

FRANÇA JÚNIOR*

MARCOS REY*

ANTONIO TORRES*

MARINA COLASANTI*

*PRELO

**GRÁFICA PAYM**
Tel. (011) 4392-3344
paym@terra.com.br